愛されるのもお仕事ですかっ!?

プロローグ

華《はな》は自分の部屋でぼんやりと天井を見上げたまま、動けずにいた。

ふわふわした明るい色の髪に指を絡め、無意識にぎゅっと引っ張る。

――こんなことが自分の身に起きるなんて……

重苦しいため息をつき、華はそっと目を閉じた。

華はつい最近、財産の大半を失った。お金を払い込んだ留学斡旋《あっせん》会社が倒産したうえ、そのお金を社長が持ち逃げしたのだ。夢ではない。インターネットのニュース記事になっているし、テレビでも『業界大手の留学業者が倒産し、社長が集めた費用を持ち逃げしました』なんてキャスターが言っていた。

――嘘だと思いたかった。会社も辞めることになってるのに……最悪だ……

この事実を知って半月ほど経つが、未だに立ち直れていない。そのくらい、華はショックを受けていた。

そもそもアメリカへの留学を決めたのは、数ヶ月ほど交際した恋人の武史《たけし》に振られたからなのだ。

三年前に短大を卒業した華は、運良く一流企業であるインフラ系の専門商社、吉荻《よしおぎ》商事に入社することができた。営業事業部に配属され、事務職として多忙な毎日を送っていた華に声を掛けてきたのが、同じ部署の営業職である先輩、宮崎《みやざき》武史だった。

『一生懸命働いている伊東《いとう》さんが好きなんです。だから俺と付き合ってください』

六つ年上の武史はそう言ってくれた。

華は比較的ほっそりと背が高く、栗色のウェーブを描いた髪に真っ白な肌、大きな茶色の目をしている。どちらかと言えば目立つ容姿をしているせいか、これまでも外見が好みだという理由で男性に声を掛けられたことはあった。だが生真面目な華は、中身に目を留めてくれない人とは付き合えないと思い、その申し出をお断りしてきたのだ。

華の中身を知って好きになった、と、そんなふうに言ってくれる人は初めてだった。しかも年上の人に――。華は彼を恋愛対象として考えたことはなかったものの、そう言ってもらえて単純に嬉しかったのだ。だから、その申し出にうなずいた。

お互い多忙でなかなか会えなかったけれど、彼はいつも『仕事を頑張る華が好きだ』と言ってくれた。

仕事一筋で、恋愛面は同僚の女子に先を越されてばかりだった華を武史は認めてくれたのだ。

社内恋愛で仕事に身が入っていないと思われると嫌だから周りには知られたくない、と武史に言われたため、華は絶対に周囲にバレないように気を使った。付き合っていた数ヶ月の間はデートもそれほどできなかったけれど、彼とはうまくいっていると思っていた。ゆっくり関係を築いていけば素敵な恋人同士になれるに違いない、と。

なのに……そこから先のことは思い出したくない。

去年のクリスマス、なんとか時間をやりくりして会社を飛び出し、華は武史との待ち合わせ場所に駆けつけた。でも、そこには誰もいなかった。何時間待っても、何度メールや電話をしても返事はなく、結局武史はその場所に来なかったのだ。

事故にでも遭ったのだろうかと心配していた華の気持ちは、翌日あっさり裏切られてしまった。武史が、普通に会社に来ていたからだ。メールに返事はないし、電話にも出てくれない。なのに、武史は華を無視して普通に生活していたのだった。

何か事情があって携帯を見ていないのかと思ったが、武史から向けられた冷たい眼差しにそうではないのだとさとった。

何か武史に嫌われるようなことでもしたのだろうかと考えたものの、答えは出なかった。

一体何が起こったのかわからなくて、その日の記憶はほとんどない。

だが、いつもどおり仕事は忙しかった。営業部づきの事務という仕事柄、数字を扱う重要な業務も多いので、いつまでも引きずってぼんやりしているわけにはいかなかった。

しばらく経ったある日、必死で明るく振る舞っていた華のところに、武史からのメールが届いた。

『本気にさせちゃってたらごめんね。ひどい振り方したほうが諦められるでしょ？』

ただそれだけ書かれたメール――まるで『真剣だったのはお前だけだ』とせせら笑うような振り方だった。

華は相当なショックを受けた。武史が『仕事を頑張っている華が好きだ』と言ってくれたのは嘘で、からかわれただけだったのだ。その日から会社で武史の顔を見るたびに、彼の悪意のようなものを感じてしまって、震え出すくらい華は傷ついていた。

――あのどん底から立ち直るために、夢だった留学をするつもり……だったんだけどな。

華は壁際にうずくまったまま、膝の上に顔を伏せた。

気持ちは重く沈んでいるが、明日は最終出勤日だ。

皆がわざわざ集まって送別会を開いてくれるのだから、明日は笑顔で過ごさなければ。

笑顔で皆にお別れするのが、お世話になった吉荻商事での最後の仕事だと思う。

残高が心細くなってしまった貯金と、新しい生活の心配は、その後からにしよう。


送別会の席には、華が思ったよりもたくさんの人たちが顔を出してくれた。

武史の姿が見えないことに内心ホッとしつつ、華は愛想笑いを振りまく。

「伊東さんは留学楽しみかい？」

お酒が入って機嫌がいい部長の質問に、華は笑顔でうなずいた。本当は行かないのだが、今さら否定することもできない。

「はい！　営業事務の仕事をしていたら、もっとしっかり英語の勉強をしたくなっちゃって」

単純な理由だが、部長は納得したようだ。にこにこしながらそうか、と言って、ビール瓶を手に取ろうとしている。

「あ、私が……」

華は慌てて膝立ちになり、部長の空いたグラスに冷えたビールを注いだ。

席を見回すと、大量の案件を抱えて多忙なはずの営業マンの姿もちらほら見える。送別会だから気を使って、時間をやりくりして顔を出してくれたのだろう。

「伊東さんは優秀だったからな……俺としては残念だよ」

しみじみとそう言ってくれる部長に笑顔で会釈《えしゃく》し、華はビール瓶を手に立ち上がった。

「部長、皆さんにご挨拶してきますね」

部長のそばを離れ、同僚にお礼を言ってビールを注いで回る間、華はずっと笑っていた。皆がいろいろと質問してくれたり、激励してくれたりする。同僚に恵まれたなと思いつつ、実はどん底であることを隠しているのが後ろめたくもあった。

複雑な気分で主任のグループにお酌《しゃく》をしていた華は、名前を呼ばれて振り返る。

「伊東さーん！　こっちこっち！　こっちおいでよ」

明るい声で呼んでくれたのは、営業マンの坂田《さかた》だった。いかにもスポーツマン、といった感じの爽《さわ》やかで男前な顔はすでに真っ赤に染まり、楽しそうに身体を揺らしている。

「あはは、きたきた〜、さ、伊東さん、外山《とやま》の隣にどうぞ」

坂田が指し示した隣には、営業部のエースである外山が座っていた。

端整な顔立ちに、サラリーマンらしくない鍛えられた身体の彼は、長身であることもあって、どこにいてもひときわ目立つ存在だ。どきん、と胸が高鳴ったが、慌ててそれを打ち消す。

ドキドキするのも無理はない。外山は入社した時から憧れの人なのである。優しくて、時々若手の華にも声を掛けてくれて、笑顔が素敵で……と、またしてもうっとりしかけていた華は、急いで自分を現実に引き戻した。

――外山さん、出張帰りなのに……来てくれたんだ。

いつも過密気味な外山のスケジュールを思い出して、嬉しくなってしまう。

今日の外山の予定には『五時まで京都で商談』と書かれていた。夕方の新幹線で京都から東京に戻ってきて、さらに送別会に参加するのは大変だったはずだ。最後だからとわざわざ顔を出してくれたのだろう。

華にとって、外山は本当に憧れの先輩だった。いや、華にとってだけではなく、女子社員や若手の営業マン、皆の憧れというほうが正しいかもしれない。

外山は中途採用で入社してきて今年で五年目だと聞いているが、営業成績は常にトップクラスだ。社長賞を三年連続で受賞している、凄腕営業マンなのだ。

上役の評価も非常に高く、来年度は同年代の中でいち早く主任に昇格するのではないかといわれている。外山がそれだけ優秀だということだろう。

「し、失礼します……」

ここに座って、と床を叩く坂田にうなずいて、華は外山と坂田の間に腰を下ろした。すると、外山と目が合い、微笑みかけられる。整いすぎた笑顔に気恥ずかしくなり、華は会釈《えしゃく》をしてうつむいた。やはり胸の鼓動は収まりそうにない。

昔からそうなのだ。彼のそばにいると緊張してしまって苦しくなる。

その瞬間、外山の前に座っていた同じ営業事務の先輩、高野《たかの》が華をじろりと睨《にら》みつけた。彼女は華が入社した当時からずっと、外山にご執心なのである。

――うっ、高野先輩ゴメンナサイ！　今日で私は去りますので……！

そう思いつつ高野に向かってにっこり微笑んだ華の耳に、外山の低い声が飛び込んでくる。

「お疲れ様です、伊東さん。今日で最後だなんて寂しいな」

外山が、切れ長の目を細めてじっと華を見ている。やはり言葉につくせぬくらいカッコいい。

最後の出勤日に憧れの彼の隣に座れて良かった、と思い、華は心の中でこの席に呼んでくれた坂田に感謝した。

そんな時、華はふとこの場にいない武史のことを思い出す。

――そういえば、武史ってば、外山さんをかなりライバル視してたよなぁ……武史と外山さんってチームは違うけど、歳は近いし。

武史はどうも外山が嫌いだったらしく、よく彼の悪口めいた愚痴《ぐち》を言っていた。

外山さんはそんなに悪い人じゃないと華が言った時、武史がムッとした表情を浮かべていたことまで、思い出してしまう。

しかし、こうして接していても、華には外山が武史が言っていたような男だとはどうしても思えない。あれは優秀な外山に対する、武史の嫉妬だったのだろうか。

――ううん、私にはもう関係ない。武史のことなんか思い出すのはやめよう。

華は武史の記憶を振りきって、明るい声で言った。

「外山さん、ありがとうございます。今日出張だったのに来てくださって。たしか燦光《さんこう》建設様の本社に行ってらっしゃいましたよね」

「ええ。伊東さんは相変わらず、営業担当者のスケジュールを完璧に把握していますね」

「いえ、そんな……外山さんにそう言っていただけて嬉しいです。ありがとうございます」

外山のグラスにビールを注ぎながら、華はお礼を言う。

営業部で一番歳が若い華は、電話応対をすることが多かった。

お客様が営業担当者あてに電話をかけてきた時、お待たせせずに取り次ぐのは当然だと思っている。だから、部内の皆のスケジュールは、なるべく朝一番に確認して、しっかり把握するようにしてきた。そういう目立たない努力をほめてもらえると嬉しいし、忙しいのに若手社員のことをよく見ているのだな、と感心する。

――クールに見えるけど優しいんだよなぁ……外山さんは。会社の女の子たちが夢中になるのもわかるよ。

『華ちゃん、外山さんにランチとか飲み会に誘われたら、絶対に私も呼んで！』

そう頼んできた他部署の女子も一人や二人ではない。華なりに頑張って仲介したのだが、外山が彼女たちとそれ以上親しくなることはなかった。

もしかしたら外山は、同じ会社の女性にはあまり興味がないのかもしれない。

華は、すでに酔ってグニャグニャになっている坂田に水の入ったコップを手渡した。

「はい、坂田さんはお水飲んでくださいね」

「おー、伊東さん気が利くねー！　アキラ君、伊東さんがくれたお水、もらっちゃうね……！」

完全にでき上がっている坂田はそう言って、水をごくごくと飲み干した。

アキラ君、と下の名前で呼ばれた外山が、べろべろになっている坂田の様子に苦笑する。

「坂田はもう飲まないほうがいいんじゃないかな。今日は家まで送りませんからね」

「へーき、へーきっ」

坂田もまた、外山に次ぐ優秀な営業マンなのだが、彼はとにかくお酒に弱い。接待の席では『飲まない』と断言しているが、今日は仕事ではないのでつい口にしてしまったらしい。

「ねえねえ、伊東さん！　伊東さんは外山のこと好き？」

べろべろに酔っ払った坂田に笑顔で尋ねられ、一瞬華の心臓がどくん、と音を立てた。動揺してしまったことに慌てつつ、華は深々とうなずいて答えた。

「えっ……はい、もちろんです」

「外山も大好きだってー。良かったねー」

――な、何を言い出すの、坂田さん……

酔っぱらいの戯《ざ》れ言とわかってはいるものの、心臓が口から飛び出しそうなくらいドキドキ鳴っている。

しかし、この話の展開は不穏だ。そっと高野のほうを見てみると……案の定、彼女は不機嫌な顔をしていた。

「あ、でも、私だけじゃなくて、皆外山さんには憧れてますよ。それより坂田さんはもっとお水飲んでください」

華は、慌ててそう付け加え、空になった坂田のグラスをそっと取り上げてテーブルに戻し、新たに水の入ったグラスを置いた。

――高野先輩のご機嫌をなんとかしないと。

「先輩！　ビール飲みますか？」

明るい声でそう話しかけると、不機嫌な顔をしていた高野が我に返ったように、大人っぽい笑みを浮かべた。

「あ、ありがとう、華ちゃん」

高野は、外山のことさえ絡まなければ、優しくて仕事もバリバリできる良い先輩なのである。恋は人をちょっぴりおかしくしてしまうのかもしれない。

華が外山の隣を離れて高野にビールを注いでいる隙に、赤い顔の坂田が外山の肩に思い切り寄りかかった。二人は同期で仲が良いらしく、会社でも坂田が外山にじゃれついている場面はよく見かけるのだが、今日も例外ではない。

「どいてください。俺に寄りかかって寝ないでください。おい、寝るなって、坂田！」

坂田にへばりつかれた外山が、わざと怒ったように坂田を押しのける。そんなしぐさにも二人の仲の良さを感じて、華はなんだかおかしくなってしまった。

思わず笑い声を立てた時、坂田にもたれかかられたまま、外山が言った。

「あ、そうだ。伊東さんにおみやげがあるんです。退職祝いにと思って」

目を丸くする華の前で、外山がカバンから小さな箱を取り出した。

「客先からの帰り道に、趣味のいい雑貨屋があったので」

嬉しくてつい笑顔になりつつも、華はそっと高野の様子を横目でうかがう。

だがさすがの高野も、外山が華に退職祝いを渡すことにまではムッとしなかったようだ。ホッとして、華は手を出して包みを受け取る。

「ありがとうございます。開けていいですか？」

外山がどうぞ、と言うのを確認し、華は和紙に包まれた箱を開けた。

中から出てきたのは、ヘアクリップだった。仕事中いつも華が髪を留めていたのと同じ形だが、黒塗りで細やかな螺鈿《らでん》の花が散らされている。

ひと目見ただけで心が弾んでしまうような美しい品だった。

「わぁ、きれい！」

思わず笑顔になった華に、外山も嬉しそうな笑顔を返してくれた。

「気に入ってもらえたなら良かったです。京都って、いいお店がたくさんありますよね」

手の中にしっくりと収まったヘアクリップは、かなり高価そうだ。もらっていいのだろうかと逡《しゅん》巡《じゅん》したが、遠慮しすぎるのも、忙しい中買ってきてくれた外山に悪い気がした。

「外山さん、本当にありがとうございます。大事に使います」

「おお、外山、勇気出してプレゼントか……プレゼント……俺にはないの？」

半分寝ている坂田が、外山に寄りかかったまま拗《す》ねたように言う。

「坂田にはありません」

外山がわざとらしい冷たい声で答えた時、幹事の先輩が立ち上がって手を叩いた。

「はーい皆さーん、そろそろ時間です！　じゃあ最後に、本日の主役である伊東さんに挨拶をお願いしましょう。伊東さーん、こっち来てください！」

皆の前に引っ張り出された華は、今の自分が浮かべられる最高の笑みで場を見渡す。

それから深々とお辞儀をし、ひととおり、今日のこの席を設けてもらったお礼と、会社への感謝の言葉を述べた。

「今まで本当にお世話になりました。この会社で学ばせていただいたことを活かして、これからも頑張りたいと思います」

その言葉で締めくくり、華はいっそう深々と頭を下げる。長いようで短い三年間だったな、と思った瞬間、少し涙が出そうになってしまった。

——本当に明日から頑張らなくちゃ。これからが正念場なんだから……

華の前途を幸せなものだと思い、笑顔で送り出してくれている皆を見ながら、華は懸命に明るい表情を保ち続けた。

三月の今の時期は、ちょうど送別会のシーズンだ。次の予約が立て込んでいるらしい店から追い立てられるようにして出て行くと、出入り口には同僚や上司たちの姿が見えた。

「皆、二次会に行こうか！」

酔っ払った部長が、ご機嫌でそんなことを言っている。華は曖昧《あいまい》な表情を浮かべたまま、そっと人々の輪から一歩引いた。おじさまたちの二次会はとんでもない時間までカラオケに付き合わされるのだ。明日は土曜日なので、きっとエスカレートするだろう。

――今日で皆と会うのも最後だし、一応今日の主賓だから行ったほうがいいんだろうけど、真夜中までタバコもくもくの中でカラオケするの嫌だなぁ……かといって、暗いこと考えちゃうから家に帰るのも嫌だし。

悩む華の腕がつかまれたのは、その時だった。

自分の腕をつかんだ相手を見上げて、華はぎょっとする。

「と、外山さん……？」

しっ、というように指を立て、外山が切れ長の目を細めて囁《ささや》く。

「伊東さん、よかったら俺と一杯やりませんか？」

意外な人からの思わぬ申し出に、華は目を丸くした。びっくりしすぎて、咄嗟《とっさ》に答えが返せないが、もちろん外山に誘われて嫌な気はしない。彼は営業部で働く若手から見れば、本当に憧れの存在なのだ。

――どうしようかな……？　今日で退職だから、わざわざ声を掛けてくれたんだよね？

家に帰っても、暗い未来を思い悩んでうずくまる時間が待っているだけ。華の終電は十一時過ぎなので、それまでは誰かと過ごせるなら、もちろんそのほうがずっとありがたい。何より、こんな素敵な人と話せるのは今日で最後だ。

――最後、かぁ……

なぜだか、不思議と切ないような苦しいような気持ちになる。そうだ、この人に会うのも今日で最後だから、お誘いに乗ろうかな。華はそう思い、外山の言葉にうなずく。

「はい、ありがとうございます」

外山がその答えに形の良い口元をほころばせ、ぐいと華の腕を引いた。

「それは良かった。じゃあこっそり抜けましょう、こっちです」

そう言って外山は華の腕をつかんだまま、勝手知ったる足取りでビルの間の目立たない路地に入った。

背後から『坂田どいて！　伊東さんがいなくなったぞ、主役なのに！』なんていう声が聞こえてくる。酔ってご機嫌な上司の誰かが華のことを探しているらしい。しかも坂田は相当酔って周囲を困らせているようだ。

「あの、外山さん。坂田さん、かなり酔っ払っちゃってるみたいですけど」

「いいんです、アイツはああ見えても、意外と酔っていません」

「えっ、そ、そうなんですか……あの、じゃあ高野先輩は呼ばなくていいんですか？」

「ええ、今日は、俺と二人で」

その言葉に、華の胸がさらにドキドキする。

——二人……！　どうしよう。外山さんを私が独り占めしていいのかな。

華の腕を引いたまま、外山が足早に路地を抜けていく。

路地の先は大通りに通じていて、外山が手を上げるとすぐに流しのタクシーが停まった。

――外山さんと二人でタクシー乗っちゃった……

タクシーに揺られながら、華はそっと傍《かたわ》らの外山を見上げた。端整な横顔はいつも通り落ち着いていて、華がこの状況に胸を高鳴らせていることなど、気づいている様子もない。

華の視線を感じたのか、外山は顔にかすかに笑みを浮かべた。

いかにも大人の男、という感じの表情で、華の鼓動がますます高まる。

――外山さんって三十歳だっけ。あれ？　私のお兄ちゃんと同じ歳？　全然違うなぁ。ホント、いつも落ち着いているよね。

心の中で感心しつつ、華はなんだか照れくさくなって目を伏せる。

会社のエースである憧れの先輩と最後にお酒が飲めるなんて、素敵な思い出になりそうだ。

タクシーは、しばらく走って都心にある有名なホテルの車寄せに滑り込んだ。インターネットのグルメ特集などで名前を見たことはあるが、とても一人で入れるような雰囲気ではない。

「ここのラウンジが気に入っているんですが、いかがですか」

タクシーを降りた外山にそう尋ねられ、華は思わず姿勢を正した。

「は、はい！　ここ、でいいです！」

緊張のあまり、妙なところで言葉を区切ってしまった。

ライトを反射して輝く大理石のタイルを踏みしめながら、華は外山の後をついて歩く。いつも仕立てのいいスーツをまとい、まっすぐに姿勢を正している外山の姿は、高級なホテルのロビーにしっくりと収まっている。このような場所に来ることに、慣れているように見えた。

緊張している華を振り返り、外山が笑顔で言った。

「景色がきれいで、好きなんです。ここ」

乗り込んだエレベータの中にも見事な花がいけてある。何から何まで、別世界のように感じる。

軽いベルの音とともに、エレベータは最上階に着いた。黒を基調とした薄暗いフロアはダウンライトでライティングされていて、高級感があふれている。

外山が慣れた様子で、入り口にいた店員に何かを告げた。きょろきょろと店内を見回していた華は、外山に手招きされ慌てて彼の後を追う。

——すごいお店……！　こんなところ初めて来る。

案内された席は窓際だった。足元までの大きな窓一面に広がる光の海に華は目を奪われる。

外山にジャケットの袖を引っ張られ、華は我に返った。

「この席、気に入りました？」

「あっ、は、はいっ！」

夜景に見とれてしまい、外山に飲み物を選んでと言われていたのに気づかなかったようだ。

けれど外山は何も言わず、優しく笑ってもう一度メニューを差し出してくれた。

外山には、今までに何度かランチに連れて行ってもらったことがある。たまたま外山が早く帰れる日に、誘われて飲みに行ったこともあった。

大概は高野が『一緒に行く』とついてくるか、『外山さんとどこか行くなら私も誘ってね』と頼み込んで来る女子の誰かが一緒だったので、二人きりで……というのはなかったのだけれど。

だから、今日みたいに外山と二人きりで飲むとなると緊張する。

「今日は貴方と二人で飲めますね。嬉しいな」

外山が、華の考えていたことを見透《みす》かすように微笑む。

さすがに一流の営業マンはリップサービスが上手だ。華は恥ずかしくなり、外山の笑顔に曖昧《あいまい》にうなずいた。妙に雰囲気の良い二人用に区切られた席に案内されたせいか、脈が異様に速くなってくる。

――バーって、こんなカップル席みたいなのがあるんだ……うっ、緊張が最高潮に……

「どうしたんですか」

「いえ……」

おそらくは真っ赤になっているであろう顔を横に振り、華は慌ててドリンクのメニューを覗き込む。カクテルはあまり知らないので、知っている飲み物を探した。

――どうしよう、ビールでいいかな。いや、待って、こんなに雰囲気がいい場所だからいつもと違うものが飲みたいかも。

「これは？」

真剣に悩んでいる華の様子に気づいたのか、外山が長い指でメニューをさした。

フローズン・ストロベリー・ダイキリと書いてある。

「シャーベットみたいなお酒です。ここのはイチゴが丸ごと入ってますよ」

華は目を輝かせる。生のイチゴが入ったお酒なんておいしそうだ。

「ありがとうございます。それにします！」

頬を染めたままそう答えると、外山が微笑んでうなずいた。

笑顔もスーツ姿も低い声も、何から何までカッコ良くて決まりすぎなくらいだ。

——こんなイケメンが営業に来たら、話聞いちゃうよなぁ。取引先のお姉さまなんて、外山さんご指名で電話かけてきたりするし。

そんなことを考えながら、華は必死に熱い顔を冷まそうと努力する。

「伊東さんは寮に住んでいるんでしたっけ？」

ふと思い出したように外山が尋ねてきた。

外山の言うとおり、華が住んでいるのは会社の寮だ。有給消化が終わる今月中に出て行かねばならない。新しい家を借りるには、敷金や家賃の他に引っ越し費用もかかる。寮には家電が備え付けてあるが、それらも新しく買う必要があった。お金があまりない今、家賃の高い都内で家を借りるのは無理だ。

だから華は、田舎で家賃も安い実家の近くに戻ろうと考えていた。

華の実家は兼業農家で、両親と兄夫婦、それから二人の甥っ子が住んでいる。実家に戻ることも考えたが、兄の家族の邪魔になってしまうし、すでに華の部屋もないから難しいだろう。

だが、近所に住んでいれば母がお米と野菜くらいは分けてくれるだろうし、事情を話せば家電を買うお金くらいは貸してくれそうだ。

もちろん、留学がダメになったと知られたらものすごく心配するだろうから、そのことは伏せておくつもりでいる。そもそもまだ戻ることさえ伝えていないのだ。

たとえ、戻るための適当な理由を見つけたところで『お見合いしてお嫁に行きなさい！』という、いつもの説教めいたお小言は避けられない。軽い頭痛を感じ、華はそっとこめかみを揉んだ。

それが一番の問題なのだ。お見合い結婚などしたくないというのに。

「アメリカの生活は楽しみでしょう。期間は半年でしたっけ？　帰ってきたらまた一杯飲みましょうか」

外山にそう言われ、華はうなずいていいのか悩んでしまう。

実際は留学には行けず、地元に逃げ帰るのだ。言葉を濁《にご》して華は答える。

「私、留学後は東京にはもう戻ってこないんです。実家近くに帰っちゃうので」

「……そうだったんですね」

虚を突かれたような表情で外山が言った。

何をそんなに驚いているのだろうと思っているところに、注文した飲み物が運ばれて来た。

シャーベット状の赤いお酒にカットしたイチゴがたくさん盛りつけてあり、ミントの葉が飾ってある。想像していたよりずっと素敵な飲み物だった。

「わ、素敵、おいしそう」

華は笑みを浮かべたまま、ちょっと首を傾げて外山に尋ねる。

「外山さんは何を頼まれたんですか」

「クイーンズ・ペックっていうカクテルですよ。飲んでみますか」

華はしばらく考えた末、そのお酒をひと口もらうことにした。

普段なら人のお酒を飲ませてもらうことはないのだけれど、憧れの外山と二人きりで非日常的な空間にいる、というシチュエーションで浮かれているのかもしれない。

「あ、おいしい。初めて飲みました」

ちょっと苦い後味だが、ワインのような味もする不思議なカクテルだった。

口の中がさっぱりする。

「伊東さんは、カクテルはあまり飲まないんでしたっけ？」

「そんなことないですよ。ただこういうお店のカクテルって、飲んだことがなくって。本格的ですね」

華はそう言って、シャーベットの中に沈んだイチゴを、柄の長いスプーンですくった。

ほんのりアルコールの染み込んだイチゴは得も言われぬおいしさだ。

にこにこしている華を、外山も柔らかな笑顔で見つめている。その表情はやっぱり大人っぽくて、華のドキドキが全く収まらない。

「留学後、ご実家近くに戻るということは、地元がお好きなんですか？」

外山にそう聞かれ、華は首を振った。

「……できれば東京に住みたかったんですけどね」

思わず正直な自分の気持ちを答えていた。

高校までの友達は皆、地元を出て働いたり嫁いだりしているし、買い物をするにも、大きな街へは車で一時間以上かかる。華にとって、実家のそばはあまり魅力的な場所ではない。

カクテルに沈んだイチゴを食べ終え、華は今度はシャーベット状になっているお酒をすくった。

甘いアルコールが口の中でとろりと溶けて、これまたたまらなくおいしい。

さすがは外山がおすすめしてくれるだけのことはある。

凍ったカクテルを夢中で食べていた華は、ふと外山との距離が近いことに気づいた。

熱心にシャーベット状のカクテルを食べていた華をじっと見つめ、外山が目を細めて言った。

「ご実家近くに帰って来いって言われたんですか？」

「いえ……」

華はまた首を振る。なぜ外山はこの話を気にするのだろう。

話題を変えたいと思いつつ、溶けかけたカクテルを勢いよく飲み干した時、察してくれたのか外山が言った。

「次、何か頼みますか？」

追及されなかったことに、ホッとした華はメニューを見た。やはりカクテルのことはよくわからない。

悩む様子を見かねた外山が身を乗り出して、華が手にしているメニューを覗き込んでくる。

「これなんかどうですか」

ふわりと外山からいい香りがする。お酒のせいなのか外山に接近したせいなのかわからないが、ドキドキが加速して止まらない。落ち着こうと外山の指先が示しているお酒の名前を見る。

「ジャック・ローズってどんなお酒ですか？」

「カルヴァドスベースのカクテルです。リンゴのブランデーのことなんですが、ご存知ですか？」

「いえ、初めて聞きました。リンゴのブランデー……ですか？　飲んだことがないからそれにしようかな……」

どんな味がするのだろうかと思いながら、華はちらりと腕時計を見た。

――もう十時か……時間が経つのあっという間……

あと一時間くらいでこの夢のような時間も終わるんだな、と思うと少し残念に感じる。その時ふと、一番大事なことを思い出した。

「そうだ、外山さん、今日はおみやげありがとうございました」

華が姿勢を正して頭を下げると、外山が笑顔で言った。

「いいえ、大したものじゃなくてすみません」

「そんなことないです」

華は首を横に振る。外山が、会社を辞める自分をこんなふうに気遣ってくれるとは思わなくて嬉しかった。そのことはちゃんと言っておかねばならない。

「あの……私、外山さんに、今までいろいろと気にかけてもらえて嬉しかったです。今日のおみやげも本当に嬉しかった」

ちょっと酔っているかもしれない。そう思いながら、華は言葉を続けた。

「外山さんって、いつも、事務の私にまで声掛けてくれましたよね。外山さんはいろいろすごいんだから、もっと威張ってもいいのに……なのに、常に優しくしてくれて……余裕があるというか、そういうところが素敵だな、って。えっと、うまく言えなくてすみません」

外山の他にも成績のいい営業マンはいるが、外山のように常に落ち着き払っている人は、ほとんどいない。

華は、外山の一番すごいところは『人並み外れた余裕』だと常々思っていた。今日出張帰りに華の送別会に来てくれたのもその余裕の表れだと思う。けれど、本人を目の前にするとなかなかうまく伝えられないものだ。

「そうですか。余裕があるように見えますかね。そうでもないけどな」

「いいえ、部長なんていつも外山さんがいないところで『外山は余裕そうだから、もっと仕事振ろう』っておっしゃってましたし」

外山がその言葉に噴き出し、カクテルをひと口飲んで華に言う。

「本当ですか。参ったな」

おかしそうに笑う外山につられ、華までなんだか楽しくなってしまった。

「部長って、外山さんのこと、すごくお気に入りですよね」

「いいえ。部長と俺は、伊東さんが入社してくる前はケンカしまくりでしたよ。どうして俺だけこんなに難しいクレーマー顧客を押しつけられるんですか！　って、フロアで怒鳴り合いをしたこともありますし」

「嘘……！」

「嘘じゃないです。今思えば俺を育てようとしてくれてたんだと思いますけどね。うちの部ではそれ以来笑い話のネタになってます。聞いたことなかったですか？」

いつも冷静沈着な外山が会社で怒るなんて想像もつかない。

「聞いたことないです。本当なんですか？」

「俺もガキでしたから。この会社に入社して半年くらい経った頃かなあ。途中から話がズレてきて、挙句に部長がブチ切れて、いつも机に置いてある、あの変なぬいぐるみを投げてきて」

たしかに部長の机の上には、彼が応援している球団のマスコットのぬいぐるみが置いてある。静かなバーの雰囲気に気を使い、声を殺して笑ったせいか、華は咳き込みそうになってしまった。

ちょうど運ばれてきたカクテルを飲んで呼吸を落ち着かせ、華は明るい声で尋ねる。

「でも今は部長と仲がいいようにしか見えません」

「まあ、俺も大人になりましたし」

すました顔で外山が言うので、華はまた笑ってしまった。さっきまでは緊張で身体が痛いくらいだったのに、笑ったおかげですっかりほぐれたようだ。

机に置いてあるぬいぐるみが可愛らしくて部長には不釣り合いだとか、外山が全社表彰で社長賞をもらった時、スピーチが短すぎて司会者にもっとしゃべるよう言われ、仕方なく実家で飼っている猫の話をして大笑いされた話などをしているうち、すっかり時間が経っていた。

どの話も、外山の巧みな話術にかかるとおかしくてたまらない。

留学がダメになってから、久しぶりにたくさん笑った気がする。

——ここに連れて来てもらって良かった。外山さんってこんなに楽しい人だったんだな。

微笑みを浮かべる華に、外山が言った。

「俺は伊東さんのこと、一番若いのに頼りになる人だなって思ってましたよ。どんな無茶振りされても笑顔でこなしてるし、仕事もほぼミスしないし」

「そうですか？　そうかなぁ……」

「機嫌の悪い営業担当にキツく当たられても、いつもさらっと受け流していますしね。あれは大したものです。他の女子社員なんかよく泣き言言ってるじゃないですか」

そう言われ、外山はそんなところまで見ていたのか、と内心ちょっと驚く。

営業マンは時間に追われていることが多くて、イライラしてしまうのだろう。

だから華は、気にしすぎないようにしているのだ。それに幼い頃から気の強い兄と姉に振り回されてきたので、理不尽さに慣れているのかもしれない。

「芯が強いのはいいことですよ。俺は、伊東さんの折れないところがいいなと常々思ってるから」

「ほめすぎですって、外山さん」

華は笑顔で小さく首を振った。

——ホントは全然強くなんかないんです。武史と一緒のフロアで働くことが嫌になって、会社を辞めるんですから……。でも、こうやってほめてもらうとすごく嬉しい。外山さんっておだて上手だな……

話が弾むのに任せ、気づけば、華はかなりの量のお酒を飲んでいた。

身体が火照《ほて》り、ふわふわする。そんなにお酒に弱いほうではないが、カクテルというのは存外にアルコール度数が高いものなのかもしれない。

それに酔いがまわっているせいか、どんどん口が軽くなっていく気がする。

気が緩《ゆる》んでしまって、ふと気づけば、華は普段なら言わないようなプライベートの愚痴《ぐち》まで、外山に話してしまっていた。

「この先地元に戻ったらお見合い結婚をさせられるので……私、兄と姉がいるんですけど、二人とも二十代前半で地元の人と結婚しているから、『お前も兄さんたちみたいに身を固めろ』って親がすごくうるさいんです。だから、実家の近くに住むの嫌なんですよね」

「伊東さんってまだ二十三ですよね。結婚にはちょっと早くないですか？」

「ウチの親にとってはそれが普通なんですよ。私は嫌なんですけど」

実家の両親は……特に母は、子供たちを早く結婚させたいと考えるタイプだ。そのお陰で華は、子供の頃から『いいところにお嫁に行けるように』と家事やお行儀を厳しく躾《しつ》けられてきた。

だが、華は早く結婚したいと思っていないし、お見合いもしたくない。

親の言う『地元の人と夫婦になって、それぞれの実家のそばで暮らすのが幸せ』という考え方には賛同できないのだ。結婚するなら好きな人としたいし、可能なら東京で暮らしたい。

「そうなんですか……結婚ね……」

外山は真顔で考え込んでいる。

——どうでもいい話しちゃったかな。外山さん、返事に困ってるみたい。

話を変えようと思った瞬間、外山が尋ねる。

「そういえば伊東さんは、なんで留学の後は地元に戻るんですか。そんなにお見合いを嫌がっているのに」

また先ほどの話題に戻ってしまった。隠そうかと思ったが、どうせ外山は明日からは別の世界で生きてゆく人だ。このひどい経験も、外山がいっぱい笑わせてくれたようにいつか笑い話にしたい。そう思った華はつい本当のことを口にしてしまった。

「ホントは、留学行けなくなっちゃったんです。……業者に費用を払った後、倒産したうえ、社長がお金を持ち逃げして」

「は？」

外山が珍しく鋭い声を上げて絶句する。外山のこんな驚いた表情は初めて見るな、と思いつつ、華は少しためらって、正直に答えた。

「だから、私、明日から人生仕切り直しなんです。元からけっこうギリギリの計画で、寮費も食費も込みの語学学校に行くプランだったんですけど……日本に帰ってきたらちょうど冬なので、そのままスキー場で住み込みのバイトをしてお金貯めて、また新しく仕事を探そうかなって思ってたくらいで。資金も余裕がなかったんですよね」

惨《みじ》めな話をしていたら、武史にひどい振られ方をして、もう同じ会社にいたくないと思った時のショックが、ありありとよみがえってきた。

少し時間が経った今なら、武史には大事にされていなかったことがわかる。

あの数ヶ月にも満たない交際の中で、どれだけお互いの心を通わせたことがあっただろうか。仕事を頑張っているところを評価してもらって、好きだと言ってくれて嬉しかった気持ちは嘘ではない。だが、武史にとっては、その告白の言葉さえ、思いつきで言ったにすぎず、気持ちなんてこもってなかったのだ。だからこそ、あんなにあっさり華を捨てたのだろう。

――ダメ。今はせっかく楽しく過ごしてるんだから、あんな人のことを考えるのはやめよう。

華は沈み込んでゆく気持ちを振り切り、顔を上げて笑ってみせた。

「そのことは会社に相談したんですか？　そんな事情があるなら退職を撤回できたかもしれない。辞めると聞いて正直、俺は驚いたんですが……」

真剣な外山の問いを、華は否定で返す。

「いいえ。ちょうど会社は辞めたいなと思っていたので」

「どうして？」

華は口をつぐむ。武史の話はしたくなかった。少なくとも、憧れの人に聞かせたい話ではない。だが、下手に話を作っても、頭のいい外山には見抜かれてしまう気がする。

華は手元のマティーニを飲み干して、不自然なほど明るい声で言った。

「ないしょです！　すみません。つまらない話して。私の話なんかより、せっかく素敵なところに連れて来ていただいたからもっと楽しい話がしたいな」

じわじわとこみ上げてくる薄暗い気持ちを振り払おうとしたけれど、なんだかうまく笑えない。アルコールのせいか、頭の芯がぼんやりしてきてネガティブな本音が漏れ出てしまう。

「明日から始まる、どん底な現実を忘れたいです、私」

恋人もいない、留学もできない、お金もない、東京にもいられない……ないないづくしの人生が待っていることを少しでもいいから忘れたい。

忘れてどうなるというわけでもないけれど、せめて今くらいは楽しく過ごしたいのだ。

「現実を忘れたい……ですか？」

外山の不思議そうな声に、華は深々とうなずいた。

「はい。あ、でも今はすごく楽しいです。こんなカッコいいお店に連れて来ていただいて嬉しいし、外山さんみたいな素敵な方とたくさんお話できて、夢みたいな気分なので」

「夢みたいって……俺と一緒に飯食ったりしゃべったりしたこと、何度もあるでしょう？　他人行儀なこと言わないでください。俺としてはけっこう勇気出して誘っていたんですけど」

勇気って、どういう意味だろう……華はふわふわする頭で外山の言葉の意味を考えながら話を続けた。

「でも、今日みたいな日に声を掛けてもらえたのが、個人的にありがたくて。私、あんまり一人になりたくない気分だったから」

——どん底にいることをつかの間忘れられるくらい楽しませてもらえて、本当に感謝してる。

そう心の中で付け加えて、華はじっと自分に視線を注いでいる外山から目をそらした。

グラスに口をつけようとして、そういえばもう飲み干してしまったのだと思い出す。

——ダメだ、私かなり酔ってるかも……

さっきから、相当外山に気を許してしまって、しゃべりすぎている気がする。

華はグラスを置いて深呼吸した。少し酔いを冷ましたほうがいいかもしれない、そう思った時、グラスに手をかけていた華の手に、外山の大きな手のひらが重なった。

驚いて華は傍《かたわ》らの外山を見上げる。

引き締まった外山の喉元が、かすかに上下するのが見えた。

――外山さん、どうしたの？

彼の視線は華にしっかりと向けられている。射貫《いぬ》かれるような眼差しで、華は動けなくなってしまう。

「一人になりたくない、ね」

考え込んでいた外山が呟く。

包み込まれるように手を握られたまま、華は呆然と外山の整った顔を見つめた。

「えっと……はい……今日くらいは誰かと一緒にいたいな、って」

ぎこちなく答えた瞬間、外山の手の熱さを意識し、華の心臓がどくんと音を立てた。

「じゃあ俺が、もう少しお付き合いしましょうか」

無表情に華の話を聞いていた外山が、かすかに笑みを浮かべた。

反則的なくらい魅惑的な笑顔に、鼓動が苦しいほど高まる。

「それとも、俺が相手じゃ嫌かな」

突然何を言い出すのだろう。彼の意味ありげな言葉に反応できず、華は言葉を失った。

巧みに他の客の視線から隔絶されたこの席が、急に逃げ場のない檻《おり》のように感じられてくる。

「あの……」

「嫌なら、今の発言は撤回しますが」

そう言いながらも、外山は華の手を離そうとしなかった。

――嫌じゃないんだけど……でも……

ためらって目を伏せた華に、不意に外山が身体を寄せてきた。

たくましい身体が華に覆いかぶさり、抗《あらが》う間もなく軽々と唇を奪われる。

――あっ、何⁉

慣れたしぐさ、余裕に満ちたキスに華はめまいがしそうになった。

お酒の匂いと、外山のまとっている爽《さわ》やかな匂いが華の身体を包み込む。

唇を重ねたまま、華はぎゅっと目をつぶった。

伝わってくる外山の体温が、華の知らない大人の世界の入り口のように感じる。

大きな手に手首をつかまれたまま、華は彼の舌先を受け入れた。

かすかに唇を開いた華の反応に満足したのか、外山がゆっくりと唇を離した。

「……行きましょうか」

外山が、華の耳元で囁《ささや》く。その低い声がぞくりと肌を震わせる。

華は引き込まれるように、自然とうなずいてしまっていた。

普段なら絶対に、こんなことはしないのに……

第一章

――こ、これは。たしかに現実を忘れてしまいそう……

あまりの展開に、華の酔いはすーっと冷めてしまった。

外山に連れてこられたのは、バーと同じホテルにある部屋だ。ここしか空いていなかったと外山は言うが、まさかこんなすごい部屋を取ってしまうとは思わなかった。

華は半ば呆然としながら、豪華絢爛《ごうかけんらん》なホテルのエグゼクティブ・スイートの部屋を見回した。

三十六階の部屋からはさっきのバーと同様に、東京の夜景が一望できる。

しばらくぼんやり佇《たたず》んでいた華は、外山に『コンビニに行ってくるから、その間にシャワーを使って』と言われたことを思い出し、シャワーブースの扉を開けた。

中はピカピカに磨き上げられ、いつか使ってみたかった高級ブランドのアメニティが並んでいる。

華は服を脱いでたたみ、シャワーのコックをひねった。驚くほどいい香りのシャンプーやボディソープで身体を洗い、髪を適度に乾かして、置いてあるバスローブを羽織る。とてもふかふかだ。

それから改めて、豪奢《ごうしゃ》な室内を見回す。置かれたお茶を見つけ思わず心が弾んだ。

――これなんだろう？　ハーブティーかな……あ、すごい、イギリスの紅茶もある！

「何してるんです？」

お茶を一つ一つ手にとって見比べている時に突然声を掛けられ、華はハッとして振り返った。いつの間に戻ってきたのだろうか。ビニール袋を手にした外山が、棚の上を覗き込んでいる華を不思議そうに見ていた。

「おかえりなさい。コンビニ遠かったんですね」

なるべく落ち着いた口調で、華は答えた。だが外山の端整な顔を見ていると、じわじわと緊張が高まってくる。

「少し離れた場所にありましたので」

いつもどおりの冷静な口調でそう言った外山が、袋からいろいろな飲み物を取り出した。

「伊東さんが飲みたいものがわからなかったので、いくつか買ってきました」

そう言って、外山は残りのものが入ったコンビニの袋をベッドサイドのテーブルに置いた。

「ありがとうございます」

華はお礼を言い、バッグから財布を取り出した。バーではご馳走になってしまったので、飲み物までもらっては申し訳ないと思う。

「いえ、いりません。シャワーを浴びてきます」

脱いだジャケットを手に、外山が部屋から出て行った。

——またご馳走になっちゃったな……何から何まで至れりつくせりだ。

いろいろとご馳走してもらう一方なのは、なんだか落ち着かない。

華は外山が買ってきてくれた飲み物の中から、スムージーを選んで口をつけた。残りは部屋の冷蔵庫に片付ける。

夜景を見ながらぼんやりそれを飲んでいると、夢の国にいるような気分になってきた。

——椅子もふかふか。いいなあこの椅子。

全部飲み終えた華はため息をつく。

正直に言うと、今回の件で外山のことをちょっと変わった男だと感じた。彼ならば華のような普通のＯＬではなく、もっときれいな女性を選べるだろうに、なぜ一夜の相手に華を選ぼうなどと思ったのだろう。

——私とは明日から会わなくていいから、後腐《あとくさ》れがないと思ったのかもしれないな。

なんとなく自分の考えに納得する。

華はリラックスチェアから立ち上がり、デスクの前の回転椅子に座ってくるくると回ってみた。

実は、回転椅子が子供の頃から好きなのだ。さすが高級ホテルの椅子はよく回る……などと思っていたら、シャワーブースから出てきたバスローブ姿の外山と目が合ってしまった。

「何してるんですか？」

「す、すみません……こんなすごいホテル……珍しくて……」

赤くなりながら、小さな声で華は謝った。さっきから外山には妙なところばかり見られている。

お茶をごそごそ探っていたり、椅子に乗ってくるくる回っていたり。

「伊東さんは可愛いですね」

外山がさらっと言い、うつむいていた華の頬に長い指で触れた。

「何を言ってるんですか、外山さんってば」

頬に血が集まるのを感じる。雰囲気を盛り上げるために甘いことを言っているだけだとわかっているのだが、恥ずかしくてたまらない。

「……俺、何か変なことを言ったかな」

華の顎《あご》を優しく持ち上げ、外山が整った顔を近づける。普段はきっちりと整えている短い髪が濡れて乱れているのが、華の目に新鮮に映った。

「伊東さんは俺のこと、嫌いではないですか？」

外山の黒い目に覗き込まれ、華は首を横に振って震え声で答えた。

「き、嫌いだったら、ついてこないです、よ……？」

距離が近すぎる。だんだん鼓動が激しくなってきて、華はぎゅっと目を閉じた。

緊張しすぎて苦しくて、外山の目を見ていられない。

「なら良かった」

低い声で呟いた外山がさらにぐいと近づき、華の唇を唇で塞《ふさ》ぐ。何が『良かった』のかと、尋ねる間もなかった。シャワーを浴びたばかりだからだろうか。外山の唇はほんのりと水の味がした。

椅子に座ったままの華は手首を大きな手につかまれ、抵抗できなくなる。唇が離れたかと思うと、外山の腕が今度は腰に回って、軽々と抱き上げられてしまっていた。

「嫌がられていないなら、俺も遠慮せずにすむな」

たくましい腕の中でもう一度キスをされ、華の身体から力が抜けてゆく。武史とは比べものにならないくらいの力強さだ。これが大人の男の身体なのか、と思った瞬間、身体の芯がゾクリと震える。

優しくベッドに横たえられて、華はシーツを握りしめた。

外山が華の頬をそっと引き寄せ、再び唇を奪った。

――こういう行きずりみたいな関係の場合は、キスは絶対しないって人もいるらしいけど、外山さんはしたいほうなのかな……？

ためらいを覚えつつ、華は少しだけ唇を開けてそのキスに応えた。執拗《しつよう》に感じるくらい情熱的なキスに、華は小さく身じろぎする。

外山の大きな手が迷うことなくバスローブの腰紐にかかり、ゆっくりとそれを解いた。

やはりいざとなると怖《お》じ気《け》づいて身体が強張《こわば》ってしまう。華は引きつった顔を見られないため下に向け、かすかに震える腕で外山のバスローブの袖をつかんだ。大丈夫だというように、外山がそっと華の湿った髪を撫でてくれる。本当は怖くてたまらないことを、外山に見透かされているようだ。

外山の手で脱がされたバスローブが、肌の上を滑り落ちていく。彼は手を伸ばし、ベッドサイドのスイッチで部屋の明かりを落とす。

華は淡い明かりに満たされたベッドの上で、胸を両手で隠したまま身体を固くしていた。

「力を抜いてください」

外山が呟くように言って、そっと額《ひたい》を撫でてくれる。とても紳士的な触れ方だ。

「触っていいですか」

「はっ、はい、どうぞ……」

間の抜けた返事をしてしまったと思う間もなく、外山の指が、華の足の間に滑りこんだ。二本に揃えた指が、華の固く閉じた花芯を柔らかく弄《もてあそ》ぶ。

「や、あ……！」

下腹に強い掻痒感《そうようかん》が走る。甘ったるい声を上げそうになり、華は慌てて言った。

「っ、手が汚れますから、あの」

すると外山が華のむき出しの下腹部をもう一方の手のひらで愛撫しながら耳元で囁《ささや》いた。

「ほぐさないと、痛いと思いますよ」

「私、別に、痛くても大丈夫……んっ」

静かに、とでも言うかのように、華の唇が塞《ふさ》がれた。僅かな光に浮かび上がる冷静な表情とは裏腹に、蕩《とろ》けるほど優しいキスだ。

思わず外山にそのまま身を任せそうになり、華は気づかれないようにぎゅっとシーツをつかんだ。

こんなに簡単に気を許してしまいそうになるなんて、どうかしている。

外山の言葉どおり、ほぐすように指が華の蕾《つぼみ》の奥にゆっくりと押し入っていく。

華はかすかに腰を浮かして、声を漏らした。

「ん……ふ……」

「痛くないですか？」

穏やかに聞かれ、華はつい素直にうなずいてしまった。

外山の指が、完全にぬかるみに沈み込むと、別の指で巧みに小さな芽を擦《こす》られて、得体のしれない熱が下腹部に蓄積されてゆく。

「……っ、あ、ああっ」

外山のたくましい肩をつかみ、華は乱れそうになる呼吸を必死でこらえた。

「まだきついですね。もう少し、指でしましょうか」

「やぁ……っ、も、大丈夫……っ」

開かれた足の間に外山の身体があるので、足を閉じることもできない。華は必死で声をこらえ、膝を震わせて指先で弄《もてあそ》ばれる時間をやりすごす。

やがて足の間から温《ぬる》い蜜がわきだした。その蜜が外山の指に絡まって、はしたない水音を立てているのがかすかに聞こえる。

「あ、あぁ……やぁ……っ……と、やま、さん、っ」

こんなふうに丁寧に責め立てられたら、おかしくなりそうだ。

「っ、もう、やめ……」

情けない声が出てしまった。華は外山にしがみついたまま、小さい声で懇願する。

「好きにして、いいから、ゆ、指、やめ……」

「俺は今、好きなようにしてるんですよ」

外山が耳元で囁《ささや》いた。下腹部を触っていたもう片方の腕が、優しく華の腰を抱き寄せる。華の長い髪に頬をすり寄せ、外山が言った。

「伊東さんは、髪も肌も本当にきれいですね」

しみじみとした口調に、華は涙ぐんだまま首を少しだけ横に振った。

「な、何……言って……」

ぬちゃ、というひときわ大きな音を立てて、外山が中で指をかき回した。華は再び腰を浮かしそうになる。

「っあ、ダメ、外山さぁ……ッ」

外山の指がひくつく花襞を何度も擦り、さらに奥へ忍び込んでゆく。身体を甘く責め立てる指から、そして自分の身体が立てる淫《みだ》らな音から逃れようと、華は必死で腰を引いた。

「お願い、もう、指、ヤダぁ……っ……」

ぬるりと媚壁を擦る指の感覚に耐えられなくなり、華は涙ぐんだままイヤイヤと首を振った。

「や、あぁ、ッ、もう、恥ずかし……っ、指、やぁ……ッ」

身体を揺するたびに、まとわりつくような水音が聞こえる。

その音が自分から聞こえているのだと思うと羞恥でどうにかなりそうだ。

「もうそろそろ、いいかな」

華の中を行き来していた指がずる、と抜かれた。外山はさっき持ってきたコンビニの袋から避妊具を取り出して、口でその端を咥《くわ》えてパッケージを引き破る。

「っ、ふ」

流れ出した涙を隠そうと、華は腕を上げて必死で手の甲で顔を覆った。

「泣かないで」

「な、泣いて、な……」

華の精いっぱいの虚勢に、外山がかすかに喉を鳴らして笑った。そして涙目で唇を噛んだ華に軽くキスをして、濡れそぼった蜜口に硬くなった先端をあてがう。

「挿《い》れますね、痛かったら言ってください」

硬く大きな茎が、じゅぶじゅぶという音とともに、圧倒的な存在感を伴って華の中に埋まってゆく。華は思わず身体を捩《よじ》って、喘《あえ》ぎ声を漏らした。

「あ、あーーっ……なんか、おっき……っ」

当惑と同時に、甘い疼《うず》きが身体の中を走り抜ける。開かれた足から、どんどん力が抜けていく。

「このまま俺につかまっていいですよ」

華の腰をさらに抱き寄せながら、外山が優しく言った。

熱い塊《かたまり》が、耐えがたいほどの圧迫感で華の下腹部を押し広げていく。

気づけば華は汗だくになって、外山の身体にすがりついていた。むき出しの乳房が彼の胸板で押しつぶされ、先端がその刺激で尖《とが》り始める。

「っ、うぅ、っ……外山、さん、あの、……っ」

「もうこんなに濡れてる。可愛いですね、素直な身体で……もう少し、挿れますね」

華の首筋に頬ずりしながら、外山が言った。

——ま、まだ奥まで入ってないの、嘘……

肉杭が蜜襞に擦《こす》れる生々しい音が華の耳に届く。中がきつくて限界かも、と思った瞬間、外山が華の耳元で囁《ささや》いた。

「全部入りましたよ。どうですか」

「あぁ、だ、大丈夫……で、す、っ」

蜜壺が彼のモノでいっぱいに満たされ、華はぎゅっと目をつぶった。

「軽く動いてみますね」

中がぎちぎちで、裂けてしまいそうで怖い。だが、たっぷりと潤《うる》み始めた内壁が、焦《じ》らすように抽送を繰り返す外山の動きを助けている。

今までこんなに濡れたことがあっただろうか。自分の身体の変化に戸惑い、華は思わず声を上げた。

「あ、あ……っ、やあ……！」

みっちりと彼を受け入れた身体の中が熱い。外山が動くたびに抑えようとしても声が漏れ、華は必死に自分を叱咤《しった》した。

——こんな声、出しちゃダメだってば……

そうは思うものの、与えられる刺激が強すぎて、どうすることもできない。だんだん、思考がとぎれとぎれになっていく。

「っ、あ、あ、外山……さ……」

肌が擦《こす》れ合うとお互い一糸まとわぬ姿なのだと思い知らされて、恥ずかしくてたまらない。なのに、くちゅりという音が聞こえるたび、お腹の奥の疼《うず》きが止まらなくなってしまう。

「気持ちいいですか？」

華の身体を気遣っているのか、ゆったりとした抽送を繰り返しながら、外山が尋ねた。

「あ、っ、あ……の……」

華の身体の奥が、不意に、熱く昂《たかぶ》った外山のモノでぐいと突き上げられる。

「ひぃ、っ」

花芯の最奥をえぐられる快感に思わず身体が跳ね、弾けるように乳房が揺れた。華は仰《の》け反《ぞ》って外山の二の腕を握りしめる。

その反応を良しと見たのか、外山が華の足を限界まで大きく広げさせ、何度も奥を突き上げた。グチュグチュというあられもない音が響き渡り、ますます羞恥心《しゅうちしん》が高まっていく。

「こうされると、気持ちいいですか？」

「っ、あ、べ、別、に」

「こんなエロい音を立ててるのに、そうでもないんですか？」

意地の悪い言葉に、華の目にまた涙がにじんだ。素直に答えないと許してもらえなそうだ。

「……っ、気持ちいい……です……」

ようやく絞り出した言葉と同時に、華の目からぼろりと涙がこぼれ落ちる。

クス、と笑い声が聞こえた気がした。そして華の唇が、外山の唇で優しく塞《ふさ》がれる。

華は外山の背中に腕を回し、もう一度すがりついた。抱きかかえるような体勢に変わると同時に、今度は剛直したモノで優しく小さな芽を擦られて、耐えがたいほどの快感が走る。

「っ、やぁぁっ、や、ヤダ、ダメ、そんなとこ……ダメ……っ」

外山の唇を振りほどき、華は潤《うる》んだ視界のまま訴えた。

「う、う……」

身体を翻弄《ほんろう》されて、涙がとめどなくあふれてくる。ぼろぼろ涙を流して泣いている華の唇に執拗《しつよう》なキスを繰り返しながら、外山がため息のような声で呟いた。

「俺も気持ちいいです、なんだか、本当に……貴方が可愛くて」

耳元で囁《ささや》かれた瞬間、再び外山のモノが奥へと入り込み、華の蜜壁がぞわりと蠢《うごめ》く。気づけば華は自分から小さく腰を振っていた。恥ずかしいからこんな真似をしたくないのに、身体が勝手に動いてしまう。

「あ、あ……っ、あ……」

ねだるようなか細い声に煽《あお》られたのか、外山がさらに強く華の身体を抱き寄せる。

「さっきよりいい声になりましたね、伊東さん。俺……どうにかなりそうだ」

そう呟き、外山の手が華の乳房から腹、そして太ももにかけて楽しむようにゆっくりとすべり落ちていく。

「こんな身体をしていたら、朝まで俺に泣かされても文句は言えませんよ」

外山が華の腰を手でつかみ、容赦なく身体を動かす。どろどろに濡れた秘裂に、繰り返し昂った剛直をねじ込まれる。

「っ、やぁ、そこ、ヤダ、深い……っ……」

灼《や》けた杭に何度も隘路《あいろ》を行き来され、閉じ合わさった肉襞を執拗《しつよう》に押し広げられて、華は唇を噛んだ。これ以上乱れた姿を晒《さら》したくない。勝手に漏れてしまう声を聞かないで欲しい。

「もう、嫌……ヤダ……変になっちゃうから……っ……」

華の唇から、うわ言のように哀願の言葉がこぼれでる。

力の入らない身体を焦《じ》らすように突き上げていた外山が、汗のにじんだ顔で笑った。

「なんで嫌だなんて言うんですか、貴方だってまんざらでもなさそうなのに」

受け入れた彼のモノが華の中でますます硬く熱を帯びる。外山の熱で、身体の芯が炙《あぶ》られて、身も心も溶けてしまってどうにかなりそうだ。分厚い身体と絡み合いながら、華は吸いつくように外山の首筋に顔を埋《うず》めた。

「っ、ああ……っ、やァ……っ」

「そんなに締めつけないでください。意外と貪欲だな」

外山がそう言って、ぎゅっと華の身体を抱きしめた。

「でも、こうやってが乱れる姿、悪くないです」

乳房が、外山の厚い胸板で押しつぶされる。

外山のなめらかな肌に包まれると、身体と身体の境目がなくなっていくような気がしてしまう。

「貴方の中、めちゃくちゃ熱い。今、そんなに、いいですか?」

「あ、あ、ちがっ……」

華はその言葉に抗《あらが》おうと必死で首を振った。

「こんな状態で否定されると、逆にめちゃくちゃそそられる……」

「なん……で……ヤダ……ぁ……」

貪欲とか、まんざらでもなさそうとか、外山が囁《ささや》く言葉はどれも華の心情としては納得しがたい。

なのに、外山に貪《むさぼ》られる身体は彼の言葉を肯定し、灼けるような愛撫を従順に受け入れている。

自分ではもうどうすることもできない甘い快楽に押し流されながら、華は汗だくの外山にすがりついたまま、意味をなさない喘《あえ》ぎ声を漏らし続けた。

「あ、あ……っ、ひぃ、っ」

繰り返し激しく突き上げられて、花芯から身体の奥にかけてが、引き絞られるように疼《うず》く。

膝頭を震わせ、自分の指の背を噛んでこらえたけれど、もう限界だった。

外山の汗が華の汗と交わって肌を濡らし続け、その発散される熱で全身を包みこまれるような感覚に襲われる。貫《つらぬ》かれた身体の中がぐちゃぐちゃに蕩《とろ》けてゆく。

さらに蜜があふれだし、華は力いっぱい外山にしがみついた。

「い、ぃ……っ、あ、ああ……っ、も、イッちゃ……っ」

華の言葉に応えるように、外山が片腕で華の頭を抱き寄せる。

まるで恋人に対するかのような優しいしぐさだった。

大切に扱われているのが伝わってきて、二人の関係を勘違いしそうになってしまう。

灼《や》けるような雄茎の熱を散々味わわされた媚肉が、ぎゅうっと強く収縮する。

「ツ、あああーーーっ！」

悲鳴を押し殺し、華は隙間なく外山と肌を合わせた。瞼《まぶた》の裏に、無数の星が散る。

「伊東さん、すみません、俺も……」

一瞬身体を強張《こわば》らせた外山が、大きく息を乱して、華の一番奥を探り当てながら動く。

痙攣《けいれん》する蜜壁を味わうように動きを止め、外山は剛直を震わせて、ゆっくりと精を吐き出した。

「……っ、失礼」

外山は華の身体から、力を失った自身を引き抜くと、脱力している華を抱き寄せた。

汗ばんだ外山の胸に抱き寄せられたまま、華は弾んだ息を整える。

温かい大きな身体に寄り添っていると、気が緩《ゆる》んで強い睡魔に襲われた。

「大丈夫ですか？」

外山の問いかけに、華はこくりとうなずいた。

何か気の利いたことを言わなければと思うのだが、頭がぼうっとして何も思いつかない。

「もう泣いてないですよね？　……顔を見せて」

大きな手で頬を支えられ、華は涙でグシャグシャの顔を上げた。こんな顔を見せるのは恥ずかしいのにと思う。だが、奇異な目で見るどころか外山は微笑んでいた。見たことがないくらい、優しい表情をしている。

「失礼」

ティッシュで足の間を拭《ぬぐ》ってもらい、華はぼやけた視界でかろうじてお礼を言う。こんなことまでしてもらうなんて、とは思うが、もう何をされても抵抗する気力もない。

外山が起き上がって、自分の身体の始末を始めた。華も起き上がろうとしたのだが、身体に力が入らない。口を開くのすらだるいくらいだ。

「冷えますから、これを着て」

さっき脱がされたバスローブを着せてもらい、華は目をつぶった。

「眠っていいですよ」

うとうとしかけた華の耳元で、外山が華の髪を手で愛《いと》しむように撫でながら囁《ささや》いた。

「ありがとう……」

素直にそう答え、華はそのまま意識を手放した。

——あれ？　武史泊まっていったの？　珍しい。

寝ぼけた華は、男の腕の中で目を覚ました。人肌は気持ちいいな、と思ってもう一度目を閉じかけ、あることに気づいてバチッと目を開ける。大柄なたくましい身体は武史のものではない。

だいたい、武史とはもう別れているではないか。

状況を把握した華は布団の中で凍りついたまま、添い寝をしている男の顔をじっと見つめた。

その端整な寝顔にしばらく見とれた後、サーッと血の気が引いていく。

——あああ。なぜこうなった……！

早朝明るくなったホテルの部屋を一瞥《いちべつ》した瞬間、華の全身に冷や汗がにじんだ。

人生初めての『行きずりの夜』がどうやら明けたようだ。

外山が目を覚ましたら、なんと挨拶をすればいいのだろうか。

――昨日はお疲れ様でしたって言えばいいのかな。ちょっと間が抜けてるかも。どうしよう。

寝顔をうかがいながらじっとしていると、外山が気配に気づいたように目を覚ました。

「お、おはようございます」

「おはようございます」

外山がそう言って手を伸ばし、縮こまっている華の頭を胸に抱き寄せ、髪を撫でた。

華は息を呑む。外山とベッドの中で密着して髪を撫でられているなんて、想像を絶する状況だ。

「伊東さんの髪の手触り好きだな、俺。シルクみたいできれいですよね」

やはり優しい声音だった。寝起きだが、機嫌はいいようだ。

「髪はずっと伸ばしてるんですか？　初めて会った時からずいぶん伸びましたよね」

「伸ばしてると、それなりにまとまるから、美容院にこまめに行かなくてもいいので……」

――どうでもいいこと言っちゃったな……

思わず目をつぶった華の言葉に外山は笑って、そっと身体を離した。

「なるほどね。ところで、シャワー浴びませんか？」

「お先にどうぞ、私は後で」

「一緒に行きましょう」

「あ、あのっ、お風呂一緒に入るのは、さすがに恥ずかしいんですけど」

「いいじゃないですか、今日くらい」

華は拳《こぶし》を口に当て、外山の言葉を反芻《はんすう》する。『今日くらい』とはどういう意味なのだろう。

奮発していいホテルに泊まった記念すべき日という意味だろうか。

「あれ？　もしかして今さら照れてるんですか」

からかうように言われ、華は反射的に首を振った。こんな情事に慣れていそうな彼に、お子様だと思われるのはちょっと癪《しゃく》だ。

「い、いえ、違います……」

だが、華の答えに、外山は口の端を吊り上げて笑っただけだった。余裕しゃくしゃくの態度だ。

外山の笑顔に怯《ひる》んだ隙にベッドから引っ張りだされ、華はシャワーブースに連れ込まれてしまった。

「脱ぎましょうか」

華のバスローブに手をかけて、外山が言った。

「た、タオル、タオル……巻かせてっ」

「昨日見ましたよ」

「ダメですっ！」

慌ててタオルで身体の前を隠し、もう一枚を外山に差し出した。

「これ巻いてくださいっ、か、完全に裸なのはちょっと」

「わかりました」

外山は言われたとおりに腰にタオルを巻き、肩をすくめてシャワーブースに入っていった。

――と、外山さんは自分の身体に自信があるのかな？　あれだけの体格なら無理もないけど……

華は脱衣所でタオルを抱いたまま逡巡《しゅんじゅん》した。やはり外山と二人でお風呂だなんて抵抗がある。

「隠さなくてもいいと言ってるのに」

華は頬を染め、からかうような笑みを浮かべる外山を睨《にら》みつけた。

だが、いわゆる『大人の関係』を結んだ手前、今さら恥ずかしがるのは野暮なのかもしれない。

華は葛藤の末ブースに入って扉を閉め、シャワーヘッドを手にとった。

外山を警戒しつつ、背を向けたまま小さくなりながら身体を慌てて洗う。

華の背中から耳元に唇を寄せた外山が、からかうように囁《ささや》きかけた。

「シャワーを貸してください」

思わず悲鳴を上げそうになったものの、華は平静を装い大きな手にシャワーヘッドを握らせる。

「ありがとう」

それを受け取り背後で頭を洗っていた外山が、突然華の背中にシャワーの湯をかけてきた。

「なっ、何するんですか！」

「寒いかと思いまして。大丈夫ですか」

「べ、別に、平気です」

「なら良かった」

外山は相変わらず何を考えているのかわからない笑みを浮かべ、自分の頭の泡を流した。華はぜい肉のない身体に見とれそうになり、慌てて顔を背ける。

——うう、やっぱり断ればよかった……私のバカ！　早く出よう！

なるべく外山に身体を見られないよう背を向け、華はタオルを片手に抱いたままボディソープを肌に伸ばした。その瞬間、たくましい腕がぐいと華の身体を引き寄せてくる。

一気に顔に血が上《のぼ》る。真っ赤になっているのを自覚しながら、華は悲鳴のような声で言った。

「やっ、ヤダっ、離してください……っ」

突然裸の胸に抱きしめられ、華は赤面して叫んだ。

背中に引き締まった胸の感触を感じ、心臓が早鐘を打つ。

「しっかり者に見えるんですけど、貴方は隙がありますね。まあ、そんなところも可愛いけれど」

華のウエストに回った外山の腕に力がこもる。

「離し……」

言いかけて、華は息を呑む。むき出しの尻と腰のあたりに、熱を持った硬いモノがタオル越しに押し当てられている。

恥ずかしさのあまり爆発しそうになり、華は激しくどもりながら言った。

「あああのっ、お、お風呂で何すっ」

「失礼しました」

外山が照れ隠しのように少し身をかがめ、華の耳にキスをした。

身体から力が抜けそうになる。昨夜さんざん彼の身体に馴染《なじ》まされたせいか、触れられると心地良いというか落ち着くというか……だが、身体の声に素直に従ってうっとりしている場合ではない。

――お風呂出ましょうって言おう！　それで、もう帰ろう。

意を決して振り返った華の顎《あご》は、外山の大きな手であっさりととらえられてしまった。驚いて手の力が緩《ゆる》み、タオルが床に落ちてしまう。

「ん、く……」

全裸になってしまった。タオルを拾わねばと思うのに、頭が真っ白になって動けない。

「はぁ……本当に隙だらけで参ったな……このまま帰す気には到底なれない」

外山が、ため息をついて華の背中に手を回して抱き寄せる。

むき出しの乳房が外山の裸の胸板に押しつけられ、その刺激できゅっと尖《とが》った。

かすかに声を漏らしそうになり、華は身体をねじって逃れようともがいた。下腹部には相変わらず、元気に存在を主張する外山のモノが腰に巻かれたタオル越しに当たっている。

「あ、の……離して……ください」

泡だらけの裸の身体を抱きしめられ、恥ずかしさのあまり外山の顔をまともに見ることができない。

「離したくなくなりました」

外山がそう言って、再び華の唇をとらえ、噛みつくような勢いでキスをしてきた。

――ど、どうしよう……どうしよう……

外山は手にしたシャワーヘッドをフックに戻すと、両腕で華の身体をさらにきつく抱きしめる。

シャワーのお湯が頭から降ってきて、華の身体の泡を洗い流した。

華は戸惑いながら、外山の二の腕に指をかけた。腰を抱いていた手が、華の鋭敏に反応している乳嘴《にゅうし》に伸びる。シャワーの湯で温められ、桜色に染まったそこを、外山の指がきゅっとつねり、焦《じ》らすように指先でしごいた。もう一方の手は逃がさないとばかりに華の腰を抱いている。

「んん、っ……ふ……」

唇を奪われたまま、華は思わず声を上げる。

外山の腕に爪を立てそうになり、肌を傷つけまいと指先をわななかせた。

乳房をいじっていた外山の指がいつくしむように滑り降り、華の足の間の柔らかな毛を軽く引っ張る。

「ん、ん……っ」

甘い声が華の唇の端から漏れる。足に力が入らない。華は胸を外山に押しつけ、彼の身体にすがりついてしまった。

「や、やめて……」

「すみません。無理です」

華の力ない抗議に、外山は謝りつつ、悪びれもせず拒否の言葉を口にする。

昂《たかぶ》ったモノが、華の腹のあたりでますます主張を強める。息を呑んだ華の腰から手を離し、外山はシャワーを止めた。そして、ブースの外へ華を引っ張り出す。

「やっぱり、もう一度貴方を抱きたい」

置いてあったフカフカのバスタオルで、外山が華の身体をそっと拭《ぬぐ》う。

昨夜散々味わった陶酔が、華の身体に生々しくよみがえった。

やめて、と言いかけた言葉が喉を滑り落ちてどこかへ消える。

――どうしよう……私の身体、どうしちゃったの？

葛藤しているのに、外山を突き放せない。きっと本気で嫌がれば彼はやめてくれるのに。

昨夜のように軽々とお姫様抱っこをされ、華は必死に胸を隠した。

華の身体が、そっとベッドに降ろされる。外山がベッドサイドのコンビニの袋に手を突っ込み、新しい避妊具のパッケージを取り出して引きちぎる。

「あ、あの、私、やっぱり、あの……」

どうにかしてこの状況を変えようと声を絞り出すが、外山の眼差しに射すくめられて最後まで言うことができない。

「……きれいな足ですよね。足だけじゃなくて、全部きれいだ。……俺はずっと、会社のやつらが貴方を気立てのいい子だとか、可愛いとか言うのが嫌だった」

ゴムを付け終わり、華の足に手を掛けて広げながら、低い声で外山が呟く。

最後のほうがよく聞こえなくて、華は小さな声で尋ね返した。

「な、なんですか？」

「なんでもありません。ああ、こんなところまで、全部きれいだ」

ゆっくりと華の足を広げ、外山がうっとりと言った。

――な、何してるの、……ッ！

驚いて足を閉じようとしたが、太ももにかかる外山の手の力が強く抗《あらが》えない。

不意に、外山が、華の足の間に顔を埋《うず》めた。

「ヤダぁ……っ！」

驚きのあまり華は思わず悲鳴を上げた。隣の部屋に聞こえてしまうかもしれない、と慌てて自重し、少し抑えた声で外山に告げる。

「ちょっと、そんなところに顔……っ、あ、ああっ、ヤダあ……ッ」

最後のほうは泣き声混じりの懇願になった。

外山は華の言葉に応じるふうもなく、ゆっくりと秘所に舌を伸ばしていく。

ひくり、と華の花唇が、外山の舌先に反応した。

「や……やめ……」

外山の頭を必死に押し返そうとするが、びくともしない。舌先が華の埋もれた敏感な花芽を、幾度も舐め上げ、弄《もてあそ》ぶ。

「ひっ、だ、ダメ……ダメ……っ」

華は懇願に近い口調で言った。身体が勝手に反応し、腰をくねらせてしまうのがなんだか悔しい。

イヤイヤと首を振るたびに、厚みのある舌がどんどんぬかるみに沈んでゆく。

外山の舌と吐息の熱が、華の内奥にゆっくりと愉悦の火を灯す。

「ああ……あ……」

外山の舌使いにのせられ、ゆるゆると腰を動かしながら華は思った。

——こんなところを舐められるなんて、嘘。

華は枕に頭を乗せたまま、必死に首を振った。あまりの快楽に、視界がうっすらと曇ってゆく。甘い刺激をやりすごそうと、華は足の指でシーツをつかみ、震えをこらえた。

「外山……さ……ダメ……」

華は淫《みだ》らに責めたてる舌使いを緩《ゆる》めてもらおうと、小さな声で名前を呼んだ。そして片手で外山の髪をつかみながら、もう片方の手で枕の端をギュッと握る。

「ん、あ、ああっ……やぁ……っ……」

外山の舌が、華の内側にあふれた蜜をすくい取る。

びくん、と大きく身体が跳ね、華の目の前に小さな星が散った。

「あぁっ！」

力なく足を開いたまま、華は涙ぐんで外山を見つめる。

「……挿《い》れていいですか？」

ようやく顔を離した外山が、口元を拭《ぬぐ》いながらそう尋ねてくる。

だが、これ以上気持ち良くされたら、ぐちゃぐちゃになって訳がわからなくなりそうだ。

「や、ヤダ……っ……もうイヤ……」

「でも、挿れないと、鎮まらないでしょう」

その熱を帯びた声と、獲物を狙うような野性を秘めた視線にゾクリと身体が震えた。

足をぐっと大きく広げられ、あらわになった花芯がひくひくと小さな痙攣《けいれん》を繰り返す。

もっともっと欲しい、と身体がねだっているのは、華にもわかっている。

「ヤダぁ……ッ」

子供のように叫んで、華は手の甲で顔を覆う。これでは『はい、どうぞ』と言っているのと変わらない。激しく呼吸を乱した外山が、華の身体にのしかかった。

じゅぷ、という音を立てて、外山の雄茎が華の身体を性急に貫《つらぬ》く。たっぷりと濡れた蜜路が彼自身をするりと呑み込んだ。

その強い刺激の反動で閉じようとした足が、外山の手でぐいと押し開かれた。

「口でしたから、キスするのはやめておきます」

外山はそう言い、華の震える乳房に舌を這わせる。

「あぁ……っ」

敏感に立ち上がった乳嘴《にゅうし》が、ぴくりと震えた。

口で拒んでも、身体が悲しいくらい素直に反応してしまう。

ベッドの軋《きし》む音と同時に、華の身体が幾度も突き上げられた。そのたびに、華の媚壁は、外山のモノに絡みついて締め上げる。くちゅくちゅと音を立てて、彼の身体を貪《むさぼ》ろうとしているのだ。

「あ、あ、っ……ひ……っ」

弱々しく手を伸ばし、華はやっとの思いで外山のたくましい腕をつかんだ。

ベッドがぎしぎしと揺れるたびに、乳房も外山を誘うように揺れる。

「見ない……で……」

注がれる視線に気づき、華は唇を噛む。こんなふうに喘《あえ》いで、悶《もだ》える姿を人に見られているなんて耐えがたい。

「恥ずかしい、から、見ないで……っ」

「嫌だ、俺は見たい」

かすれ声で外山が答える。華は諦めて目をつぶると、端から勝手に流れ出した涙が伝い落ちた。

「嫌がっても……離しま……せん」

ため息のような声で外山が呟く。

「ふぁ、な……に……？　っ、あ、ああ、あっ……！」

泣いても喘《あえ》いでも、灼《や》けるような責めは終わることがない。激しく身体を貫《つらぬ》かれ、華はイヤイヤと首を振った。

「ああ、ああーーっ……ダメぇ、っ」

「っ、伊東さん……っ」

もうたまらないというように外山が力いっぱい華を抱きしめた。

自然と彼の腰に足を絡めながら、華はいつの間にかゆるゆると腰を振っていた。

「いやぁ……っ、ヤダ、も、ぉ、なか、熱い……っ」

昨夜と今朝、立て続けに甘く蕩《とろ》かされ翻弄《ほんろう》された肉体が、少しずつ外山とのセックスに慣らされていくようだ。最初は外山のモノが大きすぎて痛いくらいだったのに、今では気持ち良くて、まるで彼の形を華の身体が覚えようとしているかに感じる。

「ほんと、恥ずかし……っ……」

華に覆いかぶさった外山が、獣のように華の首筋に顔を埋《うず》め、口づけを繰り返す。

硬い髪が華の頬をくすぐり、荒々しい吐息が華の興奮をますます誘う。

頭では己《おのれ》の痴態を見られることを恥じらう部分が残っていて、髪を乱しながら首を横に振っているのに、その気持ちとは裏腹に自ら熱に浮かされたように腰を振り続けている。

「嫌……いやぁ……っ」

激しい抽送を繰り返され、華は一気に快感のピークへと押し上げられてしまう。

繰り返し押し上げられた子宮口がひときわ激しく疼《うず》き、蜜壁がびくびくと外山の硬さを増した肉杭に絡みつく。華の唇から、泣きじゃくるような喘ぎ声が漏れた。

「ひっ、あ、あああっ！」

お腹の奥が痛いくらいに痙攣《けいれん》し、引き絞られて目の前が真っ白になる。外山のモノをこれでもかと締め上げたまま、華はとうとう絶頂に達してしまった。

外山は脱力した華の身体を汗だくの胸に抱きしめて、うわ言のように呟く。

「嫌だと言われても……離したくない」

蜜壺を穿《うが》つ雄茎が、熱を帯びた鋼《はがね》のように反り返り、ついに弾けて小刻みに震えるのがわかった。

「あ……ぁ……」

弱々しく声を漏らし、華は皮膜越しの吐精を受け止めた。

手の甲で汗と涙を拭《ぬぐ》った華は、自分にのしかかる外山を見てふと我に返った。

――すごい汗。はあはあ言ってる……大丈夫かな……？

華はそう思い、激しく上下する外山の背中に遠慮がちに手を回した。

ぼんやりと広い背中を撫でているうちに、彼の呼吸も少しずつ落ち着いてくる。

「やっぱり、俺は貴方をどこにも行かせたくない」

華から身体を離した外山が、そう呟くのが聞こえた。

――え……なんの話？

何か返事をしなければ、と思うのだが、外山が言っている意味がよくわからない。

外山の大きな手が優しく頭を撫でるのを感じ、華は枕に顔を埋《うず》めた。

こんな時に気が抜けてしまうなんて、と思うのだが、まぶたが重くて仕方がない。

「少し休んでいていいですよ。チェックアウトまでまだ時間がありますから」

外山の穏やかな声が聞こえた。華は重いまぶたをちょっとだけ開けてうなずき、再び目を閉じた。


広々とした明るいダイニングレストランで、昨日と同じ服を着ている華は落ち着かない気持ちで辺りを見回す。

今日は土曜日だ。ホテルに併設された高級ダイニングには、まだ朝九時前だというのにたくさんの着飾ったお客さんが入っている。商談中らしいスーツ姿のビジネスマンの姿も散見された。

――すごい……このホテル、朝ごはんのビュッフェも豪華《ごうか》……

華は、真っ白な皿に盛られたオムレツとフレンチトーストを前に、ゴクリと喉を鳴らす。

向かいの外山は、ネクタイを外したシャツ一枚の姿でコーヒーを飲んでいた。

会社で見る姿より野性的な感じがして、なんだかそわそわして落ち着かない気分になる。

けれど、冷静な彼の表情には、先程までの激しい時間の名残《なごり》など微塵《みじん》もない。

――こういう場面で、何しゃべったらいいのかわからない……

華は無言でフレンチトーストを頬張った。バターの香りが良く、うっとりしてしまうほどおいしい。オムレツも同じで、チーズが入っていて蕩《とろ》けそうな口どけだ。

――おいしい……！　果物ももらってこよう！

お腹が満たされ落ち着いてきた華は、コーヒーしか飲んでいない外山の様子に気づいて尋ねる。

「外山さん、何かお料理を持ってきましょうか？」

さっきから考え事をしていた外山が、はっと我に返ったように笑みを浮かべた。

「すみません、お願いしていいですか」

やはり、先程までの余韻《よいん》などまるで感じさせないクールな笑顔だった。

――なるほど、オトナは一夜の情事をこうやってやりすごすのか……でも、この知識はたぶんもう使い道ないなぁ……

華は愛想よく笑って、二人分の料理を盛りつけて席に戻る。

「外山さん、このオムレツおいしかったですよ、どうぞ」

華はそう言い、再び食べ始める。こんな場所にはしばらく来られないので、思い出にお腹いっぱい食べておきたい。のんきにそんなことを考えながら、華は料理を平らげた。

昨夜から今朝にかけて非現実的な時間を過ごしたせいか、頭の中がすっきりしているから不思議だ。

外山も、何度も身体を重ねたことなどなかったかのように自然に振る舞っている。

「伊東さんはいつ引っ越すんですか？　退寮期限って今月中ですよね」

そう尋ねられ、華は首を傾げた。なぜか外山は昨日から、華の引っ越しを気にしている。

お金を騙《だま》し取られ、あげくに退職理由も嘘だったということを話してしまったので、心配してくれているのかもしれない。

「はい、有給を消化し終わったら出て行かないといけないので、今月末です」

華はそう言って、オレンジジュースをひと口含んだ。これも搾り立てでとてもおいしい。

皿の料理に手を付けず、相変わらずコーヒーを飲み続けていた外山がふと手を止めた。

「来週中には出て行く、って感じかな」

「そうですね、いらないものはだいたい処分し終わったので……お料理冷めちゃいますよ？」

「……そうですね」

外山はうなずいて、再び何かを考え込むように目をそらしてしまう。

仕事のことを考えているのかもしれないと、華が口をつぐんだ時だった。

「伊東さん、東京に残ってバイトしませんか」

コーヒーカップをテーブルに置き、外山が唐突に言った。その表情はひどく真剣で、華は茶化せる雰囲気ではないことを感じる。

「バイト、ですか？」

予想もしていなかった言葉だ。外山が、東京での当座の仕事を紹介してくれるという話だろうか。

だが、引っ越し費用もギリギリの今、アルバイトで生活をまかなえるとは思えない。

「バイトだと生活費がちょっと足りません。東京で新しく部屋を借りる余裕もないので」

外山は心配してそう申し出てくれたに違いないが、華は正直に無理であることを伝えた。

「住み込みの仕事なんです」

「住み込み？」

華の脳裏に、短大時代に経験したスキーリゾートでのアルバイトのことが浮かんだ。

友達がたくさんできて楽しかったし、雑用が苦にならないタイプの華には向いていたのだろう。

だが今は三月下旬だ。リゾートでの住み込みのバイトなど見つかるのだろうか。

外山は何か考え込んだ表情のまま、湯気の立っていないコーヒーを飲み干した。

「ええ、食事も寝るところもついています。雇い主は比較的神経質な人間ですが」

華は眉をひそめた。神経質な雇い主は嫌だな、となんとなく思う。朝から晩まで細かくチェックされて働くのは、さすがにきつそうだ。

「仕事内容は家事全般。けっこう忙しいと思います。ですが、給与はしっかり支払われますし、家賃も光熱費もかかりません」

「家政婦さんですか……？　知らない人の家に住み込むのはちょっと……」

華はやんわりと断る。変わった仕事を紹介してくれるのだな、と思いつつ、飲み物を取ってこようと立ち上がった時だった。

「勤め先は俺の家です」

「えっ⁉」

その場に棒立ちになったまま、華は突拍子もない声を出してしまった。

周囲の人々がいっせいにこちらを振り返ったので我に返り、慌てて椅子に座って声を潜《ひそ》める。

「今なんて言ったんですか？」

「勤め先は俺の家、と言いました」

「そ、それはわかりますけど、何言ってるんですか？　そんなの無理ですよ、無理」

そう答えた瞬間、さんざん外山に泣かされた時間が生々しくよみがえる。

一気に顔が熱くなり、華は声を抑えて早口で言い返した。

「あ、あの、さっきみたいなことはもうしませんから。ああいうことは、お付き合いしてる方にお願いしてください！」

「いくつか誤解があるようですが」

余裕のある口調で、外山が華の話を遮《さえぎ》った。椅子に寄りかかって足を組み、薄い笑いを浮かべて華をじっと見据えている。その迫力になんとなく圧倒され、華は口をつぐんだ。

「俺はフリーです。恋人がいたら他の女性なんかに声を掛けませんよ。それから、俺は家事をお願いしたいんであって、それ以外のことは頼んでいない」

華は無意識に姿勢を正して外山の話を聞き続ける。

「まあそれ以外のこともしてくださるなら、それはそれで歓迎ですが」

「ま、待って！　しませんってば！」

「冗談です。本当に家事しか頼みませんよ。悪い話じゃないでしょう？　貴方は地元に帰らずにすみますし」

「そ、そうかもしれないですけど、女性が男の人の家に住み込むなんて普通はしませんよね」

「はい。普通であれば、男だって彼女でもない女性を家に住み込ませたりはしません」

「ま、まあそうですよね……」

華は、ついうなずいてしまった。その様子を見て外山がうっすらと笑みを浮かべる。うまく丸めこまれているような気もしつつ、華は落ち着きなくストローでグラスの氷をかき回した。

「最近忙しすぎて、家事をすると自分の時間がなくなってしまうので、誰かを雇ってお金で解決したい。かといって、知らない人を雇用するのは嫌なんですよ」

「なるほど……」

完全に外山のペースに呑まれてしまい、反論するきっかけがうまくつかめない。

華はうつむいて、外山になんと答えるべきか考え込んだ。

「で、でも、同僚の女の人を自分の家に住まわせて、家事して欲しいなんて、変です」

「ええ、変な話だと思います。でも、もう同僚ではなくなりますから、貴方にお願いしているんですよ。困窮しているご様子ですし、無茶振りしてもイエスと言ってくれる可能性が高い。つまり俺は、貴方の弱みに付け込んで無茶を通そうと思っているわけです」

「はぁ、なるほど」

納得してしまい、華は慌てて首をぶんぶんと横に振った。さっきから『なるほど』としか言っていないではないか。なぜ簡単に外山に言いくるめられているのだろう。

「あ、今のは納得したんじゃないですからね！　えっと、じゃあ、友達が遊びに来たらどうするんですか？　家政婦さんに住み込んでもらってるって言うんですか？」

「言うわけないでしょう」

呆れたように外山が言う。

「『彼女と同棲してる』って言うに決まってるじゃないですか。いちいち、本当の事情なんか説明しませんよ、話がこじれますし」

「ああ……それもそうですね……」

外山のなめらかな口調につられ、華はついうなずいてしまった。

「伊東さんの人生には、最近イレギュラーな事件が起きたんですよね。留学に行けなくなった件とか。生きていれば、常識や自分の想像を超えたことが起きるわけです」

外山が妙に説得力のある口調で、華に語りかける。漆黒の切れ長の目に吸い込まれそうになり、華は再びうなずいていた。武史にひどい目に遭わされたのも、留学のことも、悪夢のようなイレギュラーだ。

まさか財産の大半を失い、苦労して入った一流企業を辞め、大好きな東京暮らしもできなくなり、逃げるように地元に戻る日が来るなんて。思い返して胸が痛くなり、華はしみじみと呟いた。

「はい、人生って何が起きるかわからないです」

挙句に外山と一夜の関係まで結んでしまうなんて、イレギュラーづくしだ。

彼の言うとおり、人生は何が起きるかわからない。

「じゃあもう一度くらい、イレギュラーなことが起きても平気なんじゃないですか」

「えっ？」

自分の考えに沈み込んでいた華は、唐突な外山の言葉に驚いて目を見開いた。

「このまま地元に帰ってお嫁に行かされるのは、嫌なんですよね」

「ま、まあ、そうです……嫌です……」

「なら、俺の家で家政婦やってもらえませんか？」

華は眉根を寄せた。男性の家に住み込むなんて怖いし、普通ではない。

かといって地元に帰って、母のしつこいお見合い攻撃に晒《さら》されたいかというと、絶対に嫌だ。

「通いの家政婦さんじゃダメなんですか？　そういう人を休日だけ雇うとか」

「毎朝六時半に朝食を出してくれる人がいい。俺は昼メシ抜きの日が多いので朝はちゃんと食べたいんです。でも、冷蔵庫に突っ込んでおいたものを温めて食べるの、嫌いなんですよ」

「外山さん、それ、ワガママすぎませんか？」

思わずそう言うと、外山がおかしそうに笑った。

「ええ、俺はワガママです。最近忙しすぎて疲れたので、誰かに世話を焼いて欲しい。専業主婦希望の女性とお見合いして結婚してもいいんですけど、時間がかかりますし」

「そう思うなら、なんでもっと早く結婚しなかったんですか？」

「さあね、なぜでしょうね」

外山が不意に笑顔を消し、じっと華を見つめた。

「伊東さんは会社でいくらもらってましたか？　入社三年目で一般職の五等級くらいだから、手取りで二十三万くらいかな」

正確に給与額を言い当てられ、華は絶句してしまった。たしかに就業規定にはおおよそのモデル給与額も書いてあった気がするが、外山はそんなものまで覚えているのか。

「当たりみたいですね。では、俺が同じ額の給料を出します。幸い独り身で余裕があるので」

予想外の言葉に華は目を丸くした。最近お金の心配ばかりしていたせいか、反射的に『それだけあればちゃんと貯金ができる』などと考えてしまう。

しかし、外山は一般企業のサラリーマンのはずだ。営業成績がずば抜けていい彼にはかなりのインセンティブが支給されていたのは知っているが、そこまで余裕があるものなのだろうか。

「もちろん長期間やれとは言いません。俺の財布も有限ですしね。そうだな……俺が専業主婦希望の方と見合い結婚するまででいいですよ。伊東さんもその間に貯金できると思えば悪い話ではないはずです。もちろん辞めたくなったらいつでも辞めてください。それは貴方のお好きに」

たしかにその条件なら、少しはマシに思えてくる。

――あ、あれ？　私は何を真剣に、外山さんの話を検討してるんだろう……？

じっと空のコップを見つめていた華の耳に、外山の声が届いた。

「試しに一日仕事してもらって、お互いこいつと一緒じゃ無理、となったら、そこでこの話は終わりでかまいません」

「ほ、ほんとに……変なこと……しないですか……？」

外山のペースに引きずり込まれるように、ついつい華は尋ねてしまった。

「はい。絶対にしません。こちらとしても仕事をお願いするわけですから」

外山がそう言って、オムレツを口に運んだ。だが、切れ長の黒い目は華をとらえて離さない。おそらく華の答えを待っているのだろう。

「あの、もう一つ気になるんですけど、ご家族やお友達には、私のことを『恋人だ』って説明するんですよね。この設定でお見合いして大丈夫なんですか？」

「いいんじゃないですか。誰も俺の私生活なんて気にしてませんよ」

外山がどうでも良さそうに言った。

——いや、皆が気にしてると思う！　高野先輩は言わずもがな、総務部の女の子とか、外山さんの彼女の存在を超探ってたし。外山さんがお見合いしたらショックで倒れる女子とかいるかも。

華は内心でそう思ったが、言わずにおいた。

外山は色恋や結婚より仕事が大事なタイプなんだろうと勝手に納得する。

「じゃ、じゃあ一日だけ、やってみます」

華は、恐る恐るそう言った。おかしなことになったらすぐに逃げればいい。外山は本気で、家政婦に面倒な雑用を頼みたいだけなのかもしれない。問題は期間がいつまでなのか、だ。

「あのー、外山さん、ご結婚っていつくらいにする予定なんですか？」

「最近、実家の親が大量に見合いの釣書《つりがき》を押しつけてくるので、その中から気が合いそうな方を選びます。なるべく急ぎますよ」

「わかりました。そんなに長い期間ではないんですね。一日試して大丈夫そうなら、お引き受けします」

華はおずおずと答えた。外山自身も乗り気のようだし、彼なら結婚相手はすぐに見つかるだろう。

「ありがとうございます。では試していただいて、問題なければ雇用契約書を作ってお渡ししますね」

あっさりとそう言って、外山があっという間に冷えたオムレツを平らげた。

「ウマい、もう一つもらってこようかな。伊東さんはどうしますか？」

「もう、お腹いっぱいになりました」

華はスカートの端を握りしめたまま、自問自答する。

——ほんとに大丈夫かな……？　引き受けて良かったのかな。

かなり不安だったが、どうせ地元に帰っても見通しが明るくならないのはわかりきっている。

——地元に戻らずにすむかもしれないし。いいよね、どうせどん底人生だもん……

華は小さくため息をついた。外山の言うとおり、人生にはイレギュラーが起きる。

ならば、自分からイレギュラーとわかっている選択肢を選ぶのも、アリだろう……いや、果たして本当にそうなのだろうか。葛藤しながら、華は外山にぺこりと頭を下げた。

「よろしくお願いします」

第二章

翌日、華は昼過ぎに外山に教えられた駅に降り立った。

外山の妙な提案に、ちょっとだけ乗ってみると決めてしまった。ダメなら、地元に逃げ帰るだけだ。いくらなんでもいきなり押し倒されたりはしないだろうとは思うが。

――うーん、私、昨日から同じことばっかり考えてる。大丈夫かな……大丈夫だよね？

まるで呪文のように心の中で繰り返しつつ、不安な気持ちで、華は辺りを見回した。

ここは日本有数の高級住宅街がある有名な駅だ。構内の店もなんだか洒落《しゃれ》て見える。

腕時計を見て、待ち合わせの五分前であることを確認した時、背の高い人影が近づいてきた。

「お待たせしました、すみません」

顔を上げた瞬間、華の胸が一瞬どきんと鳴った。外山のイメージが会社で見るのと随分違う。

今日の彼はグレーの長袖シャツの下に黒のTシャツを着て、濃い砂色のチノパンを穿いている。

こんなカジュアルな服装をしている外山を見るのは初めてだ。

――わ、いつもより若々しく見える！　スーツだとキリッとしてて大人っぽいけど、こういう格好も似合うなぁ。

そう思いながら、華は愛想よく笑みを浮かべた。

「私のほうこそお待たせしませんでしたか？」

「大丈夫です。俺は今着いたところなので」

そう言って外山はさり気なく手を伸ばし、華が手に下げているボストンバッグを取り上げた。

「あ、大丈夫です。自分で持ちます」

「かなり重いじゃないですか。俺が持ちます」

当たり前のように言われ、厚意に甘えていいのか迷ったが、華は素直に従うことにした。

「ありがとうございます」

外山は華の反応など気にする様子もなく、軽々とバッグを持ったまま歩き出した。

「伊東さんにお願いする仕事ですが、まずは洗濯と掃除をして欲しいです。あと朝食を適当に作ってください。弁当はできたらでけっこうです。外回りが多いので必要ない日もあります」

「休憩時間は何時から何時までですか？」

「仕事以外の残った時間は好きに過ごしてください。仕事はそこそこあると思いますよ。男の一人住まいですし何も行き届いていませんから」

外山の答えがちょっとおかしくて、華はクスッと笑った。

——さては家が散らかってて、ぐっちゃぐちゃなんだな？

そんなことを思いつつ、華は駅前を見回した。

駅前の広場には、高級感あふれる佇《たたず》まいの店舗が並んでいる。花が飾られた一軒家のセレクトショップや、洒落《しゃれ》たカフェ、輸入食材を扱うスーパーなどが目に飛び込んできた。

華の住んでいる寮がある、都心の下町とは佇まいからして別世界だと感じる。将来結婚したら、こんな街に住みたいと夢見ていた。今は夢が叶うどころか、明日の暮らしも危うい状態なのだが。

「俺の家はそのマンションです」

外山が指し示したのは、立派な家が立ち並ぶ中でもひときわ美しいマンションだった。

「わぁ……きれいなマンション、こんなお家も借りられるんですね……」

「去年、貯金をはたいて買いました。実家にいつまでもいるのもなんだなと思って」

「買ったんですか！」

華は白目を剥《む》きそうになった。一体外山は、どれだけお金を持っているのか。

――か、株でも売って大儲けしたのかな……外山さんってまだ三十だよね？　いくら優秀な営業マンって言っても、ウチの会社ってインセンティブそんなにないよね……？

華は小さく口を開けたまま、外山についてエントランスをくぐった。ロビーに花がいけられていて、ドラマに出てくる豪邸のようだ。

「うちはメゾネットになっています。一階と二階が俺の家です」

外山が鍵を取り出し、玄関のドアを開けた。華は興味津々で家の中を覗き込む。

「広い！」

びっくりして、思わずそんな声が出てしまう。

「どうぞ」

「お、おじゃましまーす……」

小声で言って、華は外山の家の中に足を踏み入れた。廊下はダークブラウンのフローリングで、玄関は大理石が敷き詰められている。豪華《ごうか》なうえに、予想以上にきれいに片付いた家だった。見渡す限り『家政婦が必要な汚部屋《おべや》』などではない。

廊下には美しい絵が掛けられていて、リビングには家具が過不足なく整っている。フローリングと同じ色の木材と、オレンジ色を基調としたインテリアは見とれてしまうくらい美しい。

モデルルームのような室内に、華は思わず歓声を上げた。

「すごーい！　けど……こんなにきれいにしているのに家政婦さんが必要なんですか？」

「はい、このレベルを維持するのに疲れてしまって。掃除するより、自分の時間が欲しいんです。ジムにも行きたいし」

外山はそっけなく言って華の荷物を持ち、廊下にある階段を上がっていく。

こんなきれいな家に入るのは初めてだ。華は好奇心を刺激されつつ、外山の後に従った。

「このお家、何部屋あるんですか？」

「５ＬＤＫです。場所もいいし、結婚しても住み続けられそうだと思って買ったので。伊東さんはこの部屋を使ってください」

華は案内された部屋を覗き込んで息を呑んだ。

どう見てもお手伝いさんが住む部屋ではない。一家の奥様が住みそうな部屋だ。

淡いブラウンベージュで統一された内装だが、アクセントにピスタチオグリーンが使われている。明るい雰囲気で整えられた部屋は、十二畳はありそうだった。

華は呆然と部屋の中を見回す。まず初めに思ったのは『汚したらどうしよう』ということだった。

「この部屋をお借りしていいんですか？」

「はい、どうぞ使ってください。他に家の説明をしますので来てもらえますか」

ボストンバッグを置いた外山がそう言って、部屋を出て行く。華は慌てて彼の後を追った。

「あの、外山さんの部屋に勝手に入ってお掃除してもかまいませんか？」

「大丈夫です。リネンの取り換えもお願いします」

「了解です。毎日洗います」

そこで、会話が途切れた。会社で話すのとは訳が違う。

——落ち着かないかも。早速、何か仕事をさせてもらおうっと……

華はそう思い、外山に尋ねた。

「まずは何をしたらいいですか？　して欲しいことがあったらなんでも言ってください」

「とりあえず、掃除と夕食の用意ですかね……」

華はうなずき、家の中を見回す。きれいすぎてどこを掃除していいのかわからないが、掃除機だけでもかけよう。これだけなら掃除にそんなに時間はかからなそうだ。とすると、今日に限らず一日中何をしていればいいのだろうか。毎日排水溝回りを掃除したり、ものすごく時間の掛かる料理をしたりすればいいのかと、明日以降の作業についても考えを巡らせる。

華は借りたスリッパのつま先を見つめながら、外山との話題を探した。だが、何も思いつかない。

「じゃあ、次にキッチンを確認してもらえますか」

その申し出に華はうなずき、外山に断ってまず冷蔵庫を開けた。

――ビールと水しか入ってない。ふふっ、ここは予想どおりだな。

立派なキッチンを確認すると、最低限の道具はあるが、肝心の食材がまるでなかった。

「あの、材料がないので買いに行って来ます。外山さんはこちらでお待ちください」

「買い出しなら俺も一緒に行きます」

「いえ、外山さんはお買い物はいいので、休憩していてください」

食材の買い出しなんて家政婦の仕事なので、気を使って欲しくない。

「いえ、行きましょう」

外山は華の断り文句に耳を貸す様子もなく、さっさと外に出て行こうとする。

「駅前のスーパーに行きましょうか。ほとんど買い物をしないので、このあたりの店をよく知らなくて」

「外山さんが手伝ってたら、家政婦雇った意味がないですよ」

「そうですか？　俺がいいと言っているんだから、別にいいでしょう」

外山は、どうしてもついてくる気のようだ。華は諦め、彼と肩を並べて歩き出した。

日本でも有数の高級住宅街であるこの街は、見渡す限り瀟洒《しょうしゃ》な街並みが広がっている。

道行く人たちも夫婦や家族連れがほとんどで、皆、身なりが良かった。もしかして、自分たちも夫婦か何かに見えるのだろうか、と思った瞬間、なんだか落ち着かなくなってしまった。

――私のこと、家政婦だなんて誰も思わないよね……やっぱりこの状況はちょっと不自然かも。

華は落ち着かない気分のまま、外山に尋ねた。

「外山さん、今夜は何が食べたいですか？」

「伊東さんは何がいいですか？」

「えっ、私は食べません。外山さんの分だけ作りますけど？」

華の答えに外山が目を丸くする。何を驚いているのかと思い、華は思わず問い返した。

「どうしたんですか？　外山さんの分だけ作って、私は適当に外で食べてきます」

それ以外に何があるというのか……と首を傾げた華から、外山が目をそらす。

「食事は一緒にしたいので毎回二人分作ってください。平日の昼食も俺の出す食費からまかなっていただいてけっこうです」

「あの、そこまでしていただかなくていいです。自分で買ってきて食べます」

華は首を横に振った。仕事なのだから自分で準備して食べるのがスジだと思うし、食費まで面倒を見てもらうのはさすがに気が引けた。

「貴方を働かせて、俺一人で食事するのは気を使うのでやめてください」

外山が頑固に言い張るので、華は小さな声で正直に言った。

「あの……それに私、普通の女の子より食べるほうなんですけど」

華はランチに行っても、男性向けのメニューをぺろりと平らげてしまう。イマドキの少食女子ではないのだ。外山がちょっと笑い、華を振り返った。

「知ってます。ランチに行くたびに、俺と同じボリュームのあるメニューをぺろっと食べてましたしね」

外山の妙に優しい笑顔に、どきん、と華の胸が鳴る。

慌ててみぞおちの辺りを指先で押さえ、華はパンプスのつま先を見つめた。

——な、なんだ？　今の『どきん』は。

「気を使いすぎないでください。飯くらい食べてもらっていいんですから」

外山の低い声が華の耳に届く。高鳴る胸を押さえていた華は、慌てて答える。

「じゃあお言葉に甘えさせていただきます。なるべく節約して料理しますね」

ドキドキとうるさい心臓のせいで、それだけ言うのがやっとだった。隣を歩く外山の体温が妙に気になってしまう。なんだか気恥ずかしいのは、外山の私服姿を見慣れていないせいかもしれない。

「あそこがスーパーです」

外山が示したのは、都心にしかない高級スーパーだった。

店に入るなり、華は野菜の値段を見て目を見張ってしまう。

——高っ！　キャベツ一玉が四百九十八円って何？　場所代？　場所代だよね!?

キャベツを持って絶句している華を見て、外山がまた柔らかな表情で笑った。

「どうしたんですか」

さっきから彼が見せる笑顔は妙に心臓に悪い、と思いつつ、華は答える。

「キャベツが高いんです。場所代なんでしょうか」

外山が不思議そうに、台に置かれた値札を見つめた。

「へえ、四百九十八円だと高いんですね、キャベツって」

おそらく外山は、本当にスーパーで買い物などしたことがないのだろう。なんだかおかしくなり、華はくすくすと笑ってしまった。

「高いですよ！　高いけど、いろんな料理に使えるので買いますね」

キャベツはスープにしても炒めものにしてもいい。そう思いつつ、華は外山に尋ねた。

「さっきも聞きましたけど、今日の夕飯何がいいですか？」

「なんでもいいです。伊東さんが作るのが楽なもので」

家政婦に手抜きを勧めてどうするのかと思い、華は再び笑ってしまう。

「雇い主さんなんだから、リクエストしてください。料理けっこう得意ですよ、私」

「じゃあ、アジフライかな。キャベツがあるならロールキャベツでもいいです」

あまり料理を思いつかないのか、外山が上を見て考えながら言う。

「せっかくですからアジフライとロールキャベツ両方作りますね。ロールキャベツは、ホワイトソースとコンソメとトマトソース、どれがいいですか？」

「俺が選んでいいんですか？」

外山が選ぶ以外に何があるのだろうと思った瞬間、華の手から買い物カゴが取り上げられる。

「もちろんですよ。あの、カゴ……」

「俺が持ちますから大丈夫です。じゃあ、コンソメでお願いします」

有無を言わさぬ感じで、外山が低い声でそう呟く。

「あ、もしかして、メニュー決めるの面倒くさいですか？」

「そういうわけではありませんが、俺は作っていただいたものを黙って食べますので」

そっけない答えに、華は肩をすくめた。頼まれたものをきっちり作れば外山の満足度も上がるかと思ったのだが、どうやらメニュー決めも任せたいのかもしれない。

――それならそれで、きっちり低カロリー高栄養の健康食を作っちゃおうかな。

外食や出来合いのお弁当には絶対負けない食事にしよう、と決めた時、外山が不意に尋ねてきた。

「伊東さん、欲しいものはありますか？　お菓子とか……」

「いえ、別にないです」

「あ、これは？　シュークリーム。今日の貴方のおやつにしたらどうです？」

「あの、私には気を使わないでください。お菓子もいらないです、休憩時間に自分で買いますから」

「遠慮なさらず。お菓子って贈答品以外あんまり買わないんで珍しいです。こうやって見てみると、けっこういろんなのがありますね」

外山は華のためのお菓子をいくつかカゴに放り込んでいく。その様子が本当にお菓子に興味津々だったので、もう止めなかった。外山は買い物をレジャーのように感じているのかもしれない。

「伊東さん、あとは何を買いますか？」

外山の問いに、華は慌てて買うべき食材を頭の中にリストアップした。

「アジの下ろしたやつとパン粉、合いびき肉、あとは、お米と味噌とコンソメキューブと……」

食材を外山の持つカゴに入れた後、牛乳を一本取って華は歩き出した。

「外山さん、カゴ、重くないですか」

「大丈夫です。伊東さん、他に欲しいものはありますか？」

「うーん……冷蔵庫空っぽでしたよね。今日は最低限必要なものだけ買うので、様子を見て足りないものは明日買い足しに来ます」

「無理して重いものを買い出しに行かなくていいです。ここは遅くまでやってるみたいですし、俺が仕事から戻ったら一緒に買いに行きましょう」

「いえ、いいですよ。私が買いに来ます、って、外山さん、聞いてます？」

外山は華の話など聞いていない様子で、スタスタと先に歩いて行く。華は慌てて後を追った。

「スーパーって来てみるとけっこう面白いですね。あ、あっちに見たことがない食材がある」

——そんなにスーパーが楽しいのかな？　たしかにスーパーとかに来るように見えないし……

好奇心いっぱいの外山の様子に、華は内心ため息をつく。

「あの、ほんとに買い物は私が一人で行きますから！」

「荷物持ちがいたほうがいいでしょう？　なんなら事前に連絡いただければ、俺が買い物して帰りますので」

——それじゃ私を雇った意味がないのに……！

そう思い、華は外山にしっかりと念を押した。

「お買い物は、なるべく外山さんのお手を煩《わずら》わせないように気をつけますから」

「別に大丈夫ですよ、買い物くらい手間じゃないし。貴方が荷物を引きずって何往復もするのは合理的ではないと思っただけですから。夜に歩き回られて変なやつに声を掛けられても危ないですし」

「心配していただくのはありがたいんですけど、家政婦なんですから、私に任せてください」

だが外山は耳を貸す気がないようだ。

「まあ、そう言わずに。俺も手伝えることは手伝いますよ。買うものはこれで全部ですか？」

なんだか困ったことになってしまった。なるべく毎日マメに買い出しに行こうと思いつつ、華はうなずいた。

「はい、とりあえず必要なものは買ったと思います」

会計をすませた後、慣れない手つきで袋詰めを手伝ってくれている外山が、楽しそうに呟いた。

「俺の家の冷蔵庫に食材が入る日が来るとはね。なんだか感動します」

――外山さんは、本当に料理なんかしないんだな……でもなんとなくわかる。いつも仕事一筋って感じだもんね。

スーパーを出て、華は外山と連れ立って歩道を歩き出した。

買い込んだ荷物は外山が持ってくれ、華には頑として一袋も譲ってくれない。

レディファーストが外山の信条なのかもしれないが、これもまた家政婦として雇われた華からすれば、肩身が狭く感じる。雇い主に荷物を持たせるつもりなど断じてなかったのに。

「そうだ、外山さん、お食事のことなんですけど、和食とかのほうがお好きですか？」

「俺はなんでも食べますよ。和食はもちろん中華でもなんでも、その日伊東さんが作りたいものを適当に作ってくれればいいです」

そう言いながら、外山がそっと手を伸ばして、華の肩を抱き寄せた。

大きな手のぬくもりに、反射的にどきんと胸が高鳴る。

同時に、華のすぐそばを大きな音を立ててトラックが走り去って行った。

「車が多くて危ない。貴方はこっちを歩いてください」

「あ、ありがとうございます」

まだドキドキ言っている胸をなだめながら、華は思った。こんなに親切にされては、落ち着かなくて困る、と。

「夕飯が楽しみだ。どんなものができるのかな」

華を車道の反対側にかばったまま、からかうような表情で外山が言った。

「大丈夫だと思うんですけど、失敗して爆発したらごめんなさい」

華がそう答えると、外山が肩を揺らして笑った。

「爆発しても、俺が全部食べますよ」

妙に優しいその言葉に華はどぎまぎし、小さい声で答える。

「しょっちゅう作ってるから大丈夫だと思います……けど」

「じゃあお手並み拝見ですね」

外山の笑みがひどく甘いものに見え、華の心臓が再び高鳴った。

——外山さんはプライベートではいつも、こんなふうに砕けた感じなのかな。こんな顔は今まで見たことなかったもん。

そう思いながら、できるだけ冷静に華は言った。

「任せてください」

家に帰りついて、買い込んだ食材を冷蔵庫にしまっても、まだ胸の鼓動は鳴りやまない。

外山はソファに腰掛け、スマホを見ている。その様子をうかがいながら、華は考えた。

——何か家事でもして気持ちを落ち着けよう。

「あの、外山さん、まだ夕飯作りまでに時間があるんですけど、何かすることありますか？」

「そうですね、ワインを開けようかな」

「わかりました。どこから持ってくればいいでしょうか」

外山が立ち上がり、キッチンに置かれた中型の棚の前にかがみ込む。

「セラーはここにあります。赤と白とロゼ、甘いのと辛いの、どんなのがいいですか？」

質問の意味が咄嗟《とっさ》にわからず、華は瞬《まばた》きして答えた。

「えっ、外山さんが選んでください。どんなお酒がお好きなのかわからないので……」

「遠慮しないで。酒くらい付き合ってくださいよ」

「私は仕事中なので、遠慮します」

華はそう答えたが、外山は取り合わずに、セラーから深緑のボトルを取り出した。

「ハーフボトルなら飲み切れますかね」

「あの、本当に仕事中なので、困ります」

「俺がいいって言ってるんだから、いいでしょう。一人で飲むのはあんまり好きじゃないんです」

華は無言で、高そうなワインが詰まったセラーに目をやった。

「じゃあどうして、こんなにたくさん買ったんですか」

外山がキッチンからフルートグラスを二つ取り出し、華に言った。

「友達がたまに来るので、その時用に買ったんです。どうします？　飲みながら映画でも観ますか？」

何かできる仕事はないかとひたすら考えていた華は、ふと思いついて口にした。

「あ、ちょっと待ってください。じゃあ、あるものでおつまみ作りますね」

冷蔵庫の中には、たしか今日買ったニンニクペーストとバターがあったはず。それを同じく買ってきた食パンに塗り、九等分してオーブンに入れ、高温で固めに焼き上げた。

一応、おつまみのガーリックトーストができた。本当はフランスパンがあれば良かったのだが。

「お待たせしました」

「へえ、手際がいいですね」

外山が嬉しそうに言った。

――こんなもので良かったのかな……

手抜きすぎて申し訳ないと思いつつ、ソファに腰を下ろした外山の前にお皿を置く。

「冷めないうちにどうぞ」

「ありがとうございます」

機嫌良くグラスにロゼの発泡ワインを注いでいる外山を横目に、華は床に正座する。

その時、ボトルを手にしたまま、外山が言った。

「伊東さん、俺は家事さえしていただければ何も文句はないので、どうぞ寛《くつろ》いで過ごしてくださいね」

「はい、ありがとうございます。外山さんも私に気を使わないでください」

「じゃあそんなふうに床に座らないでください。足が痛いでしょう」

そう話すと、外山が自分の座っているソファの傍《かたわ》らを軽く叩いた。隣に来いという意味だろうか。

「い、いえ、ここでいいです」

隣に座るのは距離が近すぎて落ち着かないので、華は首を横に振った。そうでなくても外山は誰が見ても感心するくらいの男前なので、緊張が倍増してしまう。

「足がしびれたら、転ぶかもしれませんし」

外山の切れ長の目と見つめ合っているうちに、だんだん頬に血が集まってくる。

イケメンというのは存在自体が反則だ、と思いつつ、華はしぶしぶうなずいた。

「で、では、失礼します」

華は外山からなるべく距離を取り、ソファの端っこに腰を下ろした。

「どうぞ」

当然のようにグラスを手渡され、華は断りきれずに頭を下げてそれを受け取った。

傍らの外山は平然とした顔で、片方の手で華の作ったおつまみをかじりつつ、もう一方の手で録画済みの番組をリモコンで検索している。

「何を観ます？　この映画でいいですか？　古いものから観て行こうかと思うので」

華は外山が指し示した映画のタイトルにうなずいた。洋画はよくわからないので外山が観たいと思うものでかまわない。

外山がリモコンのスイッチを押すと、タイトルの次に気だるげな音楽が流れ始め、字幕の映画が映し出される。

華はひたすら、恋人同士である美男美女が囁《ささや》き合うセピアの画面を眺めた。外山がすぐそばにいるせいか内容が頭に全然入ってこない。時々スパークリングワインを舐めてみるが、緊張していて味がよくわからないうえ、仕事中なのでごくごく飲むのはためらわれる。

その時、不意に画面の中の二人がくちづけを交わしたので、華はギクリとした。場面はそのまま、濃厚なラブシーンへと雪崩《なだ》れ込んでいく。華の心臓がたまらず早鐘を打ち始めた。

――ううっ、なんだか気まずい。

映画の中で絡み合う二人の姿を見ているうち、一昨日の夜の自分たちの痴態がよみがえってくる。交わし合った肌の熱や匂いや音、外山の息づかいなどが生々しく思い出された。

――わ、私のバカ……思い出すな、今……！

外山に聞こえてしまうのではないかと思うくらい、心臓が大きな音を立てている。

華は横目でそっと、外山の様子をうかがったが、彼は突然始まったラブシーンに対して何も動揺を感じていないらしく、相変わらず真剣に映画を観ている。

画面から艶《なま》めかしい吐息が漏れ聞こえてきて、いたたまれなくなって華は立ち上がった。

「あの、私、夕飯の支度してきます」

「え、もうですか？」

外山が振り返って尋ねてきたが、華は早足でキッチンに駆け込む。

時計を見上げると、まだ夕方の五時前だ。ロールキャベツとアジフライ、二つ作るにしても今から取りかかるのは早すぎるのに、と思いつつ、華はキッチンに立った。

――うーん、絶対そんなに時間かからない。でもあんなシーン、気まずくていたたまれないよ……

華は躍《おど》り上がる心臓をなだめながら、ゆっくりゆっくり、キャベツの葉を剥《は》がし始めた。

どうせ時間があり余っているので、フライ用のソースやドレッシングも全部手作りしてしまおうと決める。出来合いのものを使わないのが、腕の見せどころなのかもしれない。

そうだ、そうしよう、外山に満足してもらわなければ、お金を払ってもらう意味がない。そう思いながらたっぷり時間をかけて丁寧に仕上げた夕飯は、七時ちょっと前にでき上がった。

「外山さん、ごはんできましたよ」

そう声を掛け、おかずをテーブルに並べた。雇い主様のお口に合うだろうか、と若干の不安がよぎる。

映画を観終わり、本を読んでいた外山がソファから立ち上がり、キッチンに入ってきた。

「支度を手伝います。俺は何すればいいですか」

「いえ、座っていてください！　これは私の仕事なのでお気遣いなく」

できるだけハキハキとそう言って、華はでき立てのサラダをテーブルに置く。すると外山がダイニングチェアに腰を下ろし、それを覗き込んだ。

「このサラダ、なんだかいい匂いですね」

「良かった！　ドレッシングをレモンで作ったんです。お口に合うといいな」

好感触のようだ。ホッとして笑みを浮かべた華に、外山も笑顔を返してくれた。

その笑顔に勇気づけられつつ味噌汁を椀によそい、ロールキャベツを二つ盛りつける。そしてアジフライに手作りのタルタルソースを掛けて、外山の前に置いた。

「はい、どうぞ」

「おお、どれもおいしそうですね」

「良かった」

うなずきながらも、やっぱり一瞬、外山のことを意識してしまった。さっきあんな映画を観てしまったせいかもしれない。

仕事中にたるんでいるな、と思い、華は気合を入れて落ち着かない気分を振り払った。

「うん、ウマいな」

ロールキャベツをひと口食べた外山が、大きくうなずいて今度はアジフライを頬張った。

「おいしいですか？」

頬と耳に集まった熱を意識しないように、華は笑顔を保ったまま尋ねた。

「ええ。伊東さん、料理上手ですね」

気に入ってもらえたんだと思うと少し緊張の糸が緩《ゆる》む。外山は、仕事の評価に関しては嘘をつかないだろう。華の笑顔に、外山が再び機嫌良く微笑みを返してくれた。

先程も垣間見せた、会社では見せないような甘い笑顔だ。落ち着きを取り戻し始めていた心臓が、再びどくん、どくん、と存在を主張し始める。

「これ、おいしいのでまた作ってください」

「はい。次は衣にバジルを混ぜようかなって。それにチーズを挟んで揚げるのはどうでしょうか」

「いいですね。ええっと、あれを掛けてもらえませんか……形が残ってるようなトマトソース」

あら漉《ご》しのトマトソースを手作りすれば外山のリクエストは叶えられそうだ。

「わかりました。来週くらいにまた作りますね」

鼓動を抑えようと胸に手を当て、華もアジフライに手を伸ばした。自分でもおいしくできたような気がする。

――この仕事……大丈夫そう……かな。

ひととおり家事を終えたところで、なんとか家政婦が務まりそうだという感想を外山に伝えると、

「じゃあ契約書を作りましょう」との答えが返ってくる。

こうして、『勤務』一日目の夜は静かに更けていった。

第三章

翌朝、外山に頼まれた朝食を作るため、華は一応五時頃に起きてみた。

眠気を必死で振り払いながら腕まくりをする。正直に言うと、借りたベッドの豪華《ごうか》さに緊張したのと、外山が万が一押し倒しに来たらどうしようと不安で、眠れなかったのだ。

とりあえず外山の朝ごはんを準備し、同時にお弁当も作ることにした。いらないと言われたら自分のお昼ごはんにすればいい。

お弁当のごはんは前の晩に仕込んだし、おかずは玉子焼きと豚のしょうが焼き、いんげんの胡麻《ごま》和《あ》えを作って、鮭を焼いた。なんでも食べると言っていたのでごはんは雑穀米にしてみたのだが、外山は食べてくれるだろうかとちょっぴり不安になる。

お弁当箱はキッチンの棚にしまってあったものだ。昨日の夕食後、片付けをしていた時に偶然見つけたので外山に尋ねたら『自分で弁当を作ってみようとしたが、作る前に挫折《ざせつ》した』という答えが返ってきた。道理で使った形跡がないはずである。

「朝ごはんは昨日のロールキャベツの残りと、トーストでいいかな」

外山は七時に家を出るというので、それまでお弁当に入れるおかずの粗熱を取っておくことにした。次は冷蔵庫のロールキャベツを崩さないように鍋に戻して温める。

明日の朝もロールキャベツを食べると言われたからだ。外山はたしか『冷蔵庫に入れていたものの温め直しは嫌だ』と言っていたはずだが、気が変わったのだろうか。

「おはようございます」

Ｙシャツ姿の外山が、身支度を整えた状態で二階から降りてきた。

やはりびしっとした格好をすると、非常に様《さま》になる男だ。朝からときめいてしまった自分の浮かれぶりにブレーキをかけつつ、華は笑顔で言った。

「おはようございま～す。ロールキャベツでいいんですよね」

「はい、ありがとうございます」

「火で温め直していいんですか？」

「ええ。電子レンジで適当に温めて、温度がムラになっている残り物が嫌いなんです。冷たい部分があると冷蔵庫臭い気がしてしまって」

ようやく、彼がなぜ嫌なのかがちゃんと聞けた。そんな理由なら、手をかけて温めれば冷蔵庫に入れておいたものも食べてくれそうだ。

「わかりました！　気をつけますね。今日のお弁当は和食にしてみました。ちなみにごはんは雑穀米です」

「弁当があるんですか？」

驚いた顔の外山に、華は笑顔でうなずく。

「はい、あとでお渡ししますね。いらなかったら私がお昼に食べますけど」

「あ、いります。ありがとうございます。雑穀ごはんはあまり食べたことないけど楽しみです」

外山が機嫌のいい表情で、冷ましている弁当箱を覗き込む。

——お弁当気に入った……のかな？　なら良かった。雑穀米は身体にいいから食べて欲しいし。

朝食の支度を整え、華はキッチンから顔を出して新聞に目を通している外山に聞いた。

「トーストは何枚召し上がりますか」

「いりません。ロールキャベツだけでけっこうです」

「わかりました。コーヒーと紅茶はどっちがいいですか？」

「すごいですね。そんなものまで淹《い》れてくれるんですか」

なぜ外山はそんなに驚いているのだろう。そのくらい当たり前なのにと思いつつ、華はにっこり笑ってうなずいた。

「はい。両方とも昨日買ってきたからありますよ！」

「じゃあ、コーヒーでお願いします。俺、コーヒー好きなんですよね」

どうやら外山はコーヒー派らしい。華が淹れたコーヒーに口をつけ、外山が言った。

「朝からいろいろとありがとうございます。弁当も嬉しいです。今日は昼の時間帯は会社にいるから、久しぶりに自分の席で食べられるな」

嬉しいという言葉に、華の心も弾む。喜んでもらえると、こちらも嬉しいものだ。

朝食を食べている外山のそばで、華は粗熱が取れたお弁当箱を輪ゴムで止め、紙袋に入れた。

昨夜探してみたのだが、この家にはお弁当を包む道具がないようだ。

「そうだ、外山さん。お弁当を包むクロスってありますか？」

「なんですか、それ」

外山が首を傾げる。どうやら彼は、お弁当箱だけ準備したらしい。

「お弁当を包む大きい布がありますよね。あとゴムのバンドとか。あれが見当たらなかったので」

「ああ、別にいいです。ビニールか何かに入れてくれればいいですよ」

無頓着な外山の反応に、華は内心肩をすくめる。

――男の人はあまり気にしないのかも。でも輪ゴムだと切れちゃうかもしれないし、ビニールでぐるぐる巻きにするのもみっともないしなぁ。

「外山さん、お弁当を包む道具を準備していいですか？」

「ええ、かまいません。かかった費用は全部レシートをもらっておいて、後でまとめて請求してください。お昼も作るなり外で食べるなりしていいです。俺が払います」

朝食を食べ終えた外山が、腕時計を見て立ち上がった。

「今日はもう会社に行きます。朝食ありがとうございました」

ジャケットを羽織っている外山に、華は少しためらいがちに声を掛ける。どんなふうに送り出すのが自然なのかわからなかったからだ。

「わかりました、会社、気をつけて行って来てください」

華の言葉に、居間を出て行こうとしていた外山がくるりと振り返った。

「あ、そうだ！」

外山が、すたすたと華に歩み寄り、目の前でスマホを取り出した。

「メールアドレスを教えてください。今日何時に帰るかメールします。早く帰れると思うので、夕飯は家で食べます」

「あ、はい、わかりました。私のアドレスはこれです」

華が表示したメールアドレスを、ものすごい速さで入力し、外山が言う。

「今送ったのが俺のアドレスです。登録お願いします」

届いたメールを開き、華はうなずいた。タイトルは『外山です』とあり、本文は何もない。

外山のプライベートなメールアドレスなど、こんな仕事をしなければ聞くことはなかっただろう。

妙な感慨に浸りつつ、華もささっと登録をすませた。

「わかりました。何かわからないことがあったら、このメールに送りますね」

「ええ。俺がいなくても、どの部屋に入ってもらっても大丈夫です。掃除をお願いします」

華はうなずき、玄関に立って外山を見送る。

「行ってらっしゃい。気をつけて。お仕事頑張ってくださいね」

その言葉に外山がうなずき、かすかに笑って華に背を向けた。

「朝、こうやって見送っていただけるのっていいですね。行ってきます。伊東さん、家のことをよろしく」

機嫌のいい口調で言い、外山が足早に家を出て行く。華は小さく手を振りながら彼を見送り、そっと息をついた。どうやら華の働きぶりは、今のところ合格点らしい。

外山を送り出した後、洗濯をすませて掃除をした。家中のフローリングを徹底的に磨いてもまだ午後二時だった。

「あとは、靴を磨いて……と。高そうな靴ばっかりだな……」

玄関にうずくまって、華は布で靴を磨いた。外山は営業マンだから、靴はピカピカにしておいてあげたい。だが、どの靴も高級な革を使っているようなので、磨く以上の手入れは外山に確認してからにしようと考える。

靴を磨き終えた後、華は夕飯の買い出しに行き、帰りにポストの中身を取って家に戻った。

それでもまだ四時だ。しかし、することの大半が終わってしまった。

あとは洗濯物が乾いたら取り込んで、シャツにアイロンをかけるだけだ。

――うーん、いろいろ頑張ってやったけど、そんなにやることないからこの仕事、やっぱりちょっと暇かも。そもそもこの家きれいすぎなんだよね……本当に家政婦さんが必要なのかな？

休みたいと言っていたので疲れているのはわかる。だが外山はなんでも自分でやってしまいそうだから、なるべく先回りして行動することを心掛けよう。

そう思いつつ、華は、外山あての郵便物を机の上に揃えて置いた。『外山審良様《あきら》』と書かれている。

――これでアキラ、って読むんだよな。珍しい名前かも……

四時半を回ると、完全にすることがなくなってしまう。今から夕飯の用意をするのは早すぎるので休憩しようと思い、華はラグの上にころりと転がった。

床暖房がついていて暖かい。外山曰《いわ》く、寒いと身体に良くないので床暖房はつけっぱなしでいいそうなのだが、ちょっともったいない気がする。雇い主がいない間もつけておいていいなんて、彼は家政婦を優遇しすぎではないのか。

寝転ぶと、起き上がっている時とは別の視点でいろいろと見える。

床にホコリが溜まっていないことを確認していた華は、ふとサイドボードの最下段に置かれた写真立てに気づいた。

「あれ……これ、うちの会社の写真？」

たしか、社内報かホームページの会社紹介で使った写真だ。営業部のフロアに集まった同僚たちが、皆笑顔でこちらを向いている。

部長に課長、外山や坂田をはじめとする営業担当者が並ぶ隅っこには、高野と、入社して一年目の華が写っていた。

——あ、私だ……髪がまだ短いなぁ。外山さん、なんでこんな写真飾ってるんだろう。会社のホームページからプリントアウトしたのかな？

外山は会社にとても愛着があるのだろうか。そう思いつつ華は天井を見上げた。

「明日のお弁当は何にしようかな。ちょっと凝《こ》ったのにしてあげよっかな」

そう呟きながら、床暖房の暖かさに誘われるように華は目をつぶった。昨夜はほとんど眠れなかったので、横になっていたら眠気がおそってくる。華はそのまま、とろとろと意識を手放した。

だが、少し休むつもりが、完全に長時間眠りこけていたようだ。

華はキッチンの物音で目を覚ました。

頭の下にはクッションが敷かれ、身体にはふかふかのブランケットが掛けられている。こんなものを掛けた覚えはない。

――そういえば、お兄ちゃんに『風邪引くから』って言われた夢見たかも……

そう思った瞬間、サーっと血の気が引いた。

あれは、兄が夢に出てきたのではない。外山に現実で言われたのだと気づく。

耳を澄ますと、キッチンから何かを炒める音が聞こえてくる。

――やばい！　完全に寝てたっ！

華は飛び起き、キッチンに走った。気のせいではない。もう外山が帰ってきているのだ。

「外山さん！　すみません！」

「ああ、起きました？　目の下のクマがすごかったので、寝かせたままにしてしまいました」

「あの……本当にごめんなさい。今からごはん作ります」

勤務二日目にして寝過ごして夕飯を作っていないなんて。華はあまりのことにぎゅっと目をつぶり、手を合わせて深く頭を下げた。

「今日は俺がパスタを作りました。営業先から直帰して、ずいぶん早く家に着いたので」

華が寝ていたことを気にする様子もなく、外山がどこかしら得意気に言う。

――外山さん、甘すぎるよ……怒っていいのに。

華は申し訳ない気持ちで外山がかき混ぜているフライパンを覗き込む。彼が作っていたのは野菜とウインナーを具にしたナポリタンだった。

「料理は基本的にしないのですが、今回はネットで作り方を検索しました。隠し味にトマトジュースを入れるレシピです」

「あの、お料理代わります。代わらせてください、ほんとにすみませんでした」

申し訳なくて縮こまったままの華に、外山が塩を軽く振りながら明るい声で言った。

「じゃあ、俺の料理を食べて、訂正すべき点を指摘してもらえませんか？」

華は、外山を上目遣いで見上げた。怒っているどころか楽しんでいるようにも見える。

「こんな感じかな。よし、完成。食べましょうか？」

言いながら不器用な手つきでナポリタンを盛りつけ、外山がキッチンから出て行く。

「そうだ、伊東さん、今日のお弁当おいしかったです。でも、明日のランチは会食なのでいりませんから。俺としては会食より貴方の弁当のほうがいいんですけどね」

Yシャツ姿でエプロンをつけ、袖まくりをしている外山が、華を振り返って微笑んだ。

見れば、お弁当箱もきっちり洗って洗いカゴに置いてあるではないか。

——やっぱり外山さん、自分でなんでもしちゃうんだ……

華は眠ってしまったことを深く反省し、がっくりと肩を落とした。

外山は落ち込む華をよそにテーブルにナポリタンを並べ、ワインセラーから白ワインを取り出す。

「白でいいですよね？」

「いえ、寝てしまったとはいえ、仕事中なので……」

「もう夜ですし、お酒くらいかまいません。俺は一人で飲むのは嫌いだと言いませんでしたっけ」

外山はそう言って、さっさと二つのグラスにワインを注いでしまった。

——ううっ、仕事してないのに。しかもこんな高そうなお酒、飲ませてもらっちゃっていいのかな。お友達とのパーティ用じゃなかったっけ？

「外山さん、もしまた寝ていたら、私を叩き起こしてくださいね。甘やかさないでください」

「別に甘やかしてはいませんよ。仕事ぶりはチェックしています。玄関も廊下もピカピカでしたし、バスルームを見ましたけど、洗濯物もちゃんと干してありましたし。ありがとう」

そう言って外山は華の肩を引き寄せ、ダイニングに座らせた。すこぶる機嫌の良さそうな笑顔だ。

「もっと確認しなくていいんですか？　窓の桟《さん》にホコリがないかとか」

「まあ、そのうち確認しておきます」

外山の採点が甘すぎて恐ろしい。華はうつむいて、初めて作ったとは思えないナポリタンをじっと見つめた。料理はほぼしないと聞いていたが、どう見ても上手にできている。

「手順をきちんと調べたらなんとか作れるものですね。でも、やはり料理って面倒です。俺の弁当も朝から大変だったでしょう？」

「いえ、大変じゃないです。それも仕事なので」

「さ、食べてください、どうぞ。いただきます」

外山がそう言って手を合わせた。華も慌てて、彼に従う。

——はぁ、ホント、熟睡しちゃうなんて最悪。ごはん作って待ってるつもりだったのに。

寝不足を反省していた時、ふとあることに気づいて華は尋ねた。

「あのー、ブランケットは外山さんが掛けてくださったんですよね」

「ええ、今日はかなり冷えるので」

「ありがとうございます。すみませんでした」

「ブランケットくらいお安い御用です」

相変わらず外山は怒っている様子はない。だが、もしかしたら心の中では呆れているかもしれない。華は自分を情けなく思いつつ、ナポリタンを頬張った。

「あ……おいしい！」

華は目を丸くした。料理はしないと言い切っていた外山だが、意外にもいい味に仕上がっている。

「そうですか？　俺、料理の才能ありますかね」

「あると思います。すごくおいしい！」

「なるほど、それは良かった。自信が持てました」

得意げな外山の表情に、華は思わず笑ってしまった。

――外山さんはこういう可愛い顔もするんだな。会社では見たことないよ、こんな顔。

極上の男前のいろいろな表情が見られるのが、この仕事の特典なのかもしれない。しかし、なんだかちょっと照れくさい特典だ。ドキドキしてしまって味がわからなくなる。

そんなことを考えていた時、華はふと写真のことを思い出した。

「そうだ。外山さんって会社の写真飾ってるんですね。辞めたばっかりなのに、なんだか懐かしかったな、あのメンバー」

何気なく口にした言葉に、外山の目が僅かに見開かれた。

珍しく若干動揺しているようにも見える。どうしたのだろうと思いつつ華は続けた。

「あの写真、私も写ってましたね。まだ一年目の頃だから我ながらお子様っぽかったけど」

言いつつ、華は笑ってしまった。短大を出たばかりの緊張感のない丸い顔をした自分の姿は、今思い出しても子供みたいだ。

「え、あの写真、見ちゃったんですか。片付けるの忘れてたな……」

「片付ける？　どうしてですか？」

「……いえ、深い理由はありません」

外山が何かを考えるように、華から目をそらした。あの写真には何か意味があったのだろうか。

だが、写っていたメンバーはいつもの同僚だし、写された場所も会社のビル内だ。彼がなぜ、あの写真を大事に飾っているのか考えてもわからなかった。

だが深い理由がないというのならば、これ以上聞いても何も答えてくれないだろう。

「そうだ、今日のパスタは合格点ですかね？」

話題を変えて外山が尋ねてきたので、華は深々とうなずいた。

「もちろんおいしかったです。上品で食べやすい味でした！」

ほめられて嬉しかったのか、外山が口元をほころばせる。

「それは良かった。冷蔵庫にチーズケーキが入っているのでよかったらどうぞ」

「えっ？　チーズケーキ？」

そんなものまで買ってきてくれたのかと目を丸くした華に、外山が笑顔でうなずいた。

「顧客の会社の近くに洒落《しゃれ》た感じのチーズケーキ店ができたんです。ものすごく人が並んでいるので有名なのかなと思って、貴方に買って帰ろうかと」

「えっ、あの、あの……いただいていいんですか？」

「ええ。俺は後片付けをしてきますので」

外山の言葉に華はブンブンと首を振る。

「待ってくださいっ！　そういうのは私がしますって！　お皿も洗います！」

「いいえ、やってみたらけっこう楽しいので俺がやります」

鼻歌を歌いださんばかりに機嫌のいい顔で外山が言う。華は焦って立ち上がった。

「本当に私が洗いますから。外山さん、お願いだから座っていてください」

「この皿洗い用の洗剤、新製品なので試してみたくて駅前で買ってきてしまいました。とりあえずチーズケーキ食べてみてもらえませんか。俺のお菓子選びのセンスの採点をお願いします」

——また採点するだけでいいんですか……しかも今度はお菓子。さらに片付けまでって、ちょ、ちょっと待って、家に帰ったらその辺にふんぞり返っててください！　なんのために家政婦雇ったんですか、外山さん！

華は内心そう突っ込んでしまう。外山は、かなり家政婦を甘やかし過ぎではないだろうか。

「伊東さん、俺が買ってきたケーキを食べないんですか？」

結局一緒に皿の片付けをすませると、外山が華の顔をじっと見て不思議そうに尋ねてきた。

「あ、い、いただきます……！」

片付けをしているうちすっかり忘れていた華は、慌てて冷蔵庫からチーズケーキを取り出した。

「あれ？　一つしかないですよ」

「貴方の分だけです。俺は食べるのを見ています。甘いものを食べる習慣がないので」

――何それ……！

華は絶句し、しばし外山と見つめ合ってしまった。

「さ、どうぞ」

いいからさっさと食べろ、と言わんばかりににっこり微笑まれ、華は差し出されたお皿にケーキを載せる。

「い、いただき、ます」

気まずいことこのうえない気持ちで、華はいい香りのするチーズケーキにかぶりつく。すると、ふわりとレモンの香りが口の中に広がった。

「あっ、これおいしい……っ！」

華は思わず声を漏らす。

チーズケーキは大好物なのだ。目を輝かせる華を見て、外山が満足そうな笑みを浮かべる。

「それは良かった。では、俺のお菓子選びのセンスは百点ですね。喜んでいただけたのならけっこうです」

強引なくせに優しい外山の笑顔の前で、華はどんな顔をしていいのかわからなくなる。

――ヤダ、もう、こんなんじゃ家政婦じゃないよ……


それから二、三日は、何事もなく過ぎた。

「外山さん、今日のお弁当は洋風にしてみました」

華は笑顔で、小さな無地のトートバッグを差し出す。スーパーで売っていたもので、外山のお弁当専用に買ったものだ。

「ありがとうございます。開けるのが楽しみだ」

「外山さんが雑穀米を食べてくださるから、良かったです。白いお米より健康にいいんですって」

「へえ、自分じゃそこまで気を使わないので、いろいろ工夫していただけると嬉しいですね」

まるで新婚家庭の会話みたいだと思い、華は慌ててその思いを打ち消した。

そんな妙なことを考えてしまうのも、外山がずっと優しいからだ。

帰ってくる時は必ず『今から帰ります。何か買うものがあればメールをください』と一報をくれるし、掃除にも洗濯にもアイロンがけにも文句を言わないし、さらに言うなら、この前のように会社帰りに高級スイーツを買ってきてくれることもある。一体何を考えているのだろう。

「今日のお弁当には、唐揚げと玉子焼きと、えびの香草焼きを入れておきました」

そう言うと、外山がトートバッグを覗き込んで嬉しそうに笑った。

「昨日のお弁当、誰に作ってもらったのかとしつこく問いただされてしまって、ちょっと参りました。こんなランチバッグを選ぶのは絶対に男じゃないんだそうです。女性は鋭いですね」

たぶん高野か、営業担当の若手の女子が外山を問い詰めたのだろう。

外山が手作り弁当なんて持って来たら、部内の女子の間に嵐が巻き起こるんじゃないかと思っていたが、やはり大騒ぎになっていたようだ。

「あはは、お母さんに用意してもらったって答えました？」

冗談めかしてそう尋ねると、外山が噴き出した。

「いえ、秘密ですと言っておきました」

「そんなんじゃ疑いは晴れませんよ！」

「別にかまいませんよ、このままで。じゃ、行ってきます」

外山はいたずらっぽく笑って玄関へと向かう。

「行ってらっしゃい、お仕事頑張ってくださいね」

「帰る前にまたメールしますので」

律儀にそう約束して、外山は家を出て行った。

——なんだろう、この感じ。ホント調子が狂う。

何をしても笑顔で礼を言ってくれ、無理をしなくていいと繰り返すだけの『雇用主』なんてありえない、と華は思うのだが。

「もー、外山さん、何考えてんのかよくわかんない」

きまり悪い気分のまま、華は小さな声で呟いた。

正直に言うと、この家に来た夜はいつ押し倒されるのかと内心ビクビクしていたが、外山は約束通り何もしてこない。まだ数日しか一緒に過ごしていないので確証は持てないが、おそらく今後も妙な真似はしてこないような気がする。彼は約束をちゃんと守ってくれるだろう。

——私、すごいイケメンに優しくされて舞い上がっているだけなんだろうな……気を引き締めなきゃ。

「さて、アイロンかけようかな……」

華は気分を切り替え、昨夜洗った外山のシャツを広げた。体格のいい彼の服はどれも大きい。なんとなく外山のシャツの袖と自分の腕の長さを比べていたら、長い腕でたくましい身体に抱きすくめられたことを思い出してしまった。身体中に、抱擁《ほうよう》された時の感覚が生々しくよみがえる。

——っ、だからどうして私は……

華は慌てて頬をつねった。自分は仕事中に何を考えているのだろう。あれは一夜限りの割りきったオトナの関係というやつで、もう二度とないのに。

アイロンをかけ終わり、シャツを全て外山の部屋のクロゼットに掛けて、華は掃除を始めた。

——やっぱり家事って午前中に終わっちゃう。水回りの掃除をしようかな。昨日もしたけど……

何をすれば満足してもらえるか、いまいちよくわからない。

ちょうど昼過ぎだったので、何か軽く食べようかと思った華のスマホが、ジーンズのポケットで震えた。取り出してみると外山からのメールだった。なんの用だろうと思った華の目に、メールの文面が飛び込んでくる。

『今日はレストランを予約しましたから、夕飯はいりません。一緒に外で食べましょう』

「えっ、レストラン……？」

華は首を傾げた。それから急いでメールを打ち返す。

『お気遣いありがとうございます。でも大丈夫です。私は家で食べます』

すぐに返事がきて、華は目を丸くした。

『いえ、八時に店で待っていてください。会社帰りなので、家まで迎えに行けなくてすみません。店の住所は……』

どうやら、行くことは決定らしい。外山は相変わらず時々強引だ。だからこそ、あの誰もが目を見張るような営業成績を叩き出せるのだろうが。

――もう、家政婦をレストランに誘ってどうするの。ごはん作らせなきゃ意味ないでしょ……？

ため息をつきつつ、華は指定されたお店をネットで検索してぎょっとした。

高級フレンチではないか。そんな店に行ける服など持ってきていないので、あとで寮にそれなりの服を取りに行かねばならない。

――そうだ、寮に置いてある私物を全部片付けないとな。今月中にどこかでお休みをもらって、いらないものを実家に送っちゃおう。お母さんにも事前に断っておかなきゃ。

留学を決めた頃から不要物の処分には手をつけているので、現状はほとんど整理を終えている。しかし、服や雑貨はまだ段ボールに詰めてあるだけだった。

『わかりました。それと、寮の私物を全部実家に送りたいので、週末にお休みをいただけますか』

外山にそうメールをしたが、なぜか返事は戻ってこなかった。

――忙しいのかな。ま、いいや。帰ってきたら頼もうっと。

そう思い、華は改めてフローリングを磨き始めた。

その夜、翌朝のごはんの支度まで終えた華は、約束の時間に店にたどり着いた。瀟洒《しょうしゃ》な店構えに緊張しつつ恐る恐る中に入ると、上品な蝶ネクタイ姿の男性が華を予約席に案内してくれた。

店の雰囲気は落ち着いていて、内装もテーブルのしつらえも非常に洗練されている。かなり高級な店なのだろう。言われなくてもわかってしまう。

緊張して椅子の上に縮こまっていた華は、人の気配に顔を上げた。

「お待たせしました」

外山が早足で現れた。まっすぐに伸びた背中が凛々《りり》しくて、ちょっと胸がときめいてしまう。この前のホテルといい、今回のレストランといい、外山は洗練された雰囲気がよく似合っている。

「お疲れ様です、外山さん。家事は全部終わりました。朝ごはんも準備してあります」

念のため仕事の報告をすると、外山が品の良い笑みを浮かべてうなずいた。

「ありがとうございます」

端整な顔が淡いライティングにほんのり照らし出され、彼を見慣れたはずの華でも胸が高鳴る。

「たまにはこういう気分転換もいいでしょう？　俺は外食も好きなので、今後も付き合っていただけるとありがたいです」

「……わかりました。すみません、誘ってもらって」

なんだか申し訳ない気分で言い、華はメニューに目を通した。

——あ、あれ……？

そのメニューには値段が書いていなかった。これでは、何を頼んでいいのかわからない。

途方に暮れて、華は向かいの席の外山を上目遣いで見つめた。

「と、外山さん、このメニュー変です……」

眉をひそめて華の差し出すメニューを受け取った外山が、どこがというふうに首を傾げる。

「何もおかしくないですよ」

「あの、値段がなくって……変じゃないですか？」

その言葉に、外山がくすっと笑って教えてくれた。

「ゲスト用はこれでいいんです。好きな料理を頼んでください」

その答えに、冷や汗が出そうになった。間違えてとんでもなく高価なものを頼んでしまったらどうすればいいのだろう。

困り果てている華の様子に気づいたのか、外山がメニューを閉じて言った。

「この店は魚介料理がおいしいですよ。真鯛なんかいいんじゃないですか。なんなら味を覚えて、同じものを作ってください」

「え、無理です！　魚料理は得意ですけど、フレンチはさすがに難しくって！」

慌てた華を見て、外山がまたくすっと笑った。楽しげなその表情につられて華の表情も緩《ゆる》む。

「好きなのを頼んでいいですよ。手頃で良い店なんです」

豪奢《ごうしゃ》な店内を見回し、この店がお手頃価格だなんて嘘だろう、と思いつつ、華は迷っても仕方ないので頼むことにした。

「じ、じゃあ、真鯛のポワレがメインのコースを食べようかなと思いますが、いいでしょうか？」

緊張して答えを待つ華に、外山があっさりうなずいた。

「わかりました。それと、シャンパンでも頼みましょう」

「いえ……私は仕事中なので、お酒を飲むのはやめておきます」

「気にしないでください。それに、ここはけっこういいお酒が揃ってるんですよ。ハーフボトルなら飲みきれますよね」

相変わらず強引な外山が、小さくうなずいてボーイを呼ぶ。

やがてフルートグラスとボトルが運ばれてきた。

――いいのかなぁ……毎回一緒にいただいちゃって……

しかし、こんなに雰囲気のいいお店で、ソムリエに見守られながら『お酒はいらない』と押し問答するのも恥ずかしい。

ソムリエの説明にぎこちなくうなずき、華は注がれたシャンパンを恐る恐る口にする。

そのシャンパンは、ひと口飲んだ瞬間目の前がぱっと明るくなるほどおいしかった。

普段居酒屋で飲むのと違い、ずっしりと複雑な味が口に広がる感じがする。

「うん、けっこういいな」

外山が満足気に微笑み、華に尋ねた。

「貴方の口にも合いますか？」

華は小さくうなずいて、もうひと口シャンパンを飲んでみた。とてもおいしいが、やはり仕事中に大はしゃぎするのはためらわれる。

「外山さん、いつもいろいろすみません」

「すみませんなんて言葉はいらない。今日のこの席は楽しんで欲しいんです」

意外な言葉が外山の口から飛び出し、華は驚いて外山の目を見つめ返した。

「え……っ、あの、どういう意味……ですか？」

「俺なりに、朝から晩まで忙しそうな貴方に息抜きして欲しいと思っているので。さらに言うなら、ちょっとくらいは喜んで欲しくてお呼びしたんです」

真面目な顔をした外山が、低い声で言う。切れ長の黒い目でじっと見据えられ、華の鼓動が高まった。なんて返事をしたらいいのだろう。やはりこういう時はお礼を言えばいいのだろうか。喜んで欲しい、とまで言ってくれているのに、遠慮ばかりするのは逆に失礼かもしれない。

「あ、ありがとうございます」

華は必死に喜びの気持ちを表現できそうな言葉を考え、笑顔できらめくシャンパングラスを目の高さに掲げてみた。

「このシャンパンすっごくおいしいです。こんなの飲めて幸せ。私、お酒が大好きなので」

外山が、華の言葉に機嫌良さそうに目を細めた。

華は一瞬外山の笑顔に見とれ、慌てて真っ白なテーブルクロスに目を落とす。

――と、外山さんのイケメンさんめ！　反則だよ。私ってばまだ見慣れないんだなぁ、はぁ。

「それは良かった。お連れしたかいがありました」

外山の笑顔を見ると心が落ち着かない。お酒はほんのちょっとしか飲んでいないはずなのに、顔が熱くて足元がふわふわする。

「このお店、よくいらっしゃるのですか？」

「はい。母と末の弟がこの店を気に入っていて、俺が実家を出るまではよく家族で来ました」

外山に弟がいるとは知らなかった。そもそも華は会社で働く外山の姿以外何も知らないのだが。

「弟さんがいるんですね。私は兄と姉がいます」

「末っ子なんですね。俺は弟が三人いますよ。男兄弟の長男です」

――そっか、しっかりしてると思ったら、やっぱりお兄ちゃんなのか。そんな感じするなぁ。

「外山さんは大人っぽいから、ご兄弟がいるとしても、お兄さんなんだろうなと思ってました」

「そうですか。まぁあまり若くは見られませんね。残念ながら」

「落ち着いているだけだと思いますよ。頼りがいがあるっていうか。会社の女の子たち皆、外山さんのことカッコいいって言ってましたし」

そう口にした瞬間、妙な沈黙が流れた。

――あれ、変なこと言ったかな？　こういう話は嫌なのかな？

華は重くなった空気を振り払うため、空になった外山のグラスを満たそうとボトルに手を伸ばす。

空のグラスをこちらに差し出した外山が、おどけたように肩をすくめた。

「それはそれは、おほめに与《あずか》り光栄です。悪い気はしないな」

外山の、いかにもほめられ慣れていそうなクールな表情がおかしくて、シャンパンを注ぎながら華は笑ってしまった。

――良かった、気を悪くしてなくて。

「本当ですよ。外山さんのこと好きな女の子、けっこうたくさんいましたもん」

華の脳裏に、『外山さんって、ガードが固くてアプローチできない』と愚痴《ぐち》っていた他部署の同期の女子の姿が浮かんだ。

そういえば外山は、多くの女性に好かれているのに、社内で浮いた噂は立ったことがない。

「本命には、二年以上相手にされていないんですけどね」

外山が呟いた時、その言葉を遮《さえぎ》るかのように前菜のプレートが運ばれてきた。

華は顔を輝かせてその皿を覗き込む。海鮮に宝石のようなジュレをまとわせたものと、野菜がきれいに盛りつけてあった。

――ああっ、またこんなのいただいちゃっていいのかな……いやいや、ありがたくいただこう。

外山の『今日は楽しんで欲しい』という言葉を思い出し、華はにこにこしながらオードブルをフォークですくった。

「わぁ、こんなの初めて食べるかも！　ホントきれい」

「伊東さん、俺の話聞いてますか？」

「えっ、あっ、はい、聞いてます！」

何を話していたっけ、と思い返そうとするが、オードブルのあまりの美しさに気を取られ、先程までの会話が頭の中で途切れてしまっている。

「……それは良かった」

外山がまた肩をすくめる。華は再びオードブルのお皿に集中した。

「おいしいっ」

ホタテにスモークサーモンを巻いた品をひと口食べ、華は感動のあまり、目をつぶって拳《こぶし》を握りしめた。おいしすぎる。普段食べるのと全然違う。

「外山さん、これすごいおいしいです。このゼリー、ポン酢みたいな味がします」

ポン酢、という言葉に外山が小さく噴き出した。

「なんて表現だ。でもまあ、喜んでもらえたなら俺はそれでいいです」

その後も運ばれてくるご馳走を堪能し、おいしいシャンパンを心ゆくまで楽しんだ後、華が化粧直しにお手洗いに行っている間に、会計はすんでいた。

驚いて自分も払うと申し出た華に、外山が断固として首を振る。

「今日は俺が誘ったので、俺が払います」

「でも、私、ご馳走になってばっかりで」

「いいんです。はい、この話は終わりにしましょう」

機嫌のいい表情で言って、外山がゆっくりと歩き始める。慌てて後を追おうとした華は、履き慣れない新品同様のパンプスでつまずいた。

「わっ！」

華の声と同時に振り返った外山の腕に軽々と抱きとめられ、華は反射的に彼のコートにしがみついてしまう。

――ああ、びっくりした……って、え……？

外山の腕の中にすっぽり包まれていることに気づいて、華は息を呑む。

「大丈夫ですか？　気をつけて」

「あ、あの、す、すみません」

華は飛び上がるようにして外山の腕から離れた。たくましい身体の感触に、心臓が再びばくばく言い出す。

外山に密着すると、やっぱりこの前の一夜のことを思い出してしまう自分が嫌だった。

あれは外山にとってはよくある『オトナの世界』のことに過ぎず、自分も一夜限りのことだとわかっている。だからもう終わったことなのだ。

「は、はい、気をつけます」

そう思っているのに動転して顔が赤くなってしまう。その顔を見られないようにそっぽを向き、華は外山と並んで歩き出した。

「伊東さん」

外山の呼び声に、華はびくりとして振り返った。

見ると、外山が肘を出して『つかまれ』と示してくれている。

華は一瞬ためらったものの、おずおずと手を伸ばしてそっとその肘につかまった。

「あ、ありがとうございます」

華の身体に、外山のぬくもりが優しく伝わる。なんだかホッとして、華は外山の顔を見上げた。

――外山さんって、本当にきれいな顔してるよね……

ふと、そんなことを考えてしまった。冷静であろうとする頭とは裏腹に、勝手にドキドキと脈打つ心臓に戸惑ってしまう。

いくら男前で優しいとはいえ、彼は仕事上の雇用主で、それ以外の何者でもないのに。

華の視線に気づいたのか、外山が不思議そうに華を見つめた。

「どうしたんですか」

外山さんに見とれていたんです、とは言えなくて、華は自分の気持ちを隠すかのように話題を探した。

「あのレストラン、すごいですね。豪華《ごうか》でびっくりしました」

「料理はどうでした？　おいしかったですか」

「おいしかったです、とっても！」

シャンパンや真鯛の味を思い出し、華は微笑んでうなずいた。

「それは良かった。貴方が無理に喜ぶフリをしているのでなければ、俺はそれでいい」

外山はご機嫌のようだ。

「い、いいえ、喜ぶフリなんて。お酒もすごくおいしかったです。あんなおいしいシャンパン初めて飲んだから嬉しかったな」

華は笑顔のまま、外山にほんの少し身体を預けてゆっくりと歩いた。

「今日はありがとうございました。明日から仕事、もっともっと頑張りますね。なんでも言ってください」

「そんなに無理しなくていいです。今のままで十分ありがたいですから」

「雇い主なんだから、もっといろいろ指示してください」

「じゃあ明日から厳しくしようかな」

外山が少しいじわるそうな笑みをたたえたまま呟く。華は不安になり、外山の顔を見上げた。

「き、厳しくですか……？」

何を言われるのだろうと息を呑んだ華の表情に笑い声を立てて、外山が言った。

「冗談です。今までと同じくやっていただければいいですよ。いつも本当にありがとう」

夜の公園を歩きながら他愛ないやりとりをしていると、不思議と楽しい気分になってくる。

「今度のお弁当何にしましょうか？　炊き込みごはんを入れていいですか？」

弾む足取りで、華は外山にそう尋ねた。

「ええ、久しぶりに食べるな。楽しみにしておきます」

華は外山の腕につかまったまま、夜空を見上げた。木々の間から月が覗いている。

なんだか今夜は、明るい月がとてもきれいに見えた。

「そういえば、また会社で詰め寄られましたよ。誰に作らせた弁当なんだって」

詰め寄りそうな女性にはもちろん心当たりがある。華は苦笑し、外山に言った。

「外山さんは人気者だから。皆気になるんですよ」

「俺の私生活は、彼女たちには関係ないんですが」

やや皮肉な口調でそう言った外山が、華を見つめて尋ねた。

「どうしたらいいと思いますか。なんと説明すれば追及を逃れられるんでしょう?」

「お母さんが作ったお弁当だ、って言い張ってみたらどうでしょうか。……って、あれ? これ、この前も言いませんでした?」

華は明るくそう答えた。

――外山さんの世話を焼いてるなんて会社の女の子たちが知ったら、ただじゃすまなそう。でも、ホントにただの家政婦なんだけどな。待遇はとてもいいけど。

ただの家政婦、という単語に、胸がちくんと痛む。

優しくされすぎて、少しばかり勘違いしてしまっているのだろうか……

華は心の中で小さくかぶりを振った。仕事なのに、こんなことではいけない。

「そうですね。そろそろ伊東さんの案を検討しようかな」

外山が静かに答えて空を見上げる。それから目を細めて優しい声で言った。

「明日も晴れそうですね」

その時、用事があったことを思い出す。

「あ、そうだ、外山さん、さっきもメールしたんですけど、荷物を実家に送りたいので、週末一日お休みをいただいていいですか？」

「……ああ、そうでしたね。ご実家に何を送るんですか？」

「服や本に、小物とかです。留学する予定だったのでほとんどのものは処分したんですけど、まだちょっと荷物が残ってて」

「荷物なら、俺の家に置いていていいですよ」

外山の言葉に華は大きく首を振る。

「そんな！　場所をとるのでけっこうです。どちらにせよ、外山さんの家を出て行く時に全部持ち出さなきゃいけないし」

「……別にいいのに」

外山は小さい声でそう言ったが、それ以上は何も言わなかった。

――そっか、出て行く時か。そんなに先のことじゃないよね。外山さんが理想のお嫁さんを見つけるまでだもんな。

華はそう思いながら、外山と並んでゆっくりと月の光の下を歩いた。

自分の言葉なのになんだか胸がちくちくする。でも何が嫌なのかは、あまり考えたくなかった。

第四章

ようやく金曜の夜が来た。

華は、外山にもらった螺鈿《らでん》細工のヘアクリップで長い髪を留め直し、洗い終えた鍋を収納棚に戻す。

今週、彼は、ナポリタンを作ってくれた日とレストランに連れて行ってくれた日以外は、日付が変わる頃に帰ってきた。仕事で忙しいのはわかるが、夕飯は十一時過ぎたらいらないというし、疲れているのか朝食もあまり食べないし、少し心配なのだ。

「ただいま」

雇用主様のお帰りだ。華は玄関に向かって飛び出していく。今日はまだ十時前で、いつもより比較的早い帰宅だった。

「おかえりなさい、お疲れ様でした」

この出迎え方もなんだかなれなれしいとは思うのだが、うまいやり方が見つからない。

家政婦の仕事は戸惑うことも多いな、と考え込む華に、外山が後ろに隠し持っていたものを差し出した。

「はい」

渡されたのはバラの花束で、ちょっと変わったベージュ色をしている。

空気の色がぱっと変わるような美しさに、華はびっくりして外山を見上げた。

「えっ？　なんですか、これ」

「部屋に飾ってください」

華の驚いた顔が嬉しかったらしく、目を細めて外山が言った。

「あ、わ、わかりました」

絹のようなバラの花弁に見とれながら、華は慌ててうなずいた。バラ独特の蕩《とろ》けそうな甘い香りが、鼻先に漂《ただよ》ってくる。

「きれいですね！」

「珍しい色だったので買ってきました。花瓶は洗面所の戸棚にあります」

外山は振り返らずに言い、階段を上《のぼ》って自室へ引っ込んだ。

華は言われた場所から花瓶を取り出し、同じ場所に置いてあった花切り用のハサミでバラの茎を斜めに削《そ》いだ。家に花を飾るなんて、なかなかすてきな趣味だ。

外山はインテリアのセンスもいいし、きっと居住空間にこだわりたいタイプなのだろう。

華は考えた末、リビングのローテーブルの上に花を飾ることにした。

「うん、ホントにきれい！」

瀟洒《しょうしゃ》な室内に華やぎが加わって、なんとも言えない明るさをもたらす。満足してキッチンに戻るのと、部屋着に着替えた外山が入ってくるのは同時だった。

「やっと金曜ですね、伊東さんも一週間お疲れ様でした。あれ、バラは？」

「そこに飾りました」

華が指差して笑みを浮かべると、外山が真顔で言った。

「……気に入りましたか？　あのバラ」

華は瞬《まばた》きをし、何について聞かれているのか考えた。また採点をしてくれ、ということなのかもしれない。

「外山さん、いいセンスだと思います。お部屋に合いますね」

「そうじゃなくて、貴方が気に入ったかどうかを聞いています」

思わず外山の顔を見上げ、華は飾ったバラの花を振り返った。

「え、っと、私は気に入りましたけど……」

何かそれ以上の意見を求められるのだろうかと思い、華は外山の次の言葉を待つ。

「それは良かった。伊東さんに似合うと思って選びましたから。貴方に喜んでもらいたかったので」

意外すぎる言葉に、華は絶句した。

――な、なんでそういう、女子が勘違いしちゃいそうなことをサクッと言うのかな、この人。

心臓が恥ずかしいくらい大きな音を立てている。顔もきっと赤いだろう。落ち着かないのをごまかすため、華はわざと大きな声で言った。

「外山さん、座っていてください。ごはん仕上げますから」

華はそう言ってキッチンに駆け込む。仕上げる、というほどの作業でもないのだが、今は外山の顔を見ることができないから無言で鍋をかき回す。

――いちいち甘々なことを言って家政婦をからかってなんの得があるの？　いや、もしかしたら無自覚にイケメンオーラを振りまいているだけかも……他意はないんだよね……

外山が食卓につく気配がしたが、華は火照《ほて》りが落ち着くまで鍋をかき回し続けた。

「お待たせしました！」

華は明るい声で言い、食卓でスマートフォンを見ている外山の前にシチューの皿をそっと差し出す。それからサラダと紅茶豚を並べ、和からしと酢醤油《すじょうゆ》も置いた。

「これ、紅茶で煮込んだチャーシュー用のお肉です」

「ありがとう。いただきます」

ごはんは炊いてから少し時間が経ってしまった。

水分が飛ばないよう、炊きたてを個別にパッキングしておいたので、味はそこまで落ちていないはずだが、大丈夫だろうか。なんとなく反応を心配しながら見守る華に、外山が言った。

「ウマい。家でこうやってごはんを食べられるとありがたいです」

なんとか今日のごはんも合格のようだ。

「今日は北海道に日帰り出張でしたよね……疲れていませんか？」

「大丈夫ですよ」

外山はそう言いながら、すごい勢いで食事を平らげていく。おそらくはまたしても昼ごはん抜きなのだろう。多忙すぎて気の毒になってくる。

「北海道でおいしいものは食べなかったんですか？」

「残念ながら移動に時間をとられてしまって。空港の名物弁当を買う暇もありませんでした」

やはり、何も食べていないようだ。

——いくらタフだって言っても、こんな毎日じゃそのうち身体壊しちゃうかも……営業さんだし忙しいからなぁ……私がこれから先、ずっと一緒にいてごはんとか作ってあげられるわけでもないし。

心の中でため息をつきつつ、華は外山に言った。

「今日はすぐにお休みになってください。お風呂の支度を先にしてきますね」

「いや、ホントに大丈夫です。そんなに心配してくれるなら肩でも揉んでもらおうかな」

外山は冗談めかして笑い、チャーシューを頬張った。

「これもウマいな。伊東さん本当に料理上手ですね」

「あ、ありがとうございます……」

肩を揉んでくれだなんて……冗談だとわかっているのに華は戸惑いを隠すようにうつむいた。そんなに近い距離で外山に触るなんて想像するだけで恥ずかしい。

「あ、そうだ！　外山さん、明日は朝一番で、荷物を整理しに寮に戻らせてもらいますね。宅配便の人に朝九時頃に集荷に来てもらうので、終わったらすぐこっちに帰ってきます」

「俺も行きます。手伝いますから」

なんでもないことのように、あっさりと外山が言う。

「いえ、大丈夫です。明日は外山さんは休んでてください。今週は忙しかったと思いますし」

華はきっぱりと断り、外山の食事の進み具合を確認する。

――そろそろお茶を出そうかな。

そう思ってキッチンに戻ろうとした時、不意に外山が言った。

「あ、それ、俺が買ってきたやつだ」

なんのことだろうと振り返った華に、外山が自分の後ろ頭を指差しながら笑顔で言葉を続ける。

「その髪留めです。気に入ってもらえましたか」

ヘアクリップのことを尋ねられて、なぜか急に恥ずかしくなってしまった。

いちいち言動に反応して、さっきから妙に外山を意識してしまう。バラをもらったり、喜んで欲しいなんて言われたりしたせいで舞い上がっているのかもしれない。

「はい、すごく素敵で使いやすいです」

「なら良かった。俺のセンスも捨てたもんじゃありませんね。そうだ、明日何時に出ます？」

やはり外山は強引だ。華が断ったことなどなかったような口ぶりで話しかけてくる。諦めた華は自分が外出する時間を素直に答えた。

「私は、八時に出発させてもらえれば間に合います」

少し赤くなった顔を見られないようにもう一度外山に背を向け、華はお茶を淹《い》れる支度を始めた。

――意識してるのは私だけ。でも外山さんみたいな人に思わせぶりに優しくされたら、皆そうなるに決まってる。

そう考えながら、華は一生懸命外山から意識をそらそうとする。

カッコいい年上の人にぼうっとなるのは無理もない。けれど、こうやって彼と一緒に過ごしていられるのは、仕事だからなのだ。それ以外の理由はない。

——仕事に集中、集中！　仕事に私情を持ち込んじゃダメ。

「ご馳走さまです。じゃあ肩揉みよろしく」

自分に言い聞かせていた華は、外山のひと言で我に返る。

「え、ええっ？　本当にやるんですか……？」

「空港での待ち時間、ずっとノートパソコンでメールを書いていたので、肩が凝《こ》って頭が痛くて」

華が若干戸惑っているのがおかしいのか、外山がからかうように微笑み、大きな手で自分の肩を揉むしぐさをした。

「嫌ならいいですけど」

「い、いいえ、やります！」

勢いでそう返事をし、華は息を呑んで彼の背後に立つ。

広い肩……父や兄とは全然違うたくましさだ。

「失礼します……」

そう声を掛け、華は意を決して外山の肩に手を伸ばす。そっと肩に触れた瞬間、外山に組み敷かれ、この肩にすがりついて大泣きさせられた時のことを思い出してしまった。

――い、今思い出すな、私！

外山が前を向いていて良かった、と思いながら、華は真っ赤な顔で肩を揉む手に力を込めた。

「け、けっこう凝《こ》ってますね、ホントにお疲れ様です」

「会社帰りにジムに行ければいいんですけど、最近はその時間も取れなくて。仕事を引き受けすぎなのかもしれません」

さっきとは違う疲れたような外山の声音を、華は意外に思う。

「外山さんでも、そんなふうに思うんですね」

華の目から見れば外山は本当にスーパーマンだった。そんな人でも仕事が多いと感じるのか、と内心驚いてしまう。

「それはそうですよ。俺は見栄っ張りなので意地でもこなしますけど」

「あんまり無理しないでくださいね」

すんなりと出た言葉は、家政婦として……というより、華個人としての本音だった。

「一応心配してくれるんですね」

華のぎこちない手つきで肩を揉まれながら、外山が小さく喉を鳴らす。やけに機嫌のいい様子を不思議に思いつつ、華はうなずいた。

「そ、そんなの、当たり前です」

前を向いたままの外山が何かを言いかけた気配がしたので、華は手を止めた。

「……外山さん、どうかしました？」

もしかして心配なんて余計なお世話だったかな、と思った瞬間、突然外山が振り返る。

「ありがとうございます」

真顔で感謝され、華はびっくりして外山の肩から手を離した。

「えっ、えっと、何がでしょうか」

「いや、『無理しないでくれ』なんて、一人暮らししていると誰も言ってくれませんから」

外山が精悍《せいかん》な口元をほころばせる。華はドギマギして、目をそらすので精いっぱいだった。

「でも、ついついできるところを見せたくて張り切っちゃうんですよ、男って悲しい生き物ですね」

「だ、誰に見せたいんですか？」

「誰だと思います？」

「え、あの、部長とか課長に……ですか？」

「残念ながら違います。もっといつもそばにいる人です」

「坂田さんですか？」

席替えをしていなければ、坂田の席は外山の隣だった。そのことを思い出して言った華に、外山は我慢できないというように笑い出した。

「それ本気で言ってます？　面白い人だな」

「す、すみません……全然わからなくて……」

外山が、途方に暮れている華を見てにっこり笑った。その笑顔に胸を射貫《いぬ》かれ、華はビクリと肩を波打たせる。

――だ、だからそのイケメンスマイルは反則だってば……

「答え合わせはそのうちしましょう。もう少し揉んでもらえます？　気持ちがいいので」

「あ、は、はい！」

華は再び外山のたくましい肩に手を添え、肩揉みを再開した。やはり照れくさく落ち着かないのは自分だけなのだろうか。華は所在なげに、機嫌のいい外山の肩を揉み続けた。


翌朝、華は申し訳ない思いで外山が運転する車の助手席に座っていた。

結局、ついてくるという外山に押し切られ、彼と一緒に寮に戻ることになったのだが、外山が至れりつくせりで、なんでもしてくれすぎることが心苦しい。

――それにしても、外山さんはなぜこんなすごい車を持ってるんだろう……？

たしかこの車はドイツの有名なメーカーのものだ。かつて一度、会社の接待ゴルフに連れて行かれた時、取引先の社長のお坊ちゃまが自慢していた車種と同じエンブレムなので、相当な高級車だとわかる。

「どうしました？」

ハンドルを握る外山が、こちらを見ずに尋ねてきた。華はなんでもないというように首を振る。

「いいえ、外車までお持ちなので、すごいなと思って」

「もらいものですよ。元々は親父が買ったものなんですけど、やっぱり他の車が欲しくなったから乗らないと言い出して。それを聞いたおふくろが『無駄遣いするな』と激怒しましてね、その剣幕に恐れをなした親父に『もったいないからお前が乗れ』と言われて、押しつけられました」

華はその話を聞いて思わず笑ってしまった。

それにしても、外山は一体どんな家で育ったのだろう。もしかして、ものすごいお金持ちのお坊ちゃまなのだろうか。だが、そんなお金持ちの家の息子なら、毎日のように夜中まで働いて、文字通り必死で営業成績を追いかける必要はない気がする。

プライベートを探るような真似は良くないと思うが、華は話を続けた。

「なんだか面白いご両親ですね」

「基本的に仲の良い夫婦なんですけどね。親父が婿養子みたいなものなので、おふくろに頭が上がらないだけです」

外山が明るい声で言って、赤信号で車を停めてナビを一瞥《いちべつ》した。

「荷物の整理って、すぐ終わりそうですか？」

「あ、はい……もう段ボールには詰め終わってますし、それを宅配便の人に渡すだけなので。あとは月曜に会社に行って、総務の担当者に鍵と書類を提出して終わりです」

「わかりました。じゃあその後どこか行きましょうか」

華はその言葉に目を丸くした。

「今日はまだ家事が終わってないんです。帰って続きをやらないと」

「月曜日でいいですよ。休みをとってください。貴方も毎日働きっぱなしじゃ疲れが溜まる一方でしょう」

――だから、外山さん、甘すぎますって。

「あの、でも」

「この前ネットで見かけたカフェに行ってみたいんだよな……山の上にあって景色がいいみたいなんですけど、伊東さんはどうです？」

よどみなく誘う外山にそう聞かれ、華はうつむいた。

もちろんカフェ巡りは好きなので行ってみたいと思う。だが、車を出してもらったうえに仕事まで残っている立場で、その申し出を喜んで受けていいのかわからない。

「伊東さんはここ最近、気を抜く暇がなかったでしょう」

突然外山にそう尋ねられ、華は顔を上げる。

外山の言うとおり、この数ヶ月で本当にいろいろなことがあった。武史のことはさすがに話せないけれど……惨《みじ》めで悲しかったクリスマス以降の三ヶ月、華の人生は狂ったままだ。

「そうですね」

華はしみじみとそう答えた。

ここ最近は、とにかくどん底に落ちた自分を救わなくては、と必死だったような気がする。

「ありがとうございます、外山さん。いつも気を使っていただいてすみません」

「俺は、そんないい子の答えを聞きたいわけじゃないんだけどな」

外山に低い声で言われ、華は言葉を失ってしまう。

――いい子の答えってどういう意味かな……

お互いに黙りこくったまま五分ほど経った時、車が交通量の多い交差点に差し掛かった。

「ここを左でいいんですよね」

考え込んでいた華は、慌てて外山の問いにうなずいた。

「あ、は、はい！　ここを左です。コインパーキングがその先にあります」

外山が車を駐車場に停めた。華は車を降り、外山に深々と頭を下げる。

「すみません、宅配便の人に荷物を渡して、忘れ物がないか確認するだけなので……本当にお手伝いいただくほどのこともないのですが」

「大丈夫ですよ。集荷は、何時頃来るんでしたっけ？」

「箱の数がちょっと多いので、九時過ぎに台車を持って来てくれると言ってました」

言いながら華は横断歩道を渡って、すぐ近くにある会社の寮に入る。受付で荷運びを先輩に手伝ってもらうと伝え、外山の入寮の許可も得た。土曜の朝だと、皆部屋で寛《くつろ》いでいるから、誰にも会わずにすむだろう。

「一応最後に忘れ物がないかだけ確認するので、待っていてもらえますか」

外山を部屋の中に案内しながら、華は言った。

「力仕事があったら、俺がやりますね」

そう言って、外山が何もない部屋の床に腰を下ろした。

その時、外山が肩から下げているトートバッグの中で電話の音が鳴った。

仕事の電話かな、と思い、華は邪魔をしないよう部屋の確認に回ることにした。

「はい、もしもし」

キッチンに忘れ物がないかを確認している華の背後で、静かな声が聞こえる。

「……またその話ですか。何を言われても心当たりはないんですが」

次の瞬間響いた外山の冷たく厳しい声に、華はビクリと肩を震わせた。

——何？　どうしたの？

華はキッチンにそっと顔を出し、こちらに背中を向けている外山の様子をうかがった。

外山のあんな冷たく怒った声は、今まで聞いたことがない。

自宅では外山は電話が掛かってくるといつも、リビングを出て華に声が届かない場所まで移動してしまう。華の前では話さないのは、仕事の電話だからだろうと思っていたけれど……

「好きにしてください。報告でもなんでも。何度も言いますけど、もう掛けてこないでください。休みの日に迷惑です」

耳を澄ますと、電話口の相手も男性のようだ。

何を言っているのかまでは聞き取れないが、静かな部屋なので声のトーンは拾うことができる。

どうやら相手のほうは、笑っているような、面白がっているような声音で話していた。

——あれ、この声どこかで聞いたことがあるような気がする。

引っ掛かりを感じて華は記憶を探った。だが、電話を通して漏れてくる声なのでいまいちよくわからない。

「失礼します」

外山が凍りつくような声で言って電話を切った。それから華を振り返る。

「すみません、驚かせて」

こちらを振り返った外山は、すぐに優しい表情になり、笑みを浮かべた。立ちすくんでいる華をフォローするように彼は明るい声で続ける。

「気にしないでください。今ちょっと、困った人に絡まれてて」

「えっ、大丈夫ですか。仕事上のお知り合いとか？」

「ええ、ご心配なく。俺の顔見知りの人間です。着信拒否したんですけど、いろんな番号から掛けてくるんですよ。発信元が不明の電話はお客様からかもしれないので、取らざるを得なくて」

華は眉をひそめたままうなずいた。

「……そうでしたか」

普段クールな外山らしくもない攻撃的な口調だったので心配だったが、これ以上は入りこめない気がした。

気を取り直して、華は残っていた部屋の点検を終えた。同時に部屋のチャイムが鳴る。

宅配便の人が集荷に来てくれたようなので、華は立ち上がってインターフォンを取った。

手続きと、荷物の積み込みに十分ほど掛かっただろうか。無事に段ボール十箱分ほどの荷物を実家に送る手配を終え、華は部屋の玄関に鍵をかけて外山を振り返った。

「ありがとうございました。重い箱を移動していただいてすみません」

「いいえ。まだ十時前ですね」

外山が腕時計を一瞥《いちべつ》して、話を続けた。

「荷物、俺の家に置いても本当に良かったのに。あのくらいの量なら置く場所ありますよ」

華はその言葉に首を振って答えた。

「いえ、大丈夫です。行きましょう」

――だってすぐに出て行かなきゃならないかもしれないんだもの。いつ外山さんのお見合いが決まっちゃうかわからないし。

その言葉を呑み込んだ途端、また胸がチクッとした。

どうしてそのことを考えると胸が痛むのか。それほど遠くない未来に終わってしまう仕事なのは、始める前から明言されていたことだ。だからこの痛みは、感じてもしかたがない痛みなのに。そう思いながらも、やはりモヤモヤした気分は消えなかった。

――私、まだもう少し、この毎日を続けたいのかもしれない。外山さんのそばにいられるこの生活を……

華はぼんやりと浮かび上がってきた自分の本音を心の底に押しこめた。仕事と自分の感情をごっちゃにするのは良くないことだし、外山のプライベートに干渉するのも、良くないことだ。

「今日はお互い休日ということにして、ドライブに付き合ってください」

車に乗り込んだ後、外山はスマートフォンで何かを調べてカーナビに住所を入力し、車を発進させる。

彼が強引なのは相変わらずだが、華は何も言わずにうなずいた。

外山は華に気を使って楽しませようとしている。わざわざ車まで出してくれたのも、たぶん、こうして華を連れ出すためだったのだろう。本当に優しい人なんだなと改めて思う。

車は一時間ほど高速道路を走り、山を登って、見晴らしの良い場所にたどり着いた。

――わ、山の上ってけっこう寒い……！

今日は三月の終わりにしては暖かい日だったが、車を降りた華は風の冷たさに身をすくめた。

「思ったより涼しいですね」

運転席から降りてきた外山が笑顔で言い、後部座席に置いてあったマフラーを華の首に巻いてくれた。

「風邪を引かれては困りますから」

こんな不意打ちのような優しさには、何度触れても慣れることがない。

ドキドキしてしまったことを反省しつつ、華は小さな声でお礼を言った。

「あの、ありがとうございます」

「店はその建物です。すぐそこだから上着はいらないですよね。行きましょう」

外山に腕を引かれた瞬間、身体中がカッと熱くなった。巻いてもらったマフラーの温かさがふわりと華を包み込む。やはり外山のこういう振る舞いは少しタチが悪いような気がする。

こんなふうに大事に扱われたら、勘違いする人もいるはずだ。少なくとも華は、誤解しそうで苦しい。華は思いを断ち切るかのように、外山の手をそっと振り払った。外山は不思議そうに振り返ったが、何も言わなかった。

「いらっしゃいませ。二名様ですか」

白木造りの明るい店内は、ストーブがついていてとても暖かい。華は、外山の少し後ろについて歩いて行くと窓際のカウンターのように並んだ席に案内された。近くの席にいた女性の二人連れが、吸い込まれるように外山を見つめる。

――見ちゃうよね。やっぱりカッコいいもん。私もたまにボーッと見ちゃうし……

華は心の中でそう思いつつ、目の前の窓から外の景色を眺めた。少し先は崖になっていて、その先に街の景色と海が見える。あまりの見晴らしの良さに、華はしばらくその光景に目を奪われた。

「何食べます？」

傍《かたわ》らの外山に声を掛けられ、華は我に返ってメニューを手にとった。パンケーキやパスタがメインらしく、どれもおいしそうだ。

「これにします」

華はそう言い、アボカドとサーモンのクリームチーズと書かれたパンケーキを指差した。

「飲み物は？」

「えっと……寒かったからホットココアをいただきます」

それにうなずいた外山は手を上げて店員を呼び、メニューをオーダーしてくれた。

その時マフラーを巻きっぱなしだったことに気づき、華は慌ててふかふかのそれを外す。外山と同じ匂いがするマフラーの感触に、胸が甘く疼《うず》いてしまう。

――うう、さっきから妙なことばっかり考えて……しっかりしなきゃ！

華は心の中に芽生えようとする想いの芽を摘《つ》み取ろうと頭を振り、カバンから外山にもらったヘアクリップを取り出して、髪を留めた。

外山は片肘をついて、華の行動をじっと見ている。華はたたんだマフラーをカバンにそっとしまい、外山を振り返った。

「伊東さんは人に甘えるのは苦手ですか？」

外山の目が、華の目をまっすぐに見つめる。華は唐突な質問の意図がわからなかったが、とりあえず思っていることをそのまま口にした。

「どうなんでしょう……でも、あまり人様の厚意には寄りかからないように気をつけています」

それ以外に答えようがない。甘えるのが得意だったとしても雇用主に甘えるわけにはいかないではないか。

「そうですか。でも俺にはちょっとくらい甘えてくださいね」

予想外の言葉に華は小さく口を開けたまま、外山の顔を見上げた。

きっと今、顔が真っ赤になっているだろう。わかっているのにどうすることもできない。

何も言えず絶句している華に、外山が不意ににっこりと微笑みかける。

「どうしたんですか。俺の話聞いてます？」

「はい、聞いています」

次から次へと心に芽生えてしまう期待の芽を、華は必死に摘み取っていく。

わかっているのだ。この気持ちは、育てても仕方のない気持ちなのだと。外山に対して、雇用主への感謝の気持ち以上のものを抱いてはいけない。

華は表情を変えずに、ひたすら自分の心を押し殺そうと必死になった。

――なんだかダメだ、私、今日は調子悪いかも……

デニム越しに太ももに爪を立てた華は、外山の質問で我に返る。

「今日みたいにこうやって二人で出かけるの、嫌でしたか」

華は首を振って、精いっぱい立場をわきまえて答えた。

「仕事を休ませてもらって、ドライブに連れて来ていただけてありがたいなと思っています」

雇用関係なのだから、こう答えるのが正しいはずだ。

「そう、俺はけっこう楽しいんだけどな。そうやって髪留めもつけてもらえて、すごく嬉しい」

「あの、これ……ありがとうございました。わざわざ買ってきてくださって」

なるべく感情を抑えた声で華が答えた時、頭の上から女性の声が割り込んできた。

「お待たせしました。アボカドとサーモンのパンケーキのお客様」

外山が華から身体を離して振り返り、店員が手にしている二枚の皿を受け取る。

華はドキドキと鳴り続ける胸を押さえ、外山に気づかれないようにそっと息を吐き出した。

「伊東さんの頼んだメニュー、おいしそうですね」

笑顔の外山に、華はこっくりとうなずく。

相変わらず顔はどうしようもないほど熱いままだ。

――外山さんが、急に楽しいとか嬉しいとか変なこと言い出すから悪いんだよ……

心の中でそう言い訳してみたけれど、どうしても動悸を抑えることができない。

なるべく穏やかな口調を心がけながら、華は言った。

「いただきます」

「ああ、そうだ。これを食べたら他に行きたいところあります？　それとも俺が決めていいのかな」

外山にそう言われ、華は無言でうなずいた。なんだかデートの計画を立てているみたいでそわそわする。もちろんそう思っているのは華だけで、外山はただのドライブだと思っているに違いないのに。

苦しい。外山のいろんな顔を知って、たくさん優しくされるたびに、なんだか妙な期待が生まれてしまい、押し殺すのに苦労する。今のこの二人の関係は、それほど遠くない未来にぷっつりと途切れるのに。そう、華は、ただの彼の『家政婦』なのだから。

華はこみ上げる気持ちを断ち切るように、パンケーキにナイフを入れた。

できるだけ無表情を装い、パンケーキを口にする。

外山の優しさに浮かれてはダメだ。自分が想っている気持ちと外山の想いは違うものなのだ。今の自分は、外山に大事にされているような錯覚を覚えてしまっているが、それが独りよがりだとわかっているから勝手に辛くなっているだけなのだ。

――私のバカ、仕事に私情を持ち込んじゃダメだって。何度言い聞かせればわかるの。

華は傍目《はため》にはわからないように歯を食いしばると、眼下に広がる海にもう一度視線を投げた。

「あの、伊東さん。今、本当に楽しいですか？」

呟く外山の声で、必死に気持ちを押し殺していた華は我に返る。

振り向くと、外山が少し怪訝《けげん》そうに華のことを見つめていた。

「伊東さんはいつも、俺がすることに喜ぶ顔はしてくれますけど……なんだか、こう、笑えって言わないと笑わないし、喜べって言わないと喜んでくれない感じがして仕方がないんです」

食べる手を止めて、華は外山の顔を見上げた。そんなふうに思われていたのかと内心驚く。華は外山がしてくれたことに対して心から喜んでいる。ただ……あまり浮かれた顔を雇い主に見せたくないと思っているだけで。

「そんなことないです、いろいろしていただいて申し訳ないくらいです」

「だから、そういういい子の答えを、俺は……」

言いかけた外山がはっとしたように言葉を切り、低い声で華に尋ねた。

「もしかしてその笑顔も、仕事のうちですか？」

外山の言葉に、一瞬華は戸惑ってしまう。

「えっと……」

質問の意味をしばし考えた華は、出産を機に退職した十歳ほど年上の先輩の話を思い出した。

『華ちゃん、こういう年上の男性が多い職場では、頭ごなしにいろいろ言われてムッとすることが多いかもしれないけど、笑顔も仕事のうちだと思ってね』

彼女はいつも、華にそう言い聞かせてくれた。彼女の教えを心がけて、うまくいった局面はたくさんあった。仕事の場では感情をむき出しにして子供っぽく振る舞うと、そのうち相手にされなくなるとわかったのも、『笑顔も仕事のうち』という言葉のおかげだと思っている。

「はい、そう……だと思ってます」

その言葉に仕事第一の外山なら納得してくれると思ったのだが……華の目の前で、外山の表情はみるみる凍りついていく。

——え？　どうしたの？

驚いて息を呑む華の前で、外山が唇を歪《ゆが》めて笑った。

「そうですか、仕事のうちね」

「そういうものだと思いますけど……」

華を見つめる外山の視線が冷たくて痛い。

その皮肉な表情に、華は言葉を失う。自分が何を言って彼を怒らせてしまったのかわからない。

「じゃあ、仕方ないか。俺の空回りだ」

訳がわからず口をつぐんだ華から顔を背け、外山は食べかけのパスタの皿を押しのけた。

「伊東さんが食べ終わったら出ましょうか。今日はもう、家に戻りましょう」

ため息をつき、外山が感情のない静かな声で言った。

「わかりました」

有無を言わさない態度なのでうなずくしかない。外山が急に不機嫌になったことで、華の気持ちも急速にしぼんでいく。

外山はもう華のほうを見ようともせずに、無表情で窓の外を睨《にら》みつけたままだった。
食事を終えた後、外山の車は言葉どおりそのまま家に戻ってしまった。

彼の端整な顔には明らかにがっかりしている様子が見てとれた。帰りの車の中でも外山はほとんど口を開かなかった。華もまた彼の無言が気まずくて、何もしゃべることができなかった。

なぜ彼を失望させてしまったのだろう。何度思い返しても、自分が彼の機嫌を損ねた理由がわからない。仕事中に浮かれた顔をしたからだろうか。それとも、何か彼の中で華に対する悪い評価が溜まっていて、それが一気に爆発したせいなのか。

――仕事に良くない点があったら、ちゃんと言ってくれる人だと思ってたんだけどな……

華は洗濯機の前で佇《たたず》んでため息をついた。正直に言うと、外山の今日の態度がショックで放心状態なのだ。

外山はさっき、ジムに行くと言って出て行ってしまった。「頭を冷やしてくる」と。

――さっき言われた言葉、愛想笑いばかりしてて態度が良くないって意味なのかな。

華の心の中に、二日目にうたた寝をしてしまったことや、彼がしてくれることをなんでも受け入れてしまったことが後悔となって浮かび上がってくる。親切にされても断ったほうが良かったのかもしれない。外山は華の勤務態度をずっと試していたとも考えられる。

――ダメ出しされたのはわかるけど……もしすぐ出て行けとか言われたらどうしよう。

ズキズキする心を抱えたまま、華は何度目かわからないため息をついた。

洗い終えて干してあった服を浴室乾燥機のあるバスルームから取り込み、この前買ってきたリネンウォーターを吹きかけながらアイロンをかける。

これは贅沢品《ぜいたくひん》なので自腹で買った。外山に似合いそうなかすかにラベンダーの入ったネロリの香りだが、これを選んだ時のちょっぴり浮かれた気持ちを思い出すと、今はひたすら虚《むな》しく悲しい。

ぼんやりしていたら高価なシャツの生地を熱で傷つけてしまうと、華はぼうっとする自分に活を入れた。

――これが終わったら、買い出しに行って、お肉と野菜を買わなきゃ。でも夕飯何がいいか聞けないな……なんかもう、怖くてメールもできない。どうしたらいいんだろう。

華はアイロンがけを終え、外山の部屋のクロゼットに服を戻した。

さっきから不安で身体が重くて仕方がないのだが、仕事はきっちりやりきらねばならない。

床のホコリをモップで全て拭《ふ》き取った後、買い出しに行く。戻ってきてすぐに夕飯の仕込みを終え、華は自分の部屋のベッドに腰を下ろした。置きっぱなしのスマートフォンには誰からの連絡も入っていない。外山はジムへ行くと言って出て行ったきり、もう四時間以上なんの音沙汰もないのだ。連絡があったらごはんを作ろうと思いつつ、華はスマートフォンを枕元に置いて横になった。

毎朝五時に起きて、外山が帰るまで待っている生活のせいか、慢性的な寝不足で疲れきっている。しばらくうとうとしただけのつもりだったのに、目を開けると外は真っ暗で、もう時計は夜九時を指していた。華はぎょっとして飛び起き、スマートフォンを見て言葉を失う。

外山から連絡はなく、帰ってきたような気配もない。ふらつく足で一階の居間に降りて確かめたが、真っ暗で外山の姿は見えなかった。

――帰って来てない……本当に私のこと怒ってるんだ。もうヤダ……私、何しちゃったんだろう？

無視されたという事実が、ずんと心にのしかかる。まず初めに浮かんだのは、住むところやお金の心配ではなく、外山とはもう今までみたいに話せないかもしれない、ということだった。

華は炊飯器の蓋《ふた》を開け、水を吸わせていたお米を、お釜ごと冷蔵庫に移す。他の下ごしらえしたおかずは……そこまで考えて小さく唇を噛んだ。

「ジムに行くだけなら、こんなに時間かからないよね……」

呟いた瞬間、ぼろっと涙がこぼれてしまった。

仕事で泣くなんて最悪なのに、と思い、華はお風呂に駆け込んだ。シャワーを浴びながらひとしきり泣き、乱暴に髪と身体を洗って乾かし、逃げ込むように自分の部屋のドアを閉めた。

やはりどんなに考えても、急に外山が機嫌を損ねた理由がわからない。彼が帰ってきたとしても顔を見るのが怖い。もう華には笑いかけてくれないのではないか。

しばらく自分の膝を抱きかかえたまま動けずにいた。

どれくらい経っただろうか。少し落ち着くと、勝手にショックを受けていないで、ちゃんと彼に連絡を取らねばという気になる。華はスマートフォンを手に取ってメールを打つ。

『今日は何時頃戻られますか？　あと、何か不満があったら、話していただけたほうが嬉しいです。外山さんのご期待に応えられていないことは申し訳なく思っています。よろしくお願いします』

だが、数十分待っても返事が来る気配はない。

こうやって生殺しで放置されるのは、武史に振られた時以来だ。あの時も本当に辛かったけれど、今も同じくらい辛い。いや……今のほうが辛いかもしれない。

華はぼんやりと時計を見上げた。もうすぐ十一時になる。

――さすがに変だよね……？　あれ、まさか事故に遭ったとか、ジムで倒れたとか……いやいや、そんな、でも……

悪い想像が膨らみ、じわじわと恐怖がこみ上げてくる。あり得ない話ではない。

――外山さん、どうしちゃったの？

青ざめてベッドから立ち上がった時、玄関のドアが開いた。

華は飛び上がらんばかりに驚き、玄関に迎えに出ようと、勢いよく階段を走り降りる。

普段はパジャマ姿で外山の前に出たりしないのだが、今はそんなこともすっかり忘れていた。

「おかえりなさい！」

そこにいたのは、ジム用の大きなカバンを抱えた外山だった。

外山の無事な姿を見て、心の底からホッとした声が出てしまう。

「良かった、連絡がないから……」

表情を緩《ゆる》めた華を見つめ、外山がかすかに目を見開く。

「すみません……遅くなって」

華から目をそらし、外山が小さな声で言った。

「ジムで坂田に偶然会って、そのままアイツの家で飲んでたんですけど、携帯がないことに気づいて。パソコンを借りて位置情報を調べたら家のあたりにあったので、たぶん忘れていってしまったのだと思います」

彼が行くジムは会社と法人契約している。

華も何度か行ったことがあるが、意外と会社の人に会うのだ。

「貴方のメールアドレスは、聞いた時に自分で入力したので覚えていたんですが、携帯の番号を忘れてしまって。とりあえず坂田のパソコンからメールを送ったんですが、見てなかったんですね。俺の家には電話を引いていないし……話し込んで遅い時間になってしまって……すみませんでした」

華は無言でスマートフォンの画面を開き、メールを確認した。

外山からのメールは専用のフォルダに来るようにしているのだが、そこにはない。別のフォルダのほうに知らないアドレスからのメールが紛れ込んでいた。これが外山が取得したフリーメールのアドレスだったのだろう。このフォルダにメールが来ても、スマートフォンは鳴らないように設定してある。そのせいで気が付かなかったのだ。

「ごめんなさい、いただいたメール、別のところに保存されていて見ていなかったです」

確認すると、夕方の五時くらいから、何度もメールが来ている。

携帯がないので坂田の家のパソコンからメールしているとか、さっきは自分の事情でカッとなって申し訳ないとか、坂田と話し込んでいるので遅くなるとか……全部メールに書いてある。

華は浮かんでくる笑みを抑えることができないまま、外山を見上げた。

「……良かった。無視されてるのかと思ってました。私、何したのかなって」

自分でも驚くくらいにホッとしていることに、華は気づいた。

さっきまで悶々《もんもん》と考えていたことは杞憂《きゆう》で、外山は華に対して『出て行け』なんて思っていなかったのだ。

「先ほどは申し訳なかった。ちょっとイライラしてしまって」

華は玄関に立ったままの外山を見つめ、しばらく考えた。

どうして不機嫌だったのかと聞きたかったが、それはためらわれた。

きっと、自分にも悪いところがあったのだろう……そう結論づけようとした瞬間、心の中にいる『本当の華』が強く抗《あらが》った。

――違う。どうして私はすぐいい子になろうとするの？　本当はそうじゃないくせに。外山さんに安心させてほしいくせに。私のことを嫌いになってないってちゃんと言って欲しいくせに。

そうだ、理由を聞くくらい、いいではないか。

これからもずっと彼の顔色に振り回され続けるなんて、嫌だ。

華は、自分の中にある勇気をかき集め、力を込めた目で外山をじっと見つめた。

「外山さんの事情ってなんですか？　教えてください」

「それは」

何かを言いかけた外山が、華からすっと目をそらし、靴を脱いで家の中に上がった。

「貴方には関係ないことです。本当にすみません」

華のほうを向かず、外山が静かな声で言う。

「私、何か余計なことをしたでしょうか？」

珍しく食い下がった華を、外山が無表情で振り返った。

「いいえ。何もしていませんから気にしないでください。そうだ、明日は実家に顔を出してきますね。来月お見合いがあるので、親と打ち合わせしてきます。すっかり忘れていたんですが、さっき電車の中で思い出して」

お見合い、という言葉が、華の胸に突き刺さる。

「相手は父が懇意にしている会社の、社長のご令嬢なんですよ。どこまで本当かわかりませんが、専業主婦になって家事を頑張りたい女性だそうです。うちの両親も張り切ってるんでね。まずは話を聞いてきます」

すーっと手足から血の気が引いていくような気がしたが、華は平静を装おうとした。

専業主婦希望の女性と結婚するまで家政婦をしてくれ、というのが外山の依頼だ。

それは、初めからわかっていたことではないか。

さっきまでのかすかな勇気……外山の本音を問いただそうとする勢いが一気に消え、華の顔に『いい子』の仮面が再び浮かぶ。

「あっ、はい、わかりました。明日は朝ごはんどうしますか？」

華は笑顔を作ってうなずいた。

やはり、彼を問い詰めてはいけないのだ。出て行かなければならないのが寂しいと感じているのは、華の事情であって、外山にぶつけていいものではない。

「ありがとうございます。食欲がないので朝食はいりません」

外山がそう言って華の脇を通り過ぎていく。

「ああ、さっきの話ですが、お相手が乗り気らしいから、半年後くらいには入籍して、この家に来てもらうことになるかもしれない」

華は深々とうなずいたが、さっきからずっと心が痛くて、どうやりすごせばいいのかわからない。だが、仕事中に自分の感情をむき出しにして、外山に迷惑をかけるなんて論外だ。

「わかりました。お話が決まったら奥様となる方がこちらに遊びにいらっしゃるかもしれないから、私は早めに辞めたほうがいいですよね」

華は一生懸命笑みを浮かべて明るい声で言った。

「……なんで笑ってるんですか？」

外山が真顔のまま華に尋ねてくる。さっきのカフェの時と同じく、失望したような色が彼の切れ長の目に浮かび上がっている。また、彼の機嫌を損ねたようだ。

華は無意識に両手を組み合わせ、ギュッと握りしめた。

――なんで怒られるのかわかんないよ……

再び、さっきの怒りにも似た気持ちが湧き上がってくる。

華は気力を振り絞って、もう一度外山に尋ねた。

「外山さんこそ、やたらと私のこと笑ってるとか、笑ってるフリしてるとか……一体どういう意味でおっしゃってるんですか？　私は、さっきも今も、外山さんがいきなり怒る理由がわからなくて戸惑ってます。私はあの後どこに行くのか楽しみだったのに、帰ってきちゃったし……」

こんなことを言っていいのか、と考えつつ、華はクールな表情を崩さない外山を強く見据えた。

「理由も言わずに突き放されたら、良くなかった行動を直すこともできません」

また、武史のことを思い出した。理由も告げずにせせら笑うように去って行った冷たい武史。何を考えていたのか全然わからなくて、彼のことは未だに華の中で抜けないトゲになっている。

──私は私なりに頑張ってるのに、そんなふうに『いらない』って突き放すような顔されたら悲しい。

「……伊東さんは真面目ですよね。入社してきた時から」

不意にそう呟き、外山が小さく噴き出した。精いっぱい怖い顔をしている華はなんなんだろう、と思って眉根を寄せる。

「でも俺は貴方とは違う」

軽い音を立てて、外山が抱えていたバッグが床に投げ落とされた。

「俺は不真面目なんですよ、平気で真面目な人を騙《だま》します。人を言いくるめることも得意ですし、貴方にも嘘をつきました。『仕事として』家政婦をして欲しいって」

不意に低くなった外山の声に驚き、華は一歩後ずさった。

外山の長い腕が伸び、立ちすくむ華を壁際に閉じ込める。大きな身体がすぐそばまで近づき、華は壁にぴったりと寄りかかったまま言葉を失って彼を見上げた。

なんだかいつもと違う匂いがする。ジムでお風呂に入ったからだろうか。あまりの態度の変化に呆然としていた華は、外山に耳元で囁《ささや》かれて我に返った。

「一度だけ聞いていいですか？」

その声が帯びる得体の知れない迫力に、華の身体がぞくりと震えた。

「二度と聞かないので、一度だけ答えてください。俺はもう適当にお見合いして、その相手に決めてしまっていいですか？」

——なんでそんなことを聞くの？

嫌だ……と呟く心の声を呑み込み、華はおずおずと口を開いた。

「あ、あの、そんなの私が決めることではないです。外山さんの人生なのに」

華の話を遮《さえぎ》り、外山が責めるような口ぶりで続ける。

「貴方が揃えてくれた雑貨を全部捨てて、貴方がいた痕跡を全部消して、何食わぬ顔で新婚生活とやらを始めてもいいんでしょうか？」

「そ、そんなの……当たり前のこと……」

「当たり前？　二年以上も好きだった相手から、そんな答え聞きたくない」

聞こえてきた言葉の意味が一瞬わからず、華は固まってしまった。

外山の手がためらいがちに華の肩に触れ、力を込める。

完全に思考が停止している華をそっと抱き寄せ、外山が続けた。

嘘でしょうとか、からかってるんですかとか言うべきなのに、その言葉が出てこない。外山のぬくもりに吸い寄せられるように、口にするべき言葉が溶けていく。

――好きだった相手って、何言ってるの？　外山さん……どうしちゃったの……？

「本当に、俺の心を弄《もてあそ》ぶのがうまいですよね、貴方は。俺と出かける時はいつも呼んでもいない女の子を連れてくるし、いつも壁を作って近づかせてすらくれなかった。勇気を出して抱いてみても、俺の家に連れて来ても全然壁が消えない。俺なりにどうしたら近づけるか知恵は絞ったつもりなんだけど、貴方の心には近づけないままだ」

外山の言葉は耳に入ってくるのに、理解する速度が追いつかない。しだいに鼓動が激しくなり、呼吸も苦しくなる。まるで全身が心臓になってしまったようだ。

「でも、やっぱりまだ諦められないんです。だからはっきり言いますね。俺は貴方が好きだ。出会った頃からずっと好きでした」

「あ、あの、外山さん……」

なんとか震える声で名前を呼ぶが後が続かない。華は外山の体温を感じながら、ひたすら身体を強張《こわば》らせた。想像もしなかった展開に、どうしよう、という言葉だけが頭の中をぐるぐる回る。

「俺が嫌なら嫌とはっきり言ってください。そうしたらさっき言ったとおり、二度とこんな真似はしない。俺は今までと同じように、ただの雇い主でいると約束します。でも、その前に一度だけ言わせてください。俺の気持ちに応えてもらえませんか」

華の身体にうっすら汗がにじんだ。突然そんなストレートに気持ちをぶつけられても、なんて返せばいいのかわからない。未だにこの状況が信じられないのだから。

「そ、そんな、急に……」

「答えをだらだらと先延ばしにされる契約は、だいたいうまくいかないんですよね。第一、俺の流儀じゃない。だから今すぐ決めて欲しい」

厚い胸に華を抱きしめたまま、外山がそう呟いた。いかにも吉荻商事が誇るトップ営業マンらしい強引さだと華は思った。

告白されてすぐ付き合うなんて、もう二度としたくない。武史で失敗して傷ついて懲《こ》りたのに。けれど華にもうっすら察することができる。ここで曖昧《あいまい》な態度をとったら、外山は華と他人になることをきっぱり選ぶだろう。これから口にする答えに、おそらくやり直しはきかないのだ。

「あ……の……」

震えながら華は自分の気持ちを言おうとした。

傷つくことは怖いけど、外山に惹かれている気持ちは間違いないし、自分から離れて行かないで欲しい。そもそも彼に惹かれない女性なんているのだろうかと思ってしまっている時点で、もう、引き返せないくらい彼に囚われているのかもしれない。

だが、その気持ちは仕事上ルール違反のはずで……いろんな想いが交錯《こうさく》してしまい、その先が真っ白になって何も言葉が出てこないのだ。

「ノーなら、手を離します。この話はもうよしましょう」

不意に外山が華を抱く手の力を緩《ゆる》めてそう言った。

真剣なのにどこか試すような口調に、華は強い焦りを感じて顔を上げる。

「待ってください」

「待ちません。一度しか聞くつもりはありませんから。そうですか、残念ですが仕方ない」

華から離れ、背を向けた外山の静かな声に、華はパッと顔を上げた。

「待ってください、違うの！」

華は思わずそう口走り、何かに突き飛ばされるような勢いで、外山の広い背中に手を伸ばす。

歩いて行こうとした外山の動きが止まる。

華は力を込めて、外山の背中にしがみついた。どこにも行って欲しくなくて、必死だった。こんなに必死になったことはなかったかもしれないくらいに。

「外山さん、私の答え、ノーじゃ、ない、です……」

声に出した瞬間、カーッと全身が熱くなる。

情けなく消え入りそうな声と赤くなった顔が恥ずかしくて、華は深くうつむいた。

「なるほど」

外山がそう呟いて、振り向きざまに大きな手で華の顎《あご》を持ち上げた。

何を言われるのかと半ば怯《おび》えつつ、華はぎゅっと唇を噛んで外山の黒い瞳を見つめ返す。

「つまり今の答えは『はいわかりました、外山さんが私にベタ惚れなので、仕方がないから恋人になってあげます』という意味ですよね？」

不意に明るさを取り戻した外山の口調に、華の目が点になってしまう。

――ん？　今なんて言ったの……？

ぽかんとなった華に、外山がいたずらっぽく笑いかけた。こんな時でさえ魅力にあふれている彼の笑顔をストレートに受け止めてしまい、心臓が痛いほど高鳴る。

「そうですよね？」

「え、ええっ？　そんなことは言ってな……っ」

「言いました、今貴方が言ったのはそういう意味でしょう？」

外山が楽しげに言って、華を痛いくらいの力でギュッと抱き寄せた。

さっきまで薄暗くくすんでいた華の視界が、嘘のように明るさを取り戻す。

なんだか、自分から閉じこもっていたガラスの箱から、初めて外に出たような気がした。

外山との距離が近いことが嬉しくて、もっとこうして抱きしめられたいと思ってしまう。

「言ってません！　そんな図々《ずうずう》しいこと……っ！」

「いいえ、言いました。『純情な外山さんを二年以上も弄《もてあそ》んでゴメンナサイ』って言いました、間違いなく」

「い、言ってないし、弄んでないです！　全然気づきませんでした。私、ちゃんと言われなきゃわからないです、そんなの……っ！」

外山が身体を離して華の顔をじっと覗き込んだ。彼が驚いたような呆れたような表情をしている理由がわからなくて、華は戸惑ってしまう。

「本当に今まで、俺のアプローチに何も気づいていなかったんですね？」

「はい、親切で誘っていただいているんだと思ってました」

武史と付き合ったのだって、好きだという理由を挙げてもらったうえで、はっきりと付き合ってくださいと言われたからだ。

もしかしたら自分は鈍いのかもしれないと思いつつ、華は上目遣いに外山を見上げた。

華の困り果てた表情に外山が肩をすくめる。

「俺、他の女性にも声を掛けてましたか？　ほとんど誘っていなかったと思いますが」

ほとほと呆れたような彼の様子に、華は慌てて首を振る。

「あっ、そんなことはありませんでした、けど」

そういえば、外山が他の若い女子社員や同僚の女性と二人きりでいるところはほとんど見かけなかった。だからこそ、同期の女子たちも、華に『外山さんと食事に行くなら私も呼んで』と頼み込んできたのだろう。

でも、そんな気持ちで声を掛けてくれていたなんて……

「だってうちの会社、きれいな女性ばっかりじゃないですか。総合職で営業担当なさってる先輩方なんて皆すごいエリートだし。私なんか地味で全然目立たなくって……なんで私が……ん……っ」

言いかけた唇が、外山の唇で塞《ふさ》がれた。長い指が華の頭を押さえ、髪をゆっくりと撫でる。外山の唇は華の唇の感触を楽しむように、ほんのりと触れて形をなぞるだけだ。うっとりしてしまうほど優しいキスに、強張《こわば》っていた華の身体から力が抜ける。

外山はもう一度華の髪を愛おしむように撫でて、ゆっくりと唇を離した。

「エリート？　美人？　興味がありませんね。……貴方こそ、こんなに可愛いのに何を言ってるんだろう」

外山の漆黒の瞳が、華の顔だけを映している。

小さく息を呑んだ華に笑いかけ、外山が柔らかな口調で言った。

「貴方は本当に可愛くて魅力的なのに。生真面目なところも、いつも笑顔で誰にでも優しいところも、素直なところも、そのおっとりした性格も……いや、キリがないから今はやめましょう。俺がどれだけ貴方を好きで、どれだけ貴方に振り回されたか、これから気長に教えます」

外山の手がゆっくりと何度も華の髪を撫でる。唇が重なり、外山の舌が優しく華の唇を開かせていく。

外山が着ているニットの袖をつかみ、華はそっと口を開けて彼のすることを受け入れた。

外山の舌先がそっと華の舌先を舐め、軽く絡ませてくる。華の腰を引き寄せる外山の腕にぐいと力が込められ、隙間がないくらい二人の身体が密着した。

――こんなふうにしてるの、恥ずかしいけど……

華の身体に触れる外山の胸が一度大きく上下した。かすかな情欲を感じさせるその動きに、華の鼓動もますます高まっていく。唇を離し、華の頭を肩に抱き寄せて、外山がかすれた声で呟いた。

「なんだか俺、幸せすぎてめまいがする」

華の脳裏に、ずっと前の……まだ入社してすぐの、毎日不安できょろきょろしていた頃の記憶がふとよみがえる。

『伊東さん、その書類の処理、まだ終わりませんか』

そう外山に声を掛けられ、おろおろしていた華は慌てて席を立って謝ったのだ。

『謝らなくていいです。まだ入社したばかりで右も左もわからないでしょう。一緒に見ましょうか。ここにお客様の名前を記入して、この項目にはこの数字を……』

今でも、外山の顔に見とれてしまったことをはっきりと覚えている。

もしかしたら、華はあの時『外山さん』の横顔に淡い恋をしたのかもしれない。

入社したばかりの華でも、外山が雲の上の王子様なのだということは知っていた。

だから、華はそのまま、自分の気持ちを正視しないことに決めたのだ。

心に芽吹いた小さな芽を自ら摘み取って、『憧れ』という名前に置き換えた。

——外山さんは憧れの先輩。それ以外の何者でもない。私からは、遠い人。私にだけ優しいわけじゃない。勘違いしてはダメ。

そういうふうに突き放して考えていれば、『憧れ』の人が誰を選ぼうと、誰と幸せになろうと、華の心は傷つかないからだ。

でも……

「夢じゃないです。私も外山さんにいろいろ優しくしてもらって、本当はすごく嬉しかったから」

華は、震える声でそう言った。

「いろいろって？」

「レストランやドライブに連れて行っていただいたのも、退職祝いにヘアクリップをいただいたことも……ううん、会社にいた頃、何回も声を掛けていただいたことも全部です。仕事中だからはしゃいだらダメだと思って、外山さんの前では浮かれないようにしていたけど」

嬉しいと感じる気持ちを押し込めていたのはやはり辛かった。優しくされて素直に喜べないことも悲しかった。感情が昂《たかぶ》って少し涙が出てしまい、華は慌てて指先で拭《ぬぐ》った。

「す、すみません。泣いたりして。言えなかったけど、本当は嬉しかったんです。ありがとうございました」

「そうですか、俺一人が空回りしていたかと思ってたけど、無駄じゃなかったんですね」

外山の言葉に、華の心がふわりと軽くなっていく。

これからはあんなふうに、自分の感じた喜びを押しこめなくていいのだと思うと、身体を戒《いまし》める鎖が切れたように感じた。

華はもう一度涙を拭い、息をついた。短大を出たばかりの自分が、外山を見つめながらそっと恋心に蓋《ふた》をしたことを思い出す。

今、またあの時と同じ恋が芽吹いて、大きく花開こうとしているのかもしれない。

そう思い、華は何度目かわからない外山からのキスを受けて目を閉じた。

華の身体が、外山の唇の感触にほのかに火照《ほて》った。華を抱く腕に力を込めながら、外山が熱を帯びた声で囁《ささや》いた。

「今が夢じゃないことを確かめたい。俺は貴方を抱きたい。抱いてもいいですか？」

どう答えていいのかわからず、華は外山の背中を優しく抱きしめ返す。

腕を引かれて外山の部屋に連れて行かれても、まだキスの雨はやまなかった。

首筋に唇を執拗《しつよう》に這わされて、華は小さい声で言う。

「あの、くすぐったいです」

「貴方の肌があまりにもいい感触なもので」

もう一度華を抱きしめ直し、外山が耳朶《じだ》に唇を落とす。

「きれいな肌ですね。この前も思ったけど、絹みたいで本当にきれいだ」

陶然《とうぜん》とした声音でそう呟き、外山は華の身体をそっとベッドに横たえた。

華は肩に力を入れたまま、外山に覆いかぶさられてぎゅっと目をつぶる。これから身体を開かれようとしている緊張感で、力を抜くことができない。

「力を抜いて」

華の着ているパジャマのボタンを一つ一つ外しながら、外山が言った。

華は真っ赤に火照《ほて》った顔でうなずいて見せたが、やっぱり身体が強張《こわば》ってどうにもならない。

「まあいいです、そのままで」

外山のキスがまた首筋に落ちてきた。くすぐったくて身をくねらせるのと同時に、大きな手が素肌の上に滑り込んでくる。

「あ……」

腹部をそっと撫でられて華は思わず声を漏らした。パジャマのボタンはもう全部外されていて、薄いコットンのキャミソールが胸のすぐ下までまくりあげられている。恥ずかしくなって、華は膝頭をぎゅっと合わせた。

「どうしてこんなにどこもかしこも柔らかいんだろう」

外山はしみじみと呟き、華のむき出しの腹部に唇を押しつける。

「きゃっ、ちょっ……くすぐったいっ……」

華は思わず手を伸ばし、外山の短い髪に指先を埋《うず》め、頭を押さえようとした。

「外山さん、くすぐっ……あっ……」

さらにぐい、とキャミソールを持ち上げられ、乳房が半分以上あらわになる。華は慌てて、服を上にめくりあげようとする外山の手をつかんだ。

「だ、ダメ」

「どうして、ここがおいしいのに」

胸の下部の膨らみに唇を這わせながら、外山がかすかに喉を鳴らす。

「お、おいしいって……」

「おいしいですよ。貴方の作る料理もおいしいけれど、貴方自身も、とてもおいしい」

舌先で尖《とが》った部分を軽く舐められ、華の身体がびくりと震えた。

外山のもう片方の手が華のパジャマのズボンにかかり、ショーツごとゆっくりと引きずり下ろしていく。華は足を閉じて抵抗しようとしたが、服をめくり上げていた外山の手がすばやく移動し、今度は膝をつかまれて阻まれた。薄い布はあっさりと肌の上を滑る。

秘部を晒《さら》され、羞恥のあまり華は膝を曲げて身体を丸めようとした。だが、顔を上げた外山が華の足をぐっと開かせ、大きな身体を割り込ませてくる。

いつの間にか半分以上ボタンを外していたシャツを素早く脱ぎ捨て、華の足の間にしっかりと陣取った外山が、デニムのベルトを外した。

「いい眺めだな。めちゃくちゃそそられる」

涙ぐんでいた華は、慌ててキャミソールに手をかけ、あらわになっていた胸を隠そうとしたが、あっさりとはぎ取られてしまう。

次の瞬間、ズボンをおろしてすべての服を脱ぎ捨てた外山が、ギュッと目をつぶる華の身体を抱き起こす。裸の外山の膝にまたがるように座らされた華はぎょっとなって目を開けた。

「と、外山さ……ん……あの……っ」

「背中も触りたくて。全部触りたいんです……それに触らせたい」

その言葉に、華はごくりと息を呑む。下腹部の辺りに大きく立ち上がる外山のモノが、じりじりと熱を発している。

「触ってください」

「え、えっと……はい……」

ためらいがちに小声で返事をした華の手を取り、外山は熱を帯びた茎へと導く。その根元あたりにおずおずと手を添え、華は外山の顔を見上げた。

同時に唇が落ちてきて、腰をぐいと引き寄せられる。乳房を外山の身体に押しつける形になってしまい、華は咄嗟《とっさ》に身体を引こうとしたが、外山の力には抗《あらが》えなかった。

「ん、ん、く……っ」

乳房の先端が、外山の引き締まった胸板を擦《こす》る。

唇を塞《ふさ》がれているせいで呼吸が乱れてしまい、華は僅かに身体を揺すった。

手の中で息づいている怒張が、肌が触れ合うたびにひくりとかすかに震える。

「……やっぱり可愛い声だな」

外山はそう言って唇を離し、もう片方の手を華の太ももに掛け、足をさらにぐいと開かせた。

花唇が粘着質な音を立てて大きく開かれ、冷えた外気に晒《さら》される。

「っ、あ……ぁっ」

太ももに掛かった手が、足の間にゆっくりと伸びてきた。華は外山のモノに手を添えたまま、びくっと身体を上下させる。

「……もう濡れてる」

華の腰を引き寄せた外山がかすれた声で囁《ささや》きかけた。

「でももう少し濡らして、緩《ゆる》めたほうがいいかな。前の時けっこう狭かったから」

抱きつぶすくらいに強く華の上半身を抱いたまま、外山が優しい声でそう囁く。同時に、指先が華の閉じた秘裂にそっと触れた。反り返るモノを握らされたうえ、正気では到底晒せないような恥ずかしい場所に指を這わされて、華は思わず頭を振った。

「あ……あ……ダメ……」

「ダメですか？　けっこういい反応してくれているみたいだけどな」

指先は薄い縁を行き来しながら、愛おしむように浅い部分を確かめている。

大きく開かされた太ももが、じわじわと高まる快感に震え出した。

「っ、外山、さぁん……っ、触っちゃダメ……っ……」

「どうして？」

うわずりつつ溶けてゆく必死で声を振り絞り、華は外山の肩に顔を押しつけ、途切れ途切れに訴えた。

「だ、だって、触られるの、恥ずかし……」

もう、身体中真っ赤になっているのではないだろうか。

肌にこもった熱の逃がし方がわからないまま、身体をたくましい腕にとらわれ、指先で焦《じ》らすように秘部を開かれていく。

——ヤダ、変な声を聞かれちゃう……

相変わらず広い肩に額《ひたい》を押しつけて、華は喘《あえ》ぎ声を必死にこらえる。

「あ、あっ、や、ダメ……っ」

華が身じろぎして反応を見せるたび、手の中に握らされたモノが熱を帯びて、硬さを増していく気がする。

——ど、どうしよう、こんな大きいの入るかな……

密かに息を呑んだ華の髪に頬をすり寄せ、外山が囁《ささや》きかけた。

「もう少し指を中に入れていいですか」

「え？　あ……ああ……っ」

蜜音を立てて、長い指が潤《うる》んだ裂け目の奥に沈み込んだ。反射的に仰《の》け反《ぞ》った腰を巧みに抱かれ、華は唇を噛み締めた。

「いい音がする」

外山がそう言って、背を反らした華の胸の先端にカプッ、と軽く噛みついた。

「……っ！」

悲鳴を呑み込み、華は空いた片手で外山の頭を押しのけようとした。

胸の先端を甘噛みされたり、舌先で転がされたりするたび、華は身体を捩《よじ》ってその責めから逃れようとする。

「そんなふうに揺らされたら、余計に煽《あお》られるんですが」

赤く色づいたそこから唇を離した外山が、おかしそうに呟いた。

「そうだ……こんな可愛い場所には俺が痕をつけておかないと」

外山が、日に当たらない青白い乳房の肌を強く吸った。胸の開いた服で見えるか見えないか、ぎりぎりの位置だった。ちくりという痛みとともに、赤い痕が肌に浮き上がる。

同時に足の間を這う指が濡れた内壁をぐるりとなぞり、鋭敏に立ち上がった花芽をぐいとつまんだ。

「っ、やああっ」

電流のような疼《うず》きが身体の芯に走る。外山の手を汚してしまうかもしれないくらい、生温《なまぬる》い雫《しずく》があふれた。

「ダメ、そんなところ触っちゃ、あ、あああ……っ」

「一回指でイッてみますか？」

身体を浮かしかけた華の腰を押さえ込み、外山が足の間を責め立てる指を二本に増やす。

膨らんだ花芯に曲げた指の背で刺激を与えつつ、長い指がたくさんの蜜で濡れた壁を幾度も擦《こす》った。またがるような姿勢で足を無理やり開かれたまま、華はがたがたと身体を震わせる。熱い涙が顎《あご》を伝い、胸の上に落ちた。

「ほら、すごく締まってきた。中がひくひく言ってますよ」

「あ、っ……あ、ああっ、あ、っや、あ……」

灼《や》けるような楔《くさび》を律儀に握りしめ、華は指先で与えられる快楽に流されまいとぎこちなく身体を揺すった。だが外山の指は執拗《しつよう》に花芽を責め、中をかき回し、濡れそぼる身体を弄《もてあそ》び続ける。

「すごい、めちゃくちゃ熱いな」

「ダメ、ダメぇ……っ」

しっかりと腰を押さえられて乳房の先を再び吸われて、外山の指を淫《みだ》らに締めつけ、華は全身を震わせた。視界が涙で曇り、身体に力が入らない。

「もうイったんですか？　可愛いな……じゃあ次は、俺ので可愛くなってもらおうかな」

ずるりと指が抜かれる。強い刺激に身体を跳ねさせた華を片腕で抱いたまま、外山がサイドテーブルの引き出しから取り出したものを、ぐったりと力を失った華の指に握らせる。

「これ、つけてもらえませんか」

「え……はい……」

ぼうっとしたまま返事をした華は、握らされた避妊具のパッケージを見てぎょっと目を見開く。

「え、ええっ……これ……っ？」

「よろしくお願いします」

そう言って外山が華の頬にキスをした。華は小さく息を呑み込んで、震える指でパッケージを開けて、大きく元気に存在を主張するモノにそっとかぶせてみる。すぐにまたそれを片方の手で握らされて、自分のしていることが恥ずかしくてたまらず、顔が灼けるように熱くなった。

「こ……これで……いいで……んっ」

かたかたと身体を震わせながら尋ねた瞬間、唇を塞《ふさ》がれ、華は思わず目をつぶった。獰猛《どうもう》に口内を貪《むさぼ》られ、華は思わず空いているほうの手で外山の腕に爪を立ててしまった。

ひとしきり唇を貪った後、外山は華の額《ひたい》に自分の額を押しつけて、笑いを含んだ低い声で言った。

「貴方が挿《い》れてみてもらえますか？」

絶句した華の身体を揺すり、外山が誘うような声で囁《ささや》いた。

「この体勢だと、貴方が自分でしてくれないと」

「わかり……ました……」

華は外山のモノに添えていた手を離し、彼の肩にすがりついてゆっくりと腰を浮かした。

こんないやらしいことを自分でしなければいけないのだろうか。そう思うけれど、濡れた部分が再び淡い熱を帯び始めていて、身体が疼《うず》いている。

腰を浮かしたまま、外山の肩に置いていた手を首に回すと、華はぎゅっと歯を食いしばった。

外山の腕が華の腰を支え、先端を華の蜜口にあてがった。

羞恥心《しゅうちしん》でくらくらしながら、華は目をつぶって、ゆっくりと身体を沈める。

――っ、この前と姿勢が違うから……痛い……やっぱりちょっと……大きいかも……

顔をしかめた華の様子に気づいたのか、外山が腰に回していた腕に力を込めて身体を支えてくれた。

「痛いならやめましょうか」

真剣にそう尋ねられ、華は首を左右に振った。外山の首にすがりついたままじわじわと腰を落とす。

「だ、大丈夫、です……ッ……」

大きく呼吸しながら耐えているうちに、華の濡れた隘路《あいろ》は、昂《たかぶ》る外山のモノを根本まで呑み込んだ。一度巧みな指先で絶頂を迎えた身体に、再び甘い疼《うず》きがよみがえる。

華は顔を上げ、僅かに汗の浮いた外山の額《ひたい》に、今度は自分から額を押しつける。

「痛くない？」

そのままの姿勢でそう尋ねられ、華は照れくさいような、甘酸っぱいような気持ちで小さくうなずいた。

「ちょっと……でも、大丈夫です」

華は外山の首に回した腕を外し、二の腕に指をかける。

それから、思い切って形の良い唇に自分の唇を押しつけた。

唇を奪われた外山が驚いたのか一瞬目を見開き、華の感触を味わうようにそっと目をつぶる。

「ん、っ」

唇を重ね合っているうちに、だんだんと外山を愛おしいと思う気持ちが高まってくる。華はその気持ちに突き動かされ、そっと身体を揺すりながら、外山のなめらかな唇に舌を這わせた。

腰を抱く外山の腕にも、口づけに応えるように力がこもる。つながり合ったまま抱きしめられて、華は背を反らせて不器用ながらも腰を振った。

その僅かな動きすらも刺激だったのか、呑み込んでいた外山のモノがますます硬さを帯びる。

焦《じ》れたように唇を離した外山は華の身体を貫《つらぬ》いたまま、ベッドに押し倒して覆いかぶさった。

「ダメだ、そんなふうにされたら自分で動きたくなる」

欲情に濡れた声で外山がそう言い、仰向けに横たわった華の太ももに手をかけて、足を大きく開かせた。濡れそぼった秘部を暴かれ、華は思わず悲鳴を上げる。

「やぁ……っ！　ダメ、ダメ……！」

「ここの肌なんか最高にきれいで……見られるのが俺だけだと思うと興奮する」

外山が熱に浮かされたような口調でそう言い、華の内ももを撫で上げる。

足を閉じようと虚《むな》しく抵抗していたはずの華は、声を上げ腰を浮かせてしまった。

「もっと動いていいですか」

そう言いながら、外山が華の両足を肩の上に担ぎあげた。一番深いところを穿《うが》たれたまま大きな身体にのしかかられ、華は思わず外山の腕を握りしめる。

「なんだか、中に吸い込まれそうだ」

華の中をこじ開けるように行き来しつつ、外山が呟く。

ぐちゅぐちゅという音を立てて、少しずつ閉じ合わされた粘膜が引き剥《は》がされていく。しびれるような快楽に身を捩《よじ》り、華は蜜をあふれさせながら喘《あえ》ぎ声を響かせた。

「苦しくないですか」

「だ、だいじょうぶ……っ」

そう答えると、外山がそっと唇を重ねてきた。獰猛《どうもう》なくらいの勢いで突き上げられながら、小鳥のようなキスを交わし合っていると、耐えがたいほどの熱が腹の奥に湧き上がる。

「ん、ふ……っ、あ、あ……」

重なる唇の端から声を漏らし、華は無意識のうちに灼《や》けるように熱い杭を締め上げていた。外山の額《ひたい》に伝う汗が視界の端に見える。

激しい抽送を繰り返し受け止めているうち、不意に視界が白くなるほどのしびれにも似た快感に襲われた。思わず、外山の腕を握る指先に力がこもる。

唇を振りほどき、華は涙ぐんだまま外山の首筋に顔を埋《うず》めた。

「も……っ、あぁ……あ、あっ」

外山の身体を呑み込んだ部分が、大きくずくんと収縮する。

「っ、あ……っ！」

目の前に星が散り、華は今までで一番鋭い声を上げた。

狭い裂け目が突き立てられた肉杭に激しく絡みつき、勝手に身体がのたうち回りそうになる。

ぐずぐずと蕩《とろ》けていく身体を、外山がますます強く突き上げた。

「ヤダ、もう、無理……」

達した華の頭をそっと抱き寄せ、外山がなだめるように囁《ささや》きかけた。

「もう少し付き合って」

強い抽送を繰り返され、あられもない水音を立てながら力の抜けた華の両足が肩の上で揺れた。

ぬるぬると行き来を繰り返す外山の硬い楔《くさび》が、華の腹の奥に再び悦《よろこ》びの熱を灯す。

「あ、あ……ああ……っ」

ぐちゅぐちゅという淫猥な音とともに、大きく開かされた華の足がわなないた。

「俺を早くイカせたいなら、貴方も手伝ってください」

息を荒らげて外山が囁く。涙ぐんで真っ赤な顔をした華の様子に劣情をそそられたのか、外山は足を抱え込んでいた手を伸ばし、バラ色に染まった胸の先端をキュッとつねった。

「っ、ああぁっ」

突然の衝撃に、外山を受け入れている襞のあわいがギュッと閉じる。

灼けるように熱を帯びた壁が、鉄のごとく硬くなった外山のモノを強く強く締め上げた。

「やっぱり、夢みたいだ……」

誰にも触れさせないような場所を執拗《しつよう》に穿《うが》ちながら、外山が華を抱き寄せた。

ぴったりと合わさった胸から、外山の速い鼓動が伝わってくる。

華の目から涙が伝った時、外山が息を止め、一番深いところを貫《つらぬ》いたまま動きも止めた。

吐精とともに華の中にとどまった杭がひくひくと揺れる。

「……ゃ、あ……」

ただそれだけの刺激も鋭敏になった華の身体は拾い上げてしまい、声が漏れてしまう。額《ひたい》に流れる汗を拭《ぬぐ》い、外山のモノがゆっくりと抜けてゆく。

ずるりという刺激とともに離れたモノを惜しむよう、びっしょりと濡れた襞が切なげに震えた。

「痛くなかったですか」

始末を終えた外山が、振り返って華の汗で濡れた髪をかき上げた。無言でうなずくと、彼はかすかに笑った。

「ちょっと拭《ふ》きますね」

手を伸ばして自分ですると訴えようとしたが、腕がまともに持ち上げられない。華は前と同じくされるがままに身を任せ、目をつぶった。

たくましい腕が、うとうとしている華の身体を抱き寄せる。

「お風呂は明日入りましょうか」

外山が優しい声でそう言い、華の身体にしっかりと布団をかぶせてくれた。

「そういえば俺、携帯どこやったんだろうな」

華の傍《かたわ》らに潜《もぐ》り込んだ外山が、不思議そうに呟く。

「リビングにはなかったですよ……車の後ろは？」

華は目を開けず、小さな声で外山にそう言った。もしかして後部座席に置いておいたカバンから、車が揺れた時に落ちてしまったのかもしれないと思ったのだ。外山は車を降りた時ちょっと上の空だったから、気づかなかったのだろう。

「……ああ、そういえば見てないな。そこに落ちているのかもしれない。朝、確認してみます。ありがとう」

外山がそう言って、布団からのぞいている華の頭を優しく撫でてくれた。

――あったかいな、ここ……

なんだかすごく安心できる。いくらでも眠れそうだ。そう思いながら、華はいつしか眠りに落ちていった。


どのくらい時間が経ったのだろう。

夢も見ずに死んだように眠っていた華は、朝、人の気配で目を開けた。

いつもと少し違う天井の光景に驚いて身体を起こした瞬間、何も着ていないことにぎょっとする。

その瞬間長い腕が、華の身体をぐいと引き倒した。

外山の裸の胸に抱きしめられ、華は口をパクパクさせる。

思い出した。昨夜のことを。どんな顔をして外山に挨拶すればいいのだろう。

「あ、あの……」

「おはようございます」

華の背中を大きな手で抱いたまま外山は低い声で呟く。

「夢じゃなくて良かった」

外山は口元をかすかに緩《ゆる》ませて起き上がり、華の額《ひたい》にキスをした。

「起きましょうか。今日は、俺が台無しにした昨日のデートのやり直しがしたい」

「え、えっと、あの、あれ？　ご実家には行かなくていいんですか？」

「ええ。行く必要がなくなったので」

——お見合いはしなくていいのかな……行ってほしくないけど……

口をつぐんで様子をうかがう華を見て、外山が妙に自信に満ちた笑みを浮かべる。

「まあ、大丈夫ですよ。そのうち代わりに貴方を連れて行けば」

意味がわからずに首をひねった華の前で、外山が脱ぎ捨てた衣服を手早く羽織って振り返る。

「貴方を紹介すればうちの親も喜ぶんじゃないかな。やっと不肖の息子が恋人を連れてきたって
言って。さ、風呂に行きましょう」

外山の意図を理解した瞬間、華の顔に思い切り血が昇った。

「な、何言ってるんですか、気が早すぎですよ」

「昨日も言ったように、俺は結論を先延ばしにするのは嫌いなので」

飄々《ひょうひょう》とした表情で外山が言い、昨夜自分が脱がせたパジャマや下着を華に手渡してくれた。

「……おいで。シャワー浴びましょう」

優しい声で外山が言い、布団を抱きしめている華の頬にそっと触れた。

甘い何かが心いっぱいに満ちてきて、華は自然と笑顔になる。

今日は、昨日と違う気持ちで幸せに過ごせる予感がする。そう思いながら、華はパジャマの上だけ羽織って立ち上がった。

第五章

外山と正式に付き合い始めて、一週間が経った。

華が今日こそ言おうと決意して口にしたひと言で、案の定外山が難しい顔になる。

「バイトに出たい？　家を借りてここを出て行くため？　なぜ？」

パジャマに着替えをすませた外山が、袖を捲《まく》りながらため息をつく。その不機嫌な顔に、華は困り果ててしまった。

――彼氏の家に転がり込んで養ってもらうなんて、常識で考えて良くないから言ってるのに。

「自立したほうがいいと思って。外山さんも働いているし、私も外で働いてちゃんとしたいんです」

「検討します」

話を打ち切りたそうな外山に、華は覆いかぶせるように話を続けた。

「いきなりのお願いなのはわかっていますけど、とりあえず来週からアルバイトを探していいですか？　この家にもお金を入れますから」

「どうして貴方は頼んでいないほうに張り切るのかな」

そっけなく言われ、華は肩を落とす。

その瞬間、机の上に置いた外山のスマートフォンが鳴った。

——もう夜の十二時過ぎなのに、お客様から電話……？

華は反射的にスマートフォンのディスプレイを見た。非通知だ。

ふと、この間外山に掛かってきていた不審な電話のことを思い出す。

外山が手を伸ばし、スマートフォンを取り上げて足早にリビングから出て行く。端整な横顔からは、先ほどまでの穏やかな表情が消えていた。

——大丈夫かな……？

華は足音を忍ばせ、そっと外山が閉めたリビングのドアに耳を押しつけてみた。低く押し殺すような、刺々《とげとげ》しい声が聞こえてくる。

やはり、どうしても気になってしまい、華は音を立てないようにほんの僅かドアを開けて会話に耳を澄ます。

ドアの外は玄関ホールのようになっているので、他の部屋より音が響くようだ。

「ええ、かまいませんよ。好きにしてください。俺には後ろ暗いところなどありませんから。多賀《たが》嶋《しま》建設様の機密情報になど関わっていませんので」

厳しい外山の声に、思わず身体が固くなる。

やはりそうだ。この前と同じ人間が外山に電話を掛けてきたのだ。

もう一度耳を澄ました時、通話相手の笑い声が、華の耳に届いた。

聞いたことがある声だ。この少し癖のある笑い声……間違いなく知っている。

——え、嘘……この声って……武史？

華は目を見開く。

さらに耳を澄ますと、さっきより明瞭《めいりょう》に外山の話し相手の声が聞こえた。

どう考えても武史の声だ。身体からさっと血の気が引くような気がして、華はその場に立ちつくす。

「もう一度言いましょうか？　俺は多賀嶋建設様の情報を漏洩《ろうえい》などしていません。ですから、会社にバラすなりなんなり、どうぞお好きになさってください。全く困りませんので。ええ。もう電話を掛けてくるのはやめていただけますか？　では」

電話を切った外山が、目の前のドアを大きく開けた。立ちすくむ華と目が合うと、彼は困ったように微笑んだ。

「すみません。なんだか物騒な電話をして。気にしないでください、大丈夫ですよ。……さ、居間に戻りましょう」

外山の安心させるような言葉に再びうなずき、華は鳥肌の立った二の腕を擦《こす》る。

——あの声は武史だよね？　なんで武史が外山さんに変な電話を掛けてくるの……？

チームは違えど同じ営業部にいるはずの彼が、なぜあんなおかしな会話を外山と交わしていたのだろう。そばで聞いている分には、まるで外山が武史に脅されているかのようだった。

そう思い、華は外山の背中を見上げるものの、そのことを彼に聞くのはためらわれた。

「そうだ華、さっきの話ですけど」

先ほどの電話のことなど気にもしていない様子で、外山が不意に言った。華は我に返り、慌てて笑みを浮かべる。

「なんですか？」

「この家を出て行かないで欲しいです。俺は貴方と離れて暮らしたくないので」

唐突かつ情熱的な台詞《せりふ》に驚いて、華は呆然と外山の顔を見つめた。

反則だ、こういうふうに人をころっと参らせるような台詞をあっさり吐くのは。そう思うのだけれど、素直にその言葉に喜んでしまう自分もいて、なんだか複雑な気分になる。

「どうしてそんな鳩が豆鉄砲を食ったような顔をしているんです？　当然でしょう。俺は一応、決死の覚悟で貴方を連れ込んだんですから」

「け、決死の覚悟……？」

「ええ、女性に『住み込みの家政婦になれ』と頼むなんて、言い出した俺が言うのもなんですけど頭がどうかしてると思いますし。でもあの時は、貴方が『地元に帰る』と言うので本当に焦ってしまって、一か八かの賭けだったんです」

ホテルでの会話を思い出し、華はそうだっただろうかと首を傾げた。外山は堂々としていて全く焦っているようには見えなかったので、華は半信半疑ながらも納得してしまったのに。

「ですから、簡単に出て行くなんて決められては俺が困ります」

「困るんですか？」

「ええ、困ります。俺は毎晩貴方を腕に抱いて眠りたいから」

また唐突な殺し文句に、心臓が口から飛び出してしまいそうなくらいに高鳴ってしまう。

華は爆発しそうな両頬を押さえ、外山を見つめた。

「い、い、いやでも、せ、せめてバイトくらいは……」

「前にも説明しましたよね。俺は最近忙しすぎるので家事をしたくないんです。貴方の生活費その他諸々を負うことで代わりにやってもらえるなら、そのほうがいい」

「で、でも、外山さんには、この家のローンとかもあると思うし」

「購入した家ですが、ローンはありません。管理費と固定資産税しか払っていませんので、なんとかなります」

仰天するようなことを言い、外山はさらに続けた。

「大学時代の友達と学内ベンチャー企業を立ち上げたんです。ただ、共同経営していた友達がしばらく別のことをしたいというので、思い切って俺たちの会社を別の会社に売ったんですが、その時のお金を使ってここを買ったんです」

「か、会社を……売った……ですか？」

そんな話は知らなかった。口を開けて絶句した華に外山がうなずきかける。

「はい。俺は理工学部だったんです。同じクラスの友人とインターネットの宣伝スキームの企画開発をして、それが大成功しまして、学校から支援を受けて学内ベンチャーを立ち上げたんです。俺はガキのくせに一丁前にネクタイを締めて営業に回り、友人がシステムを開発して、二人三脚でやってました。その会社を上場しているインターネット系の企業に相当な額で買ってもらえて。

ちょうど時期が良かったんでしょうね」

華は淡々と説明する外山の顔を呆然と見上げる。優秀な人だとは思っていたが、学生時代からずば抜けて優秀だったとは……

「す、すごいですね。私、短大の頃なんかアルバイトしかしてなかったのに」

ほめられて嬉しかったのか、外山は鮮やかな笑みを浮かべた。

「というわけで、ローンの件は大丈夫ですよ。あとは、俺が仕事担当、貴方が家事担当。お互い得意なところを頑張ればそれでいいじゃないですか。貴方に不自由させないよう稼いで帰りますから、心配しないでください」

「で、でも、それだと、専業主婦みたいで……」

かろうじてそれだけを言い返すと、外山がなるほどというようにうなずいた。

「そうですね。将来的には扶養に入ってもらえば諸々の出費が抑えられますね。そうしよう」

――そ、それだとまるでプロポーズみたいな……いや、気のせいだよね……？

そう思う華の顔を、外山が真顔で覗き込む。

「俺にここまで言わせて、まだ出て行くだのバイトするだの言うつもりですか？」

「い、言いません」

「貴方はどうしても働きたいんですか？　家事よりそちらのほうがお好きですか？」

「い、いいえ、家事もすごく大事だと思ってますが」

「ならばけっこうです。俺なりにこれからも貴方を大事にしますので、安心してここに住んでください。こう見えても、俺は家に帰って貴方が待っていてくれることに救われています。俺に愛されるのも仕事だと思ってくれればいいんです」

再び、燃え上がりそうなくらいに華の頬が熱くなった。

なぜ彼は、こんなに甘い台詞《せりふ》がスラスラと出てくるのだろうか。

──……って、外山さんってば、殺し文句を言うだけ言ってストレッチ始めた……！

「どうしたんですか？」

華の視線に振り向いた外山は、やはり平然とした顔をしている。

もしかしたら外山には、特に『甘い決め台詞』を吐いているつもりはないのかもしれない。

「あ、いえ。私もストレッチしてみようかな？　運動不足だから」

慌てて明るい声を出し、華は赤い顔のまま外山の隣に腰を下ろす。

間近で見ても外山の表情は冷静そのもので、いつもと変わらないが、かえってそれが華には引っ掛かった。甘い話をする前の『多賀嶋建設様の情報漏洩《ろうえい》になど関わっていない』という不穏な会話など、まるでなかったかのようで、うまく話をそらされた気がする。

──そういえば武史は、多賀嶋建設様のサブ担当だったよね。あの会社は大口のお客様だから、メイン担当は課長だったはず……

もやもやした気持ちのまま、華もストレッチのつもりで上体を倒してみる。

「身体固いですね」

華の気持ちなど知らずにくすくすと笑いながら、外山が軽く背中を押してくれる。華はしばらくその動作を続け、床にごろりと寝転んだ。

外山に武史の話をするのは憚《はばか》られる。武史にあんなふうに手ひどく振られ、傷ついて、会社からも逃げ出してしまった惨《みじ》めな自分の姿を、外山にだけは絶対知られたくないからだ。きっと呆れられて嫌われてしまうに違いない。うっかり武史の話題を出して外山に何か感づかれたらと思うと、恐ろしくて震えがこみ上げてくる。

クリスマスの翌日、冷め切った顔で華を一瞥《いちべつ》した武史のことを思い出した。優しいと思っていた武史が見せた、あの言葉にできない底知れぬ悪意のようなもの。武史の本当の気持ちは、一体どんなもので、何に向けられていたのだろう。

「どうしました?」

考え込む華の様子に気づいたのか、外山が不思議そうに華の顔を見つめる。

「……ううん、なんでもないです」

華は笑顔でそう答え、床から起き上がって外山を見つめた。

「あの、私も、外山さんとずっと一緒にいたい……です……」

思い切って伝えたその言葉に、外山が切れ長の目を細めて嬉しそうに微笑む。

彼がそんなふうに笑ってくれることが嬉しかった。だからこそ、二人の間で今育てている大切な想いを壊したくない。

「ありがとう。ところで、俺だけ華と下の名前で呼ぶのは不公平だと昨日も言いましたよね?」

瞬《まばた》きをした華ににっこりと微笑みかけ、外山が言った。

「今日は俺を審良と呼ぶ練習をしましょうか」

「え、あ、あの」

答える間もなく手首をつかまれた華は、厚い胸に引き寄せられ、唇を奪われてしまう。

「あ、待って……あ……っ……」

すっぽりと腕の中に抱き込まれ、華の胸がとくんと鳴った。

華の唇を塞《ふさ》ぐ外山の唇は離れようとせず、身体を抱く腕からも、普段の抱擁《ほうよう》とは違う絡みつくような熱が伝わってくる。長い髪を撫でながら、外山が顔の角度を変えてもう一度華にキスをした。

同時に、彼の情欲が頭をもたげるのが服越しの感触でわかった。

「あ……あの……」

華の顔がかっと火照《ほて》る。外山が華の髪を耳にかけながら囁《ささや》いた。

「こんな真夜中ですけど、デザートをいただこうかな」

「デザートって、もしかして、わた……んっ」

そう尋ねた華の言葉は、奪うようなキスで封じられた。

「……これ、持っててください」

華の手に避妊具の小さなパッケージを渡し、外山は華のパジャマに手をかけた。

「なっ、なんでこんなの持ってるんですか……？」

「パジャマのポケットに入れてました。貴方を抱きたくなった時に慌てて探すの、面倒なんで。はい、立ってください」

外山が立ち上がりながら、華のパジャマを脱がせようとする。

「じ、自分で脱ぎます」

「いや、俺が脱がせるほうが興奮する。ほら、鏡を見て」

「え……鏡……？」

くるりと身体を反転させられ、華は驚いて外山を振り返った。

目の前に、リビングルーム用の姿見が壁に掛けられていたのだ。

「何するんですか？」

外山は答えず、華のパジャマと薄いキャミソールを無理やり脱がせ、胸をあらわにさせた。

裸になった上半身が鏡に映し出され、華は顔を赤らめる。

「あ、あの、ベッドに行きましょう？」

「寝室には、ないじゃないですか」

「な、何が？」

ごく、と息を呑んだ華の耳にキスをし、外山が小さく喉を鳴らす。

「鏡が。ほら華、ちゃんと前を見て立って」

言われるままに、華は鏡を覗き込む。

大きな手が背後から華の顎《あご》にかかり、上向かせた。もう片方の手が、華のパジャマのズボンを下ろす。

姿見の脇の壁に頼りなく手をついたまま、華は鏡の向こうの自分と目を合わせる。

——え、ここでするの？　ホントに？　冗談だよね？

だが、外山は本気のようだ。背後から密着し、華のショーツも床までずり下げ、顎《あご》を支えていないほうの手を後ろから華の足の間に割り込ませた。

「もう少し足を開いて」

「や……ヤダ……恥ずかしい……」

足の付根を這う指が、焦《じ》らすように華の敏感な柔毛に触れる。

外気に晒《さら》された乳嘴《にゅうし》が小さく尖《とが》り始め、華は外山の腕に指をかけて懇願した。

「ほんとに、恥ずかしい……っ」

「鏡を見ていてください」

外山が口元に笑みをたたえたままそう言い、華の陰唇の縁をそっとなぞっていく。

しだいに濡れ始めた部分を指でなぶられ、華はビクリと身体を震わせた。

「ダメ……っ」

「貴方からは、興奮するといい匂いがしてくる」

はあ、と小さく息をついて、外山が華の首筋に顔を埋《うず》めた。

顎を押さえていた手が乳房に触れて、柔らかく揺さぶる。

外山の唇が首筋を這い、愛おしむように華の後ろ髪の香りを吸い込んだ。

「しっかり濡れてますね、貴方も少しは期待していますか？」

ぬかるんだ秘所を指で弄《もてあそ》ばれ、羞恥のあまり華はぎゅっと目をつぶった。外山の大きな手が華の乳房を包み込み、頂《いただき》に指を添えたまま焦《じ》らすように撫で回す。

「や……っ、こんなの……っ」

「恥ずかしい？　こんなふうに硬くなってるから？」

不意に外山の指が、華の尖った乳嘴をつまんだ。

「ふぁ……っ……」

思わず漏れた甘い声とともに、華の身体がビクリと跳ねる。

「ああ、その声です、俺が好きな声」

外山が呟くと同時に、長い指がつ、と華の花芯に潜《もぐ》り込む。鏡のそばの壁にすがりつく手に力を込め、華は髪を揺らしてイヤイヤと首を振った。

乳房を柔らかく愛撫しながら、外山の指が音を立てて華の濡れた花唇を押し広げる。

「もうあふれるほどになってきましたね、中がすごく熱くなってる」

そう囁《ささや》かれると同時に、華の身体の芯にじわじわと熱が灯り始めた。

鏡の向こうに、大きな茶色の目を潤《うる》ませた女が、息を弾ませて顔を紅潮させているのが見える。

「あ……あ……だ、め……」

くちゅ、と音を立てて外山の指が華の淫肉を広げ、こね回す。華は秘所を弄ぶ大きな手の甲に己《おのれ》の手を重ね、なんとかその指を外そうと虚《むな》しい抵抗を繰り返した。

「ゆ、指、抜いて……っ」

「これは誰の指ですか？」

笑いを含んだ声でそう尋ねられ、華はかすれた声で答える。

「え、あ、外山さんの、っ」

そう答えた瞬間、指が迷いなく抜かれてしまう。身体が離れていく感触を惜しむように、秘所が切なげにわななく。

「審良でしょう？　言い直してください」

「あ、審良さん……の……」

再び、たっぷりと濡れた裂け目に、外山の指がずぷりと沈み込む。きゅうっと粘膜が引き絞られて、隘路《あいろ》を擦《こす》る指に絡みついてゆく。

「華……指じゃないのが欲しい？」

外山の力強い片腕は華を抱きしめたまま離れそうにない。乳房が彼の手のひらの中で弾み、ますます熱く尖《とが》ってしまう。

華は呼吸を乱しながら、切れ切れの声で外山に言った。

「もぉ、っ、やらしいこと言わな……っ、あ、やぁ……っ」

華のむき出しになった肌は、全身桃色に染まりつつある。

鏡越しに睨《にら》みつけると、外山が華の首筋に顔を埋《うず》めたまま笑い声を立てた。

「俺をいやらしくさせてるのは貴方でしょうに……」

「あ、あっ」

外山の指で弄《もてあそ》ばれた秘部がひときわ高い水音を立てる。華の乳房がバラ色に染まり、羞恥に震えた。

「挿《い》れていいですか」

背中越しに伝わる外山の鼓動が強く、速くなり始めている。潤《うる》んだ身体を持て余すように、華は精いっぱいの口答えをした。

「あ、だ、ダメ、こんなところで……っ……」

だが、外山はかまうことなく自分の着ていたパジャマのズボンを引きずり下ろす。華が辛うじて握りしめていた避妊具のパッケージが手から抜き取られた。

「華、背伸びして」

「え？　こ、こう？」

「もっと背伸びしてください」

言われたとおりに壁に手をついて背伸びをした華の蜜口に、硬く反り返った外山の雄茎の先端があてがわれる。

そのままずぶずぶと音を立て、華の奥に外山のモノが沈み込んだ。

「あ……あ……」

押し広げられる違和感に、華の喉から声が漏れる。

「や、やぁっ……深い……っ」

壊れそうなくらいに深い場所をえぐられ、しびれるほどの快感に華の足が震え出す。

「もおっ……ダメっ」

華は身を乗り出し、鏡に額《ひたい》を押しつけ、花襞を擦《こす》り上げる肉杭から逃れようと必死にもがいた。

「ひっ、や、ヤダぁ……っ」

外山の指が、前かがみになった華の乳房を強くつかんだ。

「動いてください」

「あ……ああ……っ」

快感には逆らえず、華はつるつると滑る壁に必死に爪を立て、つたなくも腰を振った。

そのたびに肉棒で擦られた襞がひくひくと蠢《うごめ》き、視界が涙で霞《かす》む。

「やっぱり、無理っ、無理だってば……抜いて、っ」

「すごく締まって……気持ちいいです……食いちぎられそうだ」

外山が、華の臀部に腰をゆっくり打ちつけながら呟く。

彼の身体が動くたびに、硬く締めつけている外山の楔《くさび》が、疼《うず》くような快感を走らせる。

「ああーっ……外山さ、ん、動いちゃ、イヤ……！」

冷たい鏡に額を押しつけたまま華は叫んだ。

言葉とは裏腹に外山を咥《くわ》え込んだ体内が、勝手にさらなる責めをねだるようにうねった。

突き立てられた剛直の縁から、温《ぬる》い蜜がたらたらとこぼれだす。

「審良でしょう、言い直して」

外山に囁《ささや》かれ、華はイヤイヤと首を振りながら、途切れ途切れに彼の言葉に従う。

「審良、さん、気持ち良く……しな……で……っ」

太ももをあふれた蜜で汚しながら、華は哀願した。鏡で自分の乱れた姿を見せつけられるなんて恥ずかしすぎる。

「華の背中、すべすべで温かくて、すごく好きです」

外山がそう言って、ピッタリと華に身体を添わせた。

味わうように華の肌を撫で回し、豊かな乳房を持ち上げて、外山が低い声で呟いた。

「なんでこんなにきれいでいやらしい身体をしているんでしょうね……自分がどんなにきれいなのか、その鏡でよく見てください」

「な、何、言っ……」

華の胸の下に掛けた腕をぐいと引き、上体を起こさせて、外山が言った。

「華、もっとちゃんと鏡を見て」

「や、やぁ……見たくない、恥ずかしい！」

華は目をつぶったまま再びイヤイヤと首を振った。自分のよがる姿など見たいはずがない。けれど、外山は許してくれなかった。

「見なかったら、貴方がイく前に抜きますよ」

「……っ、いじわる……う……っ」

「抜いていいんですか？」

笑いを含んだ問いかけに華は何も言えず、外山のモノを深く咥え込んだまま唇を噛む。

外山の言いなりになるのはちょっと悔しいけれど、ここでやめられたくなかった。抱いて欲しいという気持ちのほうが勝ってしまう。

つま先だった足をふらつかせ、必死に壁に手をつきながら華はゆっくりと目を開ける。

鏡の向こうの自分が、髪を振り乱して目を潤《うる》ませていた。

「ほら、きれいでしょう」

囁《ささや》きかける外山の額《ひたい》にも、汗がにじんでいる。

「べ、別に……普通です、っ……！」

「きれいなんですよ、わかりませんか？」

不意にぐい、と狭隘《きょうあい》な道が押し開かれた。

くちゅりという音を立て、華の中が外山の杭に絡みつこうとする。

「貴方には、もっと自覚を持ってもらいたいんです……それから、こんなきれいな顔は俺にだけ見せてください。勝手に出て行かれて、そのへんの男に笑顔を振りまかれたら、俺が困るんです」

外山の手が伸び、華の顎《あご》をとらえて、優しく撫でる。

「あ……あ……」

「俺は貴方を抱くたびに、これは夢なんじゃないかと思っているんですよ」

外山がうっとりした声で言い、何度も尖《とが》った乳嘴《にゅうし》の先端をつまんでは離し、を繰り返した。

「貴方は本当にきれいで……柔らかくて……おいしいですね」

外山の手の甲に己《おのれ》の手を重ね、華は震える声で言い返した。

「大げさだって……んっ……外山さん、ほんと、大げさ……っ」

「やっぱり自覚がないんだな」

外山は呟くと、小さく立ち上がった華の秘芽に手を伸ばした。

柔らかな毛に埋もれているその部分に触れられた瞬間、華の身体に電流が走る。

「んあっ、や、やああっ」

思わず漏らした叫び声とともにどっと蜜があふれだし、内ももをねっとりと伝い落ちてゆく。

「あ、ああ……っ、そこ、さわっちゃダメ……っ」

子供みたいに涙を流し、外山のたくましい腕にすがりつきながら華はうわ言のように口走った。

ダメだと言っている口とは裏腹に、身体はもっと欲しいと浅ましく求めている。

外山の下腹部に臀部を擦《こす》りつけ、華は息を乱してしゃくりあげた。

「こんな、気持ち良くしちゃ、ヤダぁ……っ」

華の身体を貫《つらぬ》き、秘芽を指先で何度もつつきながら、外山が大きくため息をついた。

「そんなふうに誘ったりして。天然ですよね……？　天然だから怖いんですよ」

「だってっ、あ、っ、あ……ぁ、やぁ……っ、ダメえっ」

自分から快楽を求めるように身体を揺すりながら、華は泣き声を上げた。

ピチャピチャという音は、外山を貪《むさぼ》る自分自身の音なのだ。

そう思うだけでますます身体の芯から熱がにじみだし、身体を灼《や》く快楽は高まっていく。

「俺のこと、好きですか？」

外山が、乱れた息の下でそう問いかけてきた。

潤《うる》んだ目で鏡越しに外山を見つめ、華は素直にうなずいた。

「好き……」

「良かった」

背中から強く華を抱きしめ、外山がため息にも似た声で呟く。

その声を聞いた瞬間、胸の中に泣きたいような嬉しいような、不思議な気持ちがあふれてくる。

「……好きです、好きじゃなかったら……一緒に暮らせない……、も……」

身体の奥を強く突き上げられて、華は思わず言葉を切った。

幾度も執拗《しつよう》に穿《うが》たれた華はつま先立ちの足を震わせ、壁についている手を思わず離しそうになる。

「ふぁ、っ、ああー……っ、あ、っ、ああ……っ」

淫《みだ》らな濡れた音を立て続けながら、華の身体は外山のモノを貪《むさぼ》った。

ごつごつと血管の浮いた肉杭の表面が、華の鋭敏な粘膜を強く擦《こす》り上げる。

そのたびに華の隘路《あいろ》は歓喜の悲鳴を上げ、さらに外山の雄茎を深く激しく呑み込もうとする。

外山の腕の下で、華の乳房がゆさゆさと揺れた。恥ずかしいがどうしても止めることができない。

「っ、あぁっ、すごい……ッ」

「華、そんなに締めつけないで」

「は、あっ、締めて、ない……」

自分でもわかるくらいに息が熱い。

華は薄目を開け、身体を掻き抱く外山を鏡越しに見つめた。外山と目が合った瞬間、華の身体がぞくりと震える。自分が誰に、どんな顔で抱かれているのか見せつけられたせいか。己《おのれ》の快楽に緩《ゆる》む顔を外山に見られてしまったせいか……あるいは、その両方なのか。

「華」

切なげに名前を呼び、外山が激しく身体を打ちつけてくる。華は震える腰を外山に擦りつけ、喘《あえ》ぎ声を漏らしながら再び鏡に額《ひたい》を押しつけた。

「あーッ……外山さ……外山、さ……」

「審良って呼んでください、貴方は、俺のものだ」

華を抱く外山の力がぐいと強まった。

ゆらりと顔を上げ、華は一方の手を伸ばして外山の頬に触れる。

すごい汗だ、と思った瞬間、肉杭を呑み込んだ内部がびくんと引きつる。

「あ……あ……きら、さ……」

迫り来る絶頂に足が震え、立っていられない。硬く大きな塊《かたまり》を呑み込んだまま、華の肉壁が切ないほどに強く痙攣《けいれん》した。

「っ、あー……っ……」

肩で息をしながら再び鏡のほうに倒れ込んだ華の身体を、外山が遠慮のない勢いで穿つ。

「全部……俺のです……」

獣のように息を乱した外山が、乱暴なくらいに華の身体を抱きしめる。

ひときわぐいと突き上げられると同時に、外山のモノが華の奥でドクンドクンと波打ち、爆《は》ぜたのがわかった。

背中に激しく上下する外山の胸板を感じ、華はゆっくりと目を開けた。

「外山さん……汗すごい……」

「……審良です」

かすれた声で外山が言い、甘い感触を残して自身をずるりと引き抜き華から離れる。

カタカタ震え続ける足を見下ろし、華は濡れた唇を舐めた。

快楽の名残《なごり》を示すように、膝のあたりまで幾筋も蜜が垂れ落ちていた。鏡に映る素肌は白く透き通り、怖いほどつややかに輝いている。

――こういうことすると血行が良くなるのかな……

花開いたかのように変貌を遂げた自分の姿に違和感を覚え、華は落ち着かない気持ちで鏡から目をそらす。

「もう一回お風呂に入りましょうか？」

外山の言葉に華がうなずくと、彼は身体に張りついたパジャマを脱ぎ捨てた。それからたくましい腕を伸ばし、裸の華を抱きしめる。

「俺を名前で呼んでくださいね。一日一度でもいいので」

汗の浮いたなめらかな肌を身体中で感じ、華は赤面してうつむいた。

なんだか、どんどんこの美しい男の身体に馴染《なじ》まされていくような気がする。

このままだと、彼に抱かれて身体が溶けてなくなってしまうのではないか……そんなことを思いながら、華は彼の腕の中で小さく呟いた。

「わかりました、あ、審良さん……」

けれど、名前で呼ぶのはどうしても恥ずかしい。いつになれば慣れることができるのだろう。


甘く幸せな半月はあっという間に過ぎた。

しかし、外山の家で過ごす華の毎日は、平穏なことばかりではなかったのだ。

この半月の間に、武史と思しき人物からの電話が何度か外山に掛かってきていたからだ。電話の回数が頻繁で、状況の不穏さを伝えてくる。

ちょうど外山が家にいる時間帯を見計らって掛けてくるところを見ると、同じ部署で外山の行動をある程度把握できる武史からの電話であることはほぼ間違いなさそうだ。

外山は電話のたびに席を外し、二言三言話して切っているが、華としては不安で仕方ない。

電話での会話で聞こえてくる『多賀嶋建設』は、日本で最大手のゼネコンだ。

多賀嶋建設は、専門商社である吉荻商事の大口の取引先でもあり、あの会社を巻き込むトラブルが起きたら大変なことになるのは目に見えている。一体何が起きているのだろう。

もちろん、外山は何もしていないと思う。なぜなら彼が担当している取引先には、多賀嶋建設もその関連会社も含まれていないし、多賀嶋建設の関係者と接点を持っているとも考えにくいからである。担当営業である課長か、サブ担当である武史のパソコンをハッキングでもしないかぎり重要な情報など持ち出しようがない。セキュリティソフトを導入している営業担当者のパソコンから情報を盗むなどまず無理だ。

だとしたら一体、外山はどんな難癖をつけられたのだろうか。

ため息をついて華は時計を見上げる。まだ午前中でやらねばならない家事がたくさんあるのに、ついあの電話が気になってしまう。

「……どうしようかな……」

手の中のスマートフォンを見つめ、華はまた大きなため息をつく。

いっそのこと武史を呼び出し、彼に話を聞いてみようかとさえ思う。だが、怖くてその勇気が出ない。あのひどいメールを受け取って以来、武史の顔を思い出すだけでぞっとしてしまうのだ。

しかし怖い、と思った瞬間、何気ない外山の笑顔が華の脳裏をよぎった。

華にとって今一番大事なのは、彼だ。武史が彼に何かしようとしているのならば、止めなければ。

外山には傷ついて欲しくない。

「よし！」

とりあえず連絡を取ってみよう。そう思い、華は思い切って武史の携帯アドレスを呼び出した。

もしかしたらクリスマスのことを謝ってくれるかも、ひどいことをした理由を聞かせてくれるかも……そう思って電話帳に残しておいたアドレスだ。結局一度も彼から連絡が来ることはなかったけれど。

『宮崎さんお久しぶりです。今度ちょっと話せませんか？』

この後のことは彼の出方を見て考えよう。華はそう考え、勇気を出してメールを送信した。

武史も一応は忙しい営業マンだから、すぐにメールを見ることはないだろう。そもそも返事もくれない可能性が高い。

そこまで考えて、ふと不安になった。もし『二人で会おう』なんて言われたらどうしよう。やはりやめておいたほうが良かっただろうか。

華は落ち着かない気持ちで家事をこなしながら、何度もスマートフォンの画面を覗き込んだが、武史からの返事はない。スマートフォンが鳴るたびにびくびくしてしまうけれど、結局夜になっても返事はなかった。

華は今日何度目かのため息をついて、夕飯のつみれ汁の火を止めた。そしてサラダを冷蔵庫に入れて、ソファに腰を下ろす。

その時、エプロンのポケットに入れていたスマートフォンが震えた。

『今駅です。来月の会社の懇親会だけど、部長に華も連れて来いと言われました。せっかくだから二人で挨拶しましょう』

それは外山からのいつもの『帰ります』という連絡だった。

しかし、後半に目を疑うようなことが書いてある。

――部長に私を連れて来いって言われたの……？　どういう意味？

会社の懇親会は、社員が家族を連れて来て、子供たちに社内見学をさせたり、立食パーティをしたりする、年に一度の福利厚生のための催《もよお》しだ。事業部単位で実施され、営業事業部ではいつもゴールデンウィーク明けの週末にこの懇親会を行っている。

しばらく首をひねって考えた後、その意味に気づいて一気に顔に血が上《のぼ》ってしまった。なぜ部長が華と外山のことを知っているのか。華は慌ててメールを打ち込んだ。

『どうして部長にそんなことを言われたんですか？』

『なぜ最近弁当を持ってくるのかと部長に問いつめられて、事情を説明せざるを得なくなりました。部長は、伊東さんの留学先がお前ならしょうがない、と言ってくださっているので大丈夫です』

華は爆発しそうに赤い顔でそのメールを読み返す。恥ずかしい。恥ずかしすぎる。全社員が揃う晴れの場に、どんな顔でのこのこ登場すればいいのだろう。

『無理無理！　恥ずかしいから嫌です。行きたくない！』

『まあそう言わずに。何か買って帰るものありますか？』

しかし行きたくない、という華の抗議も、外山にはさらりと流されてしまった。

『ないです。ごはんできたので早く帰ってきてください。懇親会はイヤです！』

そう返事を書いて送信し、華は机に突っ伏した。顔が燃えるように熱い。

――うう、辞めたのに行きづらいよ……どうして留学していないんだ、って突っ込まれるに決まってるし！

しかも付き合っているのが外山だと知られたら、女子の一部から何をされるかわかったものではない。給湯室に連れ込まれて詰問される自分の姿を思い浮かべ、華は身震いをした。

その時再びスマートフォンが鳴った。

――もう！　懇親会なんか行かないって言ってるのに……

半ばむくれつつスマートフォンを取り上げた華は、差出人の名前を見て凍りつく。

武史からのメールだ。外山とやり取りしていた時の気楽な気分はどこへやら、華の手が震え出した。

『電話していい？』

ただそれだけ書かれている。華はスマートフォンを手に立ち上がり『どうぞ』と打ち込んで二階へ向かった。

外山がもうすぐ帰ってくる。彼に武史との会話を聞かれたくない。

自分の部屋に入ってドアを閉めると同時に、着信があった。すくむ足をなだめてベッドに座り、華は深呼吸をして応答ボタンを押した。

「……はい、もしもし」

『こんばんは、復縁ならお断りだよ』

誰に対しても優しかった、懐かしい声が流れ出す。

武史の声だ。誰でも彼を信用してしまうような穏やかで静かな、水のような声。

心構えはしていたけれど、やはり血の気が引く。

『どうしたの、急に。留学は？』

笑いを含んだ声で武史が話を続けたので、華はそっと目をつぶって確信した。

――ああ、やっぱりそうだ。この、一見穏やかっぽい抑揚のない話し方。間違いなく外山さんに電話を掛けてきているのは武史なんだ……

「留学はいろいろと事情があってしていません。貴方に用があるから連絡したんです」

なるべく怯《おび》えをさとられないよう、事務的な口調で華は言った。

『ホントは知ってるよ。伊東さん、留学するフリして会社辞めてさ、外山君と付き合ってるんだもんね』

さらりと武史の口から出た言葉に、華はまたしても凍りついた。

『良かったね。外山君って昔から伊東さんが好きだったし。今は幸せの絶頂なんだろうな』

なぜ、彼はそのことを知っているのだろう。しかも、してやったりと言わんばかりの口調だ。

武史が楽しげに告げた台詞《せりふ》が、華の耳に妙に不吉にまといつく。腹の底で何かを企《たくら》みながら、それを見せずに華を弄《もてあそ》んでいるように聞こえる。

被害妄想だろうか。しかし武史は、華を傷つけてもフォローもせず平然としているような男だ。得体が知れないことには変わりない。

『それで何？　どうして私の彼氏にしょっちゅう電話を掛けてくるの？　って抗議でもするために連絡くれたのかな』

何もかも見透かした武史の口調に、華は小さく唇を噛むことしかできなかった。

「ただいま」

その時、外山の声が階下で響いた。華ははっとして反射的に送話口を手で押さえた。

「あれ、華？」

いつも迎えに出てくる華がいないことを不思議に思ったのか、外山が家の中を探し回る気配がする。華は慌てて武史との電話に集中した。

「わかってるならやめて。外山さんに嫌がらせなんかするの」

『嫌がらせじゃないよ、失礼だな』

武史が電話の向こうで嫌な笑い声を立てる。不快な気持ちになる華に、武史が言った。

『後でメールするよ。今度ちょっとお茶でも飲まない？』

「い、嫌。貴方と二人で会いたくない」

『面白い話聞かせてあげるから。後でメールする。じゃあね』

電話が一方的に切れると同時に、着替えに来た外山が階段を上《のぼ》ってくる足音が聞こえ、部屋のドアが静かに開く。

「華、自分の部屋にいたんですか。こんな時間に買い出しに行ったのかと思って心配しました」

ホッとしたように表情を緩《ゆる》めた外山が、華が握りしめているスマートフォンを見て不思議そうに首を傾げる。

「電話してたんですか？」

「あ、う、うん、そう！　ごめんね、ごはんできてるから着替えてきて！」

武史との会話の緊張をごまかすように笑い、華は小走りで外山の横をすり抜けた。

「なぜここで電話してたんです？」

華は普段は居間にいるし、寝る時は外山のベッドで一緒に眠るので、この部屋に入るのは着替えの時くらいだ。そこでコソコソ電話しているなんて、不審に思われても無理はない。

「洋服の整理をしていたら、電話が掛かってきて。今日はつみれ汁を作ったから早く食べましょう？」

外山は訝《いぶか》しげな顔をしたが、とりあえずうなずいてくれた。

「わかりました。ありがとう。すぐに行きます」

華は外山を振り返らないまま、階段を駆け下りてキッチンまで走った。

外山に言えないことをコソコソと行うのは、想像以上に良心がとがめる。

ふつふつと温められる鍋の中のつみれを崩さないようにゆっくりかき回した後、冷奴《ひややっこ》を切って出し、ほうれん草のおひたしを添える。

——やっぱり、外山さんに変な電話を掛けてたの、武史だったんだ……絶対何か企《たくら》んでるんだよね。外山さんに変なことはしないで欲しい。

「ああ、いい匂いがするな」

カジュアルな服装に着替えて二階から降りてきた外山は、笑顔で華の作っている料理を覗き込む。

「俺も手伝います。もうごはんをよそっていいですか？」

華は笑顔でうなずき、外山の横顔をそっと見つめた。

前は外山のことを『クールでカッコいい人だ』と思っていたけれど、最近の外山はふとした折にとても柔らかな優しい表情を見せてくれる。華は彼が見せてくれる顔の中でも、ひときわその顔が好きだった。

——外山さんを困らせて欲しくないな……

外山にさとられないようにため息をつき、カフェオレボウルにつみれ汁を盛りつける。お皿が微妙に大きく、かなりの量になってしまった。

この家は外山の一人暮らし用の食器しかなく、ちょうどいいサイズのお皿が少ない。

外山はあまり気にしていないが、華としては汁物を入れるのに手頃な大きさのものが欲しいし、パスタだってうまく盛り付けられるパスタプレートを使いたい。

家事用品の不備に気づいたらどんどん言ってくれと言われているし、意見を受け入れてもらうと嬉しいので、華は外山を見上げて尋ねた。

「外山さん、もし良かったらなんですけど、お皿をいくつか買ってもいいですか？」

ごはんをテーブルに並べ終えた外山が振り返る。

「お皿ですか？　そうですね。たしかに俺が適当に揃えたものしかないな。週末にアウトレットにでも見に行きましょうか、ドライブがてら」

外山は相変わらず忙しいのだが、今週は土日ともに休めるようだ。

デートみたいで嬉しいな、と思った時、外山が再び困ったことを言い出す。

「ところで懇親会のことなんですけど」

華はビクッとなり、慌てて首を振った。

「嫌です。恥ずかしいから。会社の人に『なんで外山さんと付き合ってるの？　留学しなかったの？』って思われるに決まってますし」

むくれている華の頭に大きな手を置き、外山が苦笑する。

「いいじゃないですか。俺は早く会社の皆に、華とのことを言いたい」

「恥ずかしいですよっ、そんなの絶対無理！」

あんな盛大に『留学頑張れ』と言われて送り出されたことを思い出して強く拒否する。

「そんなことを言わず、前向きな検討をお願いします。ほら、懇親会は婚約者とか将来家族になる人も連れて来ていい、ということになってるでしょう。ちょうどいいかなって」

――こ、婚約者？

目を見開いた華に、外山が珍しく……本当に彼にしては珍しく、かすかに頬を染めて言った。

「ダメかな、貴方を婚約者として連れて行くのは」

「い、いや……ダメではない、と思いますけれど……」

この話はどこに転がっていくのだろう。華は心臓をバクバク言わせながら、服の裾を握りしめた。

「ちなみに婚約者というのは大義名分ではなく、近いうちに事実にしたいんですが」

「え、じ、事実……って……外山さん？」

「いけませんか？」

外山の言うことはたまに強引で唐突で、華はついていけなくて戸惑ってしまう。

婚約という話だって、もっと長く時間をかけて考えてからのほうがいいに決まっているのに。

――でも、嬉しい……かも……

不意に、そんな思いが胸の底から湧き上がってきた。

自分に対していろいろと言い訳を重ねてみたものの、外山のその申し出は華にとっても、非常に嬉しい。

婚約者という言葉の響きがとても甘くて、夢を見ているように感じる。

「外山さんこそ、もうそんなことを決めちゃって本当にいいんですか？」

外山を見上げてそう尋ねると、外山がふわりと微笑んで、華をそっと抱き寄せた。

「前にも言ったように、重要な決断を先延ばしにするのは俺の流儀ではないので」

笑いを含んだ声で言い、外山がますます華を抱く腕に力を込めた。

「華と出会ってから、俺が欲しいと思った人は貴方だけです。手に入れたからには、離したくない」

低く艶《つや》のある声で囁《ささや》かれる言葉はあまりに破壊力満点で、頭がくらくらする。華は照れ隠しに外山の顔をじっと睨《にら》みつけ、小さい声で呟く。

「お、大げさすぎ……でしょ……？」

「このくらい大げさに言っても、貴方に伝わるのは半分くらいだと思っていますけど」

切れ長の目を細め、外山がそう言った。

「言葉というのは、伝えたつもりでいてもなかなか伝わっていません。営業の仕事をしているといつも思いますよ。『お客様は俺の話を聞いてなかったんだなぁ』って」

その言葉に、華は思わず噴き出す。たしかにそうかもしれない。言葉を正しく伝えるのは難しい。

「華も、けっこう俺の話聞いてないですよね」

「え、聞いてますよ！」

「そうですか？　あんまり甘えてこないから、俺の話は聞いてないんだろうなと思ってます。俺は甘えられたいタイプなんだと日々主張してるのに」

外山が笑いながらそう言って、唇に軽くキスをした。

「今度改めて今の話をしますね。貴方も答えを考えておいてください」

華の耳元で告げると、外山が食卓に腰を下ろす。華は耳まで真っ赤になったまま、同じように食卓に腰を落ち着けた。

——今の話、本当かな？　もしそうなら……私、外山さんとずっと一緒にいられるのかな？

ピンク色の雲に包まれたような気持ちで、華はさっきの外山の言葉を心の中で反芻《はんすう》する。

あまりの嬉しさについ顔がほころんでしまった次の瞬間、ポケットに入れたままのスマートフォンが一度鳴った。

その瞬間、華を取り巻くふわふわした空気が消し飛んだ。華は一気に現実に引き戻され、ポケットの中に収まった薄い鉄の存在を痛いくらいに意識する。

まさか、また武史からの連絡だろうか。

表情を失った華の様子に気づき、外山は箸を取ろうとした手を止めて怪訝《けげん》そうな顔をする。

「どうしたんですか、華」

「あ、いや、なんでもないです」

できるだけ自然な口調を心がけ、華は明るい声でそう答えた。

「いただきます！　外山さんもあったかいうちに食べてくださいね！」

「ええ、いただきます。つみれ汁は久しぶりだ。華は料理が上手だから、俺は幸せ者だな」

ほめ言葉に照れ笑いしつつ、華は表情を変えないように覚悟を決めて、そっとスマートフォンのメールを覗き見た。

『さっきの話だけど、土曜日はどう？』

土曜日……外山とお皿を見に行こうと約束したばかりだ。正直、武史とは会いたくないが、今ここでグズグズと返事を渋っていたら、武史とは連絡が取れなくなるかもしれない。

話だけでも聞いて、もう一度外山に変な電話をするのはやめて欲しいとクギを刺そう。華が言ったところで、彼が話を聞いてくれるかはわからないけれど。

『わかりました。では九時に会社のある駅で』とメールを返信し、華は重苦しい気分を呑み込んだ。

——武史が外山さんに接触してくるの……嫌だもの……

胸の底からそんな気持ちがこみ上げてくる。

その時ふと、武史に告白され、彼を好きになろうと、良い彼女になろうと努力していたかつての自分の姿が脳裏に思い浮かんだ。

——武史とのこと、外山さんに知られたら嫌われちゃうよね……あのことを知られるのは、絶対に嫌だ……

食事中にスマートフォンをいじることなど滅多にない華の様子を、外山はちょっと不思議そうに見守っている。

「急ぎのメールですか？」

外山が箸を止め、そう尋ねてくる。

「え？　あ、違うんです。うちのお姉ちゃんが……」

「お姉さん？　どうかしたんですか？」

「テレビで面白いのがあるから今すぐ見ろって。すぐ返事しないとお姉ちゃん気が短くて」

専業主婦の姉は話し相手が欲しいのか、妹の華にもしょっちゅう他愛ないメールをよこす。

そのことを思い出し、咄嗟《とっさ》にそんな言い訳が口をついて出た。

「そうですか。俺の弟たちはメールなんてくれませんよ。男兄弟なんてそんなものなのかな」

「私もお兄ちゃんからメールもらったことなんてほとんどないですよ……外山さんの弟さんっておいくつなんですか？」

「二十八歳と、二十六歳と、一番下だけまだ大学生で二十一歳なんです。こうして並べてみると兄弟が多いですよね、俺の家」

「じゃあ、弟さん二人より私のほうが年下なんですね」

「そうですね。そのうち、年下のお義姉《ねえ》さんになってやってください」

笑いを含んだ声でさらりと外山が言う。素直にうなずきかけた華は、途中で言葉に含まれている意味に気づいて、またしても真っ赤になってしまった。

「あ、あの……弟さんってどんな人たちなんですか」

「ん？　親戚には、四兄弟が全員似てなくて面白いとよく言われますよ。俺はこのとおり慇懃《いんぎん》で横柄なやつですが、次男は俺とは逆で温和で家事も完璧です。三男は研究一筋の変わり者でほとんど家にいませんし、四男は歳の離れた末っ子なので立ち回りが上手ですね。愛嬌があるというか」

外山が弟たちのことを思い出したのか、顔をほころばせる。

いきいきと語られる家族の話を聞くのが楽しくなり、華はイタズラっぽい口調で外山にねだってみた。

「写真があったら見たいなぁ」

「弟たちの写真なんかいちいち保存してませんって。ああ、でも、近いうち俺の実家に遊びに行きましょう。実物をお見せします。あいつらも忙しいみたいなんで全員揃うかはわかりませんが、何度か行けばコンプリートできるんじゃないかな」

「コンプリートって……なんだかスマホのカードゲームみたい！」

外山の言葉に噴き出し、華はまだ会ったことのない彼の弟たちをなんとなく想像する。

──皆外山さんみたいなイケメンなのかなぁ……だとしたら豪華《ごうか》な兄弟だよね。

「ふふっ、弟さんに会うのが楽しみ」

にこにこしながらそう告げると、外山も嬉しそうに目を細めて言った。

「華がそう言ってくれると俺も嬉しいです。おふくろは毎日自分のことで忙しくて、息子の恋人に干渉するタイプではないので付き合いやすいと思いますよ。親父は娘が欲しくて仕方なかった人なので、俺たち兄弟に対して『早く嫁さんをもらってこい』ってうるさいくらい言ってきますし。貴方が顔を出してくれたら、皆喜ぶんじゃないかな」

外山の言葉を聞いているうちに、なんだかワクワクしてきた。もし彼の家に行く日が来たら、少しでも歓迎してもらえればいいな、と思えてくる。

だがその前に、武史との待ち合わせだ。彼に会ったら何を言うべきなのか、あらかじめちゃんと考えておかねばならない。

それから、土曜の朝にこっそり出かける話は、外山にはギリギリまで黙っていよう。何しろ出かける言い訳が全く思いつかないのだ。

適当に嘘をついても、たぶん外山に辻褄《つじつま》の合わないところを突っ込まれてしまう。問いつめられて全部白状させられている自分の姿しか想像できない。

——彼氏さんが切れ者すぎるのも良し悪しだな……

向かいの席でおいしそうにごはんを食べている外山をそっと見つめ、華は再び湧いてくる良心の呵責《かしゃく》に耐えた。

外山に嘘をつくのはけっこう辛い。できれば今回で最後にしたい。そう思いつつ、華は冷め始めたつみれ汁をかき込んだ。


土曜日の朝、華は身体をたくましい腕に引き寄せられて目を覚ました。

まだ七時半だ。休みの日は早起きして食事の支度をしなくていいことを思い出し、華はまた目をつぶる。

平日はいつも五時前に起きている華のことを気遣い、朝と昼兼用の一回の食事でいいし、どこかに食べに出かけてもいいと外山が言ってくれた。そのおかげでゆっくり休めるのだが……

「おはよう」

華が起きたことに気づいたのか、外山の腕にぐいと力がこもった。

「お、おはようございます……外山さん……」

「あ、また苗字で呼んだな」

外山がそう言って笑い、華の首筋に柔らかな唇を落としてきた。

同時に、大きな手が華のパジャマの中に潜《もぐ》り込んでくる。ぐっすり眠って温まった華の肌がぴくりとその感触に反応した。

「もう終わりました？」

月の障りのことを聞かれているのだと気づき、華は耳を赤くしてうなずく。

「じゃ、また俺を名前で呼ぶ練習しましょうか。審良って呼んで欲しいし」

「あ、あのっ……あ……」

背中越しに感じる硬い身体の感触と、伝わってくる情欲混じりの熱に、華の身体もうっとりとほころびそうになる。

この時間を待ちわびていた、と言わんばかりに優しく肌を撫でる手の感触に身を任せる。身体の向きを返して外山に抱きつこうと思った瞬間、華は武史との約束をようやく思い出した。

――そうだ、九時にあの駅まで行かなきゃ。

この時を逃せば、武史にクギを刺す機会はなくなってしまうかもしれない。

外山の腕を無理やり引き剥《は》がし、華はベッドから起き上がった。

「ご、ごめんなさい、私、出かける用事があったのを思い出しました！　お昼くらいに戻るから！」

その言葉に、外山が目を丸くする。

華は言葉を失っている外山を置いて部屋から走り出ると、着替えをすませて洗面所に駆け込んだ。

――うう、ごめんなさい……！

外山の唖然とした顔を思い出すと、申し訳なくてどうしようもない気分になる。ふわふわと波打つ髪を適当に梳《と》かし、顔を洗って日焼け止めを塗り、華は玄関に走った。

「どうしたんですか？」

階段を降りてきた外山が、やや不機嫌な表情で尋ねてくる。あんなふうに拒んだことで、けっこうなショックを与えてしまったのかもしれない。

「あの……友達に会ってきます！」

「友達って？」

外山の声が訝《いぶか》しげに曇った。

「短大の友達！　行ってきますね」

深く突っ込まれたらボロが出る。華は慌てて外山に背を向け家を飛び出した。

――外山さんに嘘つくの、本当に嫌だな……

駆け込んだ電車に揺られながら、華は暗い気分で窓の外を見てこれから会う武史のことを考えた。

どうして自分は、あんな男にころりと流されて付き合ってしまったのだろう。

ちゃんと愛情を持って接したり、思いやりを返してくれたりする男というのは、武史なんかとは全然違うのに。

口先だけで『偉い、頑張っている』と言ってくれた軽々しい態度も、今思えばただの『愛情の真似事』だったのだ。そのことは悔しくて悲しいけれど、同時にとても不思議に思う。なんのために彼はそんなことをしていたのだろう、と。身体を重ねることもほとんどなく、ただ『付き合っている』という事実だけが存在したにすぎないあの時間。

何かが引っかかる感じがして、華は遠くに流れる川を眺めながら考え込む。

――今ならわかるけど、武史は私と付き合いたかったわけじゃない。

華の脳裏に、電話口で聞いた武史の妙に耳に残る声がよみがえる。

『良かったね。外山君って昔から伊東さんが好きだったし。今は幸せの絶頂なんだろうな』

昔から、という言葉が引っかかる。

そう思った瞬間、嫌な考えが頭をよぎった。

もしかして、武史は、外山が自分に想いを寄せていたことに気づいていたのかもしれない。

――もしかして、武史が私に手を出したのは、外山さんに嫌がらせするためなの？　嫌がらせのためにそこまでするの？

まさか、と思いつつ、心のどこかでそれが真相なのではないかと思えてしまう。

だとしたらまずいかもしれない。『彼氏』だった武史なら華がプライベートな場面でそばにいた証拠を、いくらでも持っているはずだ。

出掛けた先で二人で並んで、スマートフォンで写真をとったことは何度もある。

そういう写真を、武史が外山に見せてしまったら……

血の気が引くような気がして、華は咄嗟《とっさ》に手すりにしがみつく。

——どうしよう、嫌だ。

『あんな男と関係があったなんて最悪です』

外山がそう吐き捨てる姿まで、妙にリアルに想像できてしまった。外山はそんな人ではないと思いたいが、こればかりはわからない。一緒にいたいと言ってくれた言葉も、撤回されてしまうかもしれない。

華はため息をついた。過去はどうしようもないが、隠し通せるならば隠したい。けれど武史に脅されている外山のことが心配な気持ちは本物で……考えれば考えるほど、心が千々に乱れてしまう。

重苦しい気分で窓の外を眺めるともなく眺めているうち、電車が待ち合わせの駅に着く。

華はスマートフォンを取り出し、念のため『録音』を開始してカバンの一番外側のポケットに仕舞った。

もしかしたら、武史が何か重要なことを言い、それが外山を救う手がかりになるかもしれない。

自分にできることは、それくらいしかないだろう。それが、華が一人ひたすら考え抜いた結論だった。

武史に会うのはやっぱり嫌だ、と思いながら、華はのろのろと電車を降りた。武史が待っている喫茶店は駅の中にある。

——ああ、顔合わせるの怖いなぁ。やっぱり来なきゃ良かった。でもひと言言ってやりたいし、チャンスがあったら何を考えているのか聞き出さなきゃ……

華は再びため息をついて、チェーンの喫茶店に足を踏み入れた。土曜の朝のせいか、オフィス街の駅にある喫茶店は空いていた。

さすが営業マンとしての習慣なのか、武史は待ち合わせより早い時間に着いていたようで、窓際の席に座ってスマートフォンを眺めていた。こうして見てみると、線の細い端整な面差しからは毒々しさなど微塵《みじん》も感じない。髪をちゃんと整えて小ぎれいな服をまとっている彼の姿は、まともな会社員にしか見えなかった。

「お待たせしました」

華は硬い表情で、スマートフォンを覗き込んでいる武史に声を掛ける。武史は声を上げ、いかにも友好的な笑顔を見せて華に向かいの席を勧めた。

「ああ、おはよう伊東さん。座って」

「失礼します」

そう言って華は椅子に腰掛け、通りかかった店員にアイスティーを注文した。

「ねえ、外山君は元気？」

「会社で会ってるでしょう。見てのとおりです」

木で鼻をくるような華の返答に、武史がおかしげに鼻を鳴らす。

「まあね、元気そう。私生活も順調、仕事も順調で何よりだね」

そう言って武史が、声を潜《ひそ》めて華のほうに身を乗り出した。

「本当にさ、なんでもできて羨《うらや》ましいなぁ。ああいうやってっていつ失敗するんだろうと思わない？」

付き合っている時にもよく聞いた、外山に対するちょっと愚痴《ぐち》めいた悪口と同じような言葉が、武史の薄い唇から紡ぎ出される。

何も答えず硬い表情のままの華を見て、武史が信じられないようなことを話し出した。

「……外山君が多賀嶋建設の社外秘資料を、他社に持ち込んで売りつけようとしてるの知ってる？」

華は反射的に拳《こぶし》を握りしめ、できるだけ静かな声で言い返す。

「いきなり何を言ってるんですか。外山さんは、そんなことしないです。仕事だっていつも誠実に取り組んでいらっしゃいましたし」

「やっぱりあいつの肩を持つね、前からだけど。外山君ってさあ、立派な家に住んでるんだって？ 伊東さん、あいつと同棲してるの？」

不意に武史の色の薄い目に底光りするようなものが見え、返事をしない華にたたみかけて問う。

「……なんで外山君は三十そこそこでそんな家買えるんだろうね」

「そ、それは、大学生の頃に立ち上げた会社を売ったからです」

「伊東さんは信じてるの？ そんな話」

妙に耳にまとわりつく声で言った武史は、カップに残ったコーヒーをひと口飲んで続ける。

「そのお金って別の方法で手に入れたお金かもしれないよ」

「別の……方法？」

「だから、あいつ、多賀嶋建設の情報をどこかに流してるんだよ」

話が元に戻ったので、華は少し気分が悪くなる。決めつけてかかったような言い方だ。

「……宮崎さんは」

華は武史の言葉を遮《さえぎ》り、彼の色の薄い目を睨《にら》みつける。

「外山さんが嫌いなんですか？　あんな電話を掛けてくるのも、嫌いだからなんですか？」

武史が、口元だけでにっと笑みを刻み、ゆっくりと口を開いた。

「嫌いっていうか、あいつがおかしいんだよ」

「おか……しい……？　何が」

「不正してるんだ、絶対に」

少し乱暴な音を立てて、武史がコーヒーカップをソーサーに置く。

なんだか目が据わっていて、気味が悪い。華は無意識に身体を引いて武史から距離を取った。

華を見ているようで、武史の目はどこも見ていない。自分の心の内にある何かだけを睨みつけているような目つきをしている。

――何か様子が変。一体今、何を見ているの……

華はごくりと息を呑み込み、かすれる声で尋ねた。

「なんでそんな、根拠のないことを言うんですか？」

「不正してなきゃおかしいんだよ。でなきゃあんな成績出せるわけないだろ。伊東さん、あいつに言いくるめられてるみたいだけどさ、もっと冷静になったら？」

「いいえ、そうじゃなくて、宮崎さんは外山さんの何が面白くなくて、そんなふうに彼を悪く言うのか……って……」

「証拠ならあるよ。もう手に入ってる。本当にあいつが不正してないなんてあり得ないんだからさ」

華は言葉を失い、膝の上に置いたバッグを無意識に抱きしめる。

おかしいのは武史だ、と思った。話が噛み合わなすぎて本当に気味が悪い。華と付き合っている時は少なくとも、こんなふうに受け答えがちぐはぐになるようなことは一度もなかったのに。これ以上彼と話すのは怖い。

華は置かれたアイスティーを一気に飲んでからからになった喉を潤《うるお》すと、席を立ち上がった。

「……宮崎さんのおっしゃることはよくわかりました。私、用があるのでもう帰ります。とにかくもうこれ以上、外山さんに電話するのはやめてください」

机の上に五百円玉を置き、震える足を叱咤《しった》して立ち去ろうとした。華の強い語気に、武史が不意に我に返ったような表情を見せた。

「ふーん。あ、そうだ、伊東さんも外山君と一緒に懇親会においでよ」

さっぱりした笑顔で、武史が言う。その爽《さわ》やかさがかえって不気味で、華はゴクリと息を呑んだ。

「懇親会……ですか……？」

「そう！　きっと楽しいものが見られると思うよ。たとえば君の王子様が木《こ》っ端《ぱ》微塵《みじん》になるところ、とかね」

武史が色の薄い瞳をすっと細めて、優しい声で囁《ささや》きかけてくる。

もうダメだ。やはり付き合っていられない。華は武史を睨《にら》みつけ、吐き捨てるように言った。

「……いいかげん変なことを言うのはやめてください。外山さんが不正しているなんてありえません。そんな人じゃないですから」

「これから出てくるんだよ、その証拠は」

その言葉に不審なものを感じ、華は眉をひそめた。

「今はないってことですか？」

「おっと、しゃべりすぎた。彼氏が待ってるんでしょ？　じゃあね」

武史が親しげな笑みを浮かべて、ひらひらと手を振る。これ以上は無駄だと感じた華は今度こそ武史に背を向け、喫茶店を後にした。

彼が追ってこないことを確かめ、電車に乗って録音をオフにした。ジャックにイヤホンを差し込んで、録音した音声を確認する。どうやら、ちゃんと最後まで録音できているようだ。

何か解決策となるようなことを武史はしゃべっただろうか。

……ダメだ、今は興奮していて何も考えられない。

無意識にバッグの取っ手を握りしめたまま、華は決意した。

——私も、会社の懇親会に行こう。もう、皆にからかわれるのが恥ずかしいとか言っている場合じゃない。武史が何をしようとしているのか見届けなくちゃ。

武史の様子は明らかにおかしいから、今後接触するのは危険な気がする。あとはもう、懇親会の日まで待つしかない。

はっと我に返ると、もう最寄り駅だった。華は電車を飛び出し、家に向かって走り出す。

「ただいま！」

スマートフォンの時計を見ると、まだ十時だった。遅くならなくて良かったと思いつつ、華は居間に飛び込む。

「おかえりなさい、早かったんですね」

ソファに腰掛けていた外山が、本を読む手を止めて微笑んだ。華は一瞬、その笑顔の前で怯《ひる》みそうになってしまう。さっきまで武史と一緒にいたことを彼には知られたくない。

「う、うん、近くの駅でちょっと友達に会ってきただけだから、お、お水飲んでくる」

華は身を翻《ひるがえ》してキッチンに駆け込む。外山にそわそわと落ち着きのない顔を見られたくなかった。

「お友達って誰です？」

やはり、追及の手を緩《ゆる》める気はないらしい。外山の静かな声に、華は恐る恐る言い訳をした。

「えっ、あっ、えっと、昔のバイトの友達」

短い時間にいろいろなことがありすぎて、家を出る時に咄嗟《とっさ》になんと言い訳したのか思い出せなくなり、華はしどろもどろになった。

「おや、おかしいな。短大の友達じゃないんですか？」

「あ、た、短大の……友達と、同じバイトしてて……」

「そうですか」

本を置いて立ち上がった外山が、キッチンで落ち着きなくうろうろしている華を背中から抱きしめた。

「ドキドキ言ってますね。走ったんですか」

「う、うん、駅から走って……」

外山の手が、華が着ているコットンセーターの下に潜《もぐ》り込んだ。手のひらが華の腰のくびれをなぞり、ゆっくりと上のほうへ伸びていく。

「最近どうしたんです。いつも気もそぞろでため息ばかりついて」

指の背で胸の膨らみにそっと触れられ、華の身体がびくりと震える。

「あ、あの……えっと、そんなことないです……」

「全く、言い訳が下手だな」

苦笑しながら外山が言い、華の耳にキスをした。

何かを探るようなキスに、華はだんだん怖くなってきた。なぜなら、華の底の浅い嘘など、きっと彼にはすぐバレてしまうからだ。

「何か隠し事をしてるんでしょう？　顔を見ればわかります。今日はどこに行ってきたの」

「し、してない……隠し事なんか……友達に会いに……」

小さく震える身体をごまかすために、華は慌てて外山から離れようとする。しかし、外山はますます腕に力を込め、完全に華の身体を抱き込んでしまった。

「だって震えていますよ？　やましいことがあるんですよね」

外山が真顔でそう言い、腕を緩《ゆる》めたかと思うとすぐに華の腕をぐいと引く。

「ま、待って、本当に隠し事なんかしてないんです……！」

「ですから、それをちゃんと説明してもらえますか。おいで、華」

寝室に連れ込まれたとたん、ベッドにうつ伏せに押し倒され、華は恐る恐る外山を振り返った。

カーテンを閉めた薄暗い室内で、外山の怖いくらい整った顔が無表情に華を見下ろしている。

反射的にシーツを握りしめ、華はうつ伏せになったまま首を横に振った。

「私、本当に、外山さんが心配するようなことは、何もしてない……から……」

「俺もそう思いたいのですが、どうにも不安で。何か隠していますよね、最近」

外山がそう言って、華の着ている薄手のロングスカートをまくり上げる。

震え続ける背中に覆いかぶさり、太ももに手を這わせながら外山がそっと華の耳を噛んだ。

「あん……ッ」

「嘘をついていなかったらどうして目を背けるんです？　貴方は素直だから嘘はつけないと思っていたけれど……逆に残酷ですね。普段素直な貴方に隠し事をされると、不安で、妬《や》けて、どうしようもないんです」

「ふ……っ、あ、あ……」

内ももをねっとりと撫で上げる手のひらの感触に、思わず声が漏れてしまう。外山の身体を背中に感じたまま、華はもう一度首を振った。

「なんで……そんなに……疑うの」

「疑わせてるのは貴方です」

華は固く目をつぶった。武史に会ったことを知られないようにするにはどうしたらいいのだろう。

「見せてもらっていいですか、貴方の身体」

「っ、な、なんで、急に、イヤ……っ」

シーツに額《ひたい》を押しつけてうずくまりながら、華は抵抗を試みる。

だが外山は華の拒否を無視し、緩いゴムのスカートをあっさりと身体から引き抜いた。ぶかぶかのニットも同じく脱がされ、華は肌を晒《さら》したまま、身を守るようにベッドの上で丸くなった。

「今日何してたんですか？」

「だから、短大の……あの、バイトの……」

大きな手のひらが華のむき出しの背中をゆっくりと撫で回す。指先がブラのホックに引っかかるのと同時に、ぷつ、と軽い音がして胸が解放された。

「それはさっき聞きました。どうやら、背中側には妙な痕はないみたいですね」

指と唇が、晒された華の肌をまんべんなく這いまわる。

「妙な痕、って、何？」

「キスマークとか、咬《か》み傷とか、その類《たぐい》のものです。情事の名残《なごり》とでも言えばわかりますか？」

外山の声はとても冷たい。なのに、触れる手は執拗《しつよう》で熱くて、華の身体の芯に得体の知れない熱を呼び起こす。

「と、外山さん、いじわるなこと言わないで、そんなのあるわけない！」

すると外山は顔を伏せて身を固くしている華の傍《かたわ》らに腰を下ろし、髪をそっと撫でた。

「俺だってイヤなんですよ、疑うのは。でもなんなんですか？　朝っぱらから俺を突き飛ばして出て行くなんて。よほど大事な用事があったんでしょう」

――た、たしかに……一週間もお預けだったのにあんなことされたら怒るよね……

華は顔を上げ、必死に謝った。

「ごめんなさい！　本当に昔の知り合いなの、久しぶりに会う約束、すっかり忘れてて」

外山はその言葉には答えず、まとっているトレーナーを脱ぎ捨て、再び華の背中に覆いかぶさった。

うつ伏せた華の背中に、外山の裸の胸が触れる。

華は必死で声をこらえてシーツをつかんだ。

――どうしよう、どうしよう、ひねった質問されたら、うまくかわせなくて変なことしゃべっちゃうかも……！

もしそんなことになったらどんな誤解を与えてしまうだろう。そうでなくても、外山の機嫌はいつになく悪いのに。

「まあ、俺も少し頭が冷えてきました」

外山の声がかすかに和らいだので、華はほっと息をついた。

「よく考えたら、浮気だったら肌に痕なんか残しませんよね」

「え……何……言ってるの……」

たくましい腕で身体を支えたまま、外山が華の身体を完全に己《おのれ》の身体の下に巻き込む。

「もうちょっと確かめていいですか」

外山は華の背中に顔を埋《うず》め、背骨の凹凸《おうとつ》を舌先で舐めた。同時に、大きな手がショーツの中に滑り込む。その薄い布に指を引っ掛け、少しだけずり下ろして外山が囁《ささや》く。

「誰に会ってたの」

「っ、あ、あのっ……」

こんなふうに焦《じ》らされながら同じことを聞かれたら、気持ち良いあまり訳がわからなくなって、危ういことを口走りそうだ。華は観念して、真実の一部だけを口にした。

「ご、ごめんなさい。知り合いの男の子と……ッ、ひ、あああっ」

その答えと同時に、外山が指の先で華のひくひくと震える花芯を、軽く押しつぶした。

「男の子？」

「ッ、そう、怒られると思って、嘘つい……っ、やぁ、ダメえ……っ」

くにくにと鋭敏な部分を弄《もてあそ》んでいた外山の指が、ずぶりと蜜壺に沈み込んだ。びくりと跳ねた華の身体を押さえ込み、もう片方の手が尖《とが》り始めた乳房の先を焦らすように愛撫する。

「やっぱり男と会っていたんじゃないですか。妬《や》けますね。俺に嘘までついて会いに行くなんて」

「あ、ああっ、違う、違うの……っ」

ねっとりと濡れた裂け目をかき回される。染み出した蜜を尖《とが》った芽に塗られ、ぐりぐりと潰されて、華はあまりの快感に泣きじゃくるような声を漏らし、腰を振らないように必死にこらえた。

「何が違うんですか？」

ぐちゅ、とひときわ大きな淫音が響き、二本の指が華の中に突き入れられる。

とろりと熱い雫《しずく》がこぼれだす感覚に、華の足の指が空を掻く。

「だって、ただの友達なのに……でも、本当のこと言ったら、怒った、でしょ……う……？」

華は蕩《とろ》けそうになる意識を必死に保ちながら、彼にそう尋ねた。

「……いきなり飛び出していかれるほうが、腹が立ちますが？」

蜜をにじませる襞の感触を楽しむように、外山が二本の指を抜き差しする。彼が少しでも指を動かすたび、全身に掻痒感《そうようかん》にも似た耐えがたい疼《うず》きが走る。華は熱い呼吸を必死で整えながら言った。

「ごめん、なさい……心配させたくなくて……っ、あ、ああ……っ……！　も、指、ヤダぁ……」

目に涙が溜まった。こんなに気持ち良くされたら何も考えられなくなってしまう。もう追及をやめて欲しい。余計なことをしゃべってしまう前に。

「でも俺を押しのけてでも会いたかったんでしょう」

ずる、と生々しい音を立てて指が抜き、揃えた二本の指で濡れそぼる蜜口を撫でながら、外山が言った。

「そうだ、貴方の『中』が変わっていないかどうか一応確かめたい」

外山の身体が、華の背中から離れた。ベルトの金具の音に続いて、ピリ、と避妊具のパッケージを開ける軽い音がした。

うつ伏せで腰を上げさせられた姿勢のまま、華は小さく首を振る。

先程まで与えられていた愛撫で濡れそぼっているショーツを、完全に引きずり下ろされる。腰を高く上げた恥ずかしい格好で、あられもない場所を晒《さら》す羽目になってしまった。

「こんな格好、見ないで……っ」

シーツを握りしめたまま、華は必死で訴えた。だが、外山は聞き届けてくれなかった。

「恥ずかしい……ですか？　俺は興奮しますね。華のココ、真っ赤に色づいていて本当にきれいですよ。俺のこと誘ってるみたいで」

愛《いと》しむように濡れた蜜口をつっと撫で、外山が言った。

「ああ……ッ！」

電流のような刺激が走り、華の目から涙がぽろりと落ちた。

諦めて力を抜いた華の腰が、外山の大きな手にそっと引き寄せられる。

ショーツを足から引き抜かれ、華は恥ずかしくなって腰を落とそうとした。だが外山の手で、軽々と腰を持ち上げられてしまう。

「挿《い》れていい、ですか」

その声に、さんざん焦《じ》らされた下腹部がずきりと疼く。

——挿れて……欲しい……

小さく華がうなずくと、昂《たかぶ》った杭の先がふっくら熱を帯びた花唇に触れた。

感じやすくなっている粘膜を外山のモノが容赦なく擦《こす》りながら、たっぷり濡れた媚壁の間を貫《つらぬ》いていく。

予想以上にきつくて、息が止まりそうになる。

「っ、う……」

「痛いですか？」

「だ、大丈夫……きついだけ」

外山がその答えに安心したように、ゆるゆると華を穿《うが》つ楔《くさび》を前後に動かし始める。

生々しい秘部同士の触れ合いに肌が粟立《あわだ》ち、華は我慢できず小さく腰を使ってしまった。

「ようやく俺の形に馴染《なじ》んできていたのに、またきつくなってますね。ですが一応納得しました。貴方が別の男に抱かれたりしていないということは」

「っ、あ、当たり前……っ……あ、ああ……っ」

慣れない姿勢で愛されながら、華は必死に腕を突っ張って身体を起こした。お尻を高く上げているのが恥ずかしくてたまらない。

「きれいな背中だ」

外山がうっとりと背骨のカーブを撫でる。その間も焦《じ》らすように、試すように、外山のモノはゆっくりと華の中を行き来した。

こんなふうにゆっくり動かれると、焦れったくて、それがまた気持ちが良すぎて、身悶《みもだ》えしそうだ。さんざん指で弄《もてあそ》ばれ、いじわるなことを言われて昂《たかぶ》ってしまったのに、外山はちっとも激しく抱いてくれない。

華はたまらなくなって、先程よりも強く淫《みだ》らに腰を振った。

「外山さん、もっと動いて……おねがい……」

「おねだりですか、珍しい」

クス、という笑い声が華の耳に届く。

「もっと動く、というのはこういうことですか」

じゅぷ、という蜜音を立てて、外山の怒張したモノが勢いよく華の身体の奥深くに沈んだ。

「っ、あ、あああぁーっ！」

突然襲ってきた甘く激しい刺激に、華の身体がベッドに崩れ落ちる。

外山の杭の先端が、華の子宮口を容赦なく突き上げた。じんじんと走る痺れに、華は思わず声を上げる。

「んふ、あ、あ……っ……あ……、っ、いやぁぁっ！」

だんだん、目の前のシーツが霞《かす》んでいく。ぐり、と外山にしか触れられない深いところを執拗《しつよう》に愛撫され、いつの間にか自分が恥ずかしいポーズを取らされていることも忘れていた。

「……いい声ですね、やっぱり華の声は世界一可愛い」

肉杭とそれに絡みつく蜜壁が立てるくちゅくちゅという音が、繰り返し部屋の中に響いた。

身体の一番奥の泉を執拗にかき回され、華の肌にうっすらと快楽の汗がにじみだす。

「ひ、あ……外山、さん……の、硬い……っ」

不意に腰をつかむ外山の力が強まる。

抽送のスピードが速くなり、肌を叩く軽やかな音とともに、華の隘路《あいろ》が激しく幾度も擦《こす》り上げられた。

「やっ、あ、あああっ……あああんっ」

興奮に尖《とが》り始めた乳房の先端が、シーツを擦ってますます硬く立ち上がる。華の白い内ももに絶え間なく蜜が滴《したた》り、膝を伝い落ちた。

「貴方の中、ものすごく熱くなっていますよ」

外山がそっと手を伸ばし、柔らかな毛に埋もれてひくつく花芽をつまんだ。

「っ、う！」

外山のモノを呑み込んだ蜜道がきゅんと引き絞られ、バラ色の襞から再びどっと蜜があふれた。

「……こんなに濡らして、欲しがって……欲張りな人だ」

「あ、ああ……嘘……違う、ち、が……」

その言葉が恥ずかしくて、華は小さく唇を噛んだ。

「貴方の感度が良すぎて、俺まで吸い込まれそうで怖くなる」

華の身体が、剛直した外山の茎で、ごりっと強く突き上げられた。彼自身を絡めとろうと貪欲に蠢《うごめ》く秘裂が、もっと欲しい、とびくびく蠕動《ぜんどう》する。

「やあっ、あ、ああっ、外山、さぁ……んっ」

「こんな身体をしているくせに、ふらふらと俺以外の男に会いに行くなんて」

外山の言葉が、苦しげな息の下でかすかに乱れた。

「許せないですね。前にも言ったかと思いますが、こんな身体を男があっさり諦めると思わないことです」

はあ、と切なげな息をつき、外山が華の腰をぐいと引き寄せた。

「ひ、っ……」

これ以上気持ち良くされたら、壊れてしまう。ぼんやりする頭で本能的に思い、華はシーツの上を這って、外山の腕から逃れようとした。だが、外山の腕は容赦なく華の身体を引きずり戻す。

「あっ、ああ、だ、め、こんな深いの、ダメぇ……っ」

「逃しませんよ」

再び深く深く華の身体を貫《つらぬ》きながら、外山が両手で華の陰唇を押し広げた。

「……ほら、今の貴方は濡れそぼっていて、俺のを根本までヒクヒクしながら呑み込んでいて……いやらしくて、最高です」

「いっ、やあ……っ、見ないで、恥ずかしいからぁ……っ」

もがく華の身体は、軽々ととらえられたままだ。下腹部の深いところをぐちゅぐちゅとえぐられ、ますます蜜があふれだす。

「あ、ああ、い、いっ、っ、あー……ッ」

こんな動物みたいな恥ずかしい姿勢をとらされ、自分を支える力すら腕に入らないのに、もっと彼が欲しくて自分から腰を振ってしまう。

崩れ落ちながらも淫乱なくらいに腰を振る華の反応に満足したのか、外山の動きがますます速くなる。がつがつと突き上げられ、華はぎこちなくそれを受け止めて身体を揺すった。

「あっ、あ……、ああ。ああーっ！」

目の前が白くなるほどの快楽に、泣き声のような悲鳴が華の喉から絞り出される。

貫《つらぬ》かれるたびにくちゅり、と音を立てる華の濡れた襞が、もう我慢できないと言うようにぎゅうぎゅうと外山の杭を締め上げた。

「いやあ、っ、あ、ああ……い、イっちゃ……あああーッ……！」

全身の血管がどくどくと音を立て、目の前に星が散る。絶頂に押し上げられ、がくがくと膝を震わせながら、華は全身で大きな呼吸を繰り返した。

「ふ、あ……」

しかし、一度達したくらいでは外山は許してくれなかった。

大きく反り返ったモノで、充血しきった隘路《あいろ》を何度も何度もこじ開けられる。そのたびに華は背中を大きく反らして、繰り返し泣き声を上げさせられた。

「ひぁ、っ、あ、ああぁ、もぉ、無理っ……、あ、ああぁーっ！」

「まだこんなに絡みついてくるくせに、無理なんて嘘でしょう」

外山が再び華の腰を抱え直し、力強く幾度も身体を打ちつけてきた。ごつごつした怒張の形を媚肉に刻み込まれながら、華はもう一度灯った快楽の火に炙《あぶ》られ、力の入らぬ身体で無我夢中で腰を振る。

興奮のせいか灼《や》けるように硬くなった外山自身が付け根まで埋まるたびに、ぐちゃ、ぬちゃ、と、耐えがたいほど淫《みだ》らな音が華の身体から聞こえる。

「ひぁあ、……っ、あ、あ……大っきい、っ……こんな、大っきいの、無理っ……」

霞《かす》む目から、生理的な涙が幾筋もあふれだす。涙と涎《よだれ》と汗で顔をぐしゃぐしゃに濡らし、華は虚空を見つめたまま、ちぎれるほど強くシーツをつかんだ。

またも絶頂へと引き上げられた華は声も出せずに激しく首を振った。同時に外山を呑み込む秘裂を断末魔のごとく痙攣《けいれん》させた。

「あ……あ、ああ、ひぁっ……とや、まさ……」

不意に、受け入れていた外山の肉茎が鉄のような硬度を帯びる。

「っ、華、っ……」

外山が華のふっくらした尻に下腹をぐいと押しつけ、肉茎を深く深く突き刺した。華の身体の中で、肉茎がびくびくと震えながら、ゴムの皮膜の内側に白濁をほとばしらせる。

「やぁ、あっ……」

その小さな震えが不思議なくらいに愛おしくて、華は彼の感触を最後まで味わいつくした。

情欲のすべてを吐き出し終わった外山が、粘る水音と同時に、華の身体から自身を抜く。

「ひぁ、っ」

抜き放たれる感覚まで気持ち良すぎて、無意識に花襞がきゅっと収縮し、甘ったるい声が漏れてしまう。華はそのままくたりと、乱れたシーツの渦の中に倒れ伏した。

服を脱ぎ散らかしたまま、グシャグシャになったベッドの上で、二人はしばらく何も言わずに横たわっていた。

かつてないくらいに激しく愛された身体が甘い痺れを訴えてきて、動く気力すら湧いてこない。

外山が起き上がり、自分の身体の後始末をして、いつものように華の身体もティッシュできれいに拭《ふ》いてくれた。華はそっと手を伸ばし、外山の腕に触れる。

「どうしました？」

ようやく冷静な気持ちを取り戻したのか、外山がいつもの穏やかな声で尋ねてきた。

「ごめんなさい、変な嘘をついて」

隠していることはまだある。けれどさすがにそれは外山には気づかれなかったようだ。彼はかすかに笑い、身体を横たえて華の身体を抱き寄せる。

「……本当ですよ。男とこそこそ会うなんて論外です」

「うん、つい約束しちゃったから会いに行ったけど……もう会わないと思う」

その答えに少し安心したのか、外山が華の額《ひたい》に頬を押しつけてため息をついた。

「そうしてください、ぜひ」

愛《いと》しい人のぬくもりに身を任せつつ、華は先ほどの武史の言葉を思い出す。

外山一人で、彼が待ちかまえている場所に行かせたくない。華はそう決意し、汗ばんだ外山の顔を見つめながら口を開いた。

「外山さん、私やっぱり懇親会に行こうかな」

「俺が機嫌悪いからそう言ってくれるんでしょう？　どうせ」

まだ少し拗《す》ねている声音に苦笑し、華は身体を起こして、外山の顔を覗き込んだ。

「ううん、そういうわけじゃないけど行きます」

華はそう答え、外山の汗ばんだ胸に頬を押しつけた。

身体同士が溶け合ってしまうような心地良さを感じ、華はうっとりと目を閉じる。

華のそのしぐさに安心したのか、顔を起こして華の様子を確かめていた外山が再び頭を下ろす。

「そうですか……」

それ以上は何も言わずに口をつぐんだ外山は柔らかな笑みを浮かべた。華も不安を隠して彼に微笑み返す。

――武史、外山さんに昔の話しちゃうかな……しちゃうかもしれない……な。

もしかしたら、懇親会の日がこの恋の終わりの日になるかもしれないと華は思った。

今自分は幸せをつかもうとしているのか、破滅に向かって歩いているのか、だんだんよくわからなくなってきた。武史はきっとろくなことを考えていないし、外山だって、どこまで華の過去を許容してくれるかわからない。綱渡りしているようでその不安をどうしても拭《ぬぐ》うことができなかった。

そんな気持ちを知ってか知らずか、外山が華を抱く腕に力を込めて言う。

「俺、ちょっと嫉妬深すぎますよね、こんな男相手じゃ、貴方が何も話したくなくなるのはわかります。すみません、知らず知らずのうちに貴方を束縛しているみたいで」

「私こそ……今日は本当に、昔の友達と少し話をしてきたんです……でも相手が男の子だから言いづらくって」

身体を重ねていた時にも言った、少なくとも嘘ではないことだけを繰り返し、華は改めて外山に身体をくっつけた。

「そうだ、今度から男と会う時は俺が立ち会いましょうか？」

冗談めかして言う外山の頬を軽くつねる。すると、外山が笑ってその手を引き寄せ、指に軽くキスをしてくれた。

「最近、嫉妬深さが底なしで自己嫌悪です。華が可愛すぎるのがいけないんだな」

外山の呟きに、華は唇だけで微笑む。いつまでこんなふうに彼から優しく愛を囁《ささや》いてもらえるのかわからなくて、胸が苦しかった。

第六章

とうとう、懇親会の日が来た。

華は駅から会社のビルへ続く道を、外山と並んで歩いている。五月の爽《さわ》やかな風が、華の長い髪を揺らして吹き抜けていった。

「気に入りました？　そのワンピース」

華は、先週末に外山に買ってもらったローズピンクのワンピースの裾を両手でちょっと持ち上げて笑ってみせる。

シルク製で裾にはフリルがあしらわれていて、柄にもなくお姫様のような気分になれてしまう服だ。

華のしぐさに、外山が機嫌のいい微笑みを浮かべた。

「似合いますよ。俺の見立てもまんざらじゃないですね。だけど他のやつらに見せるのが嫌だな。貴方のファンは会社にいっぱいいいましたし」

「い、いませんよ、そんなの」

「いいえ。いました。気づいていなかったのなら由々《ゆゆ》しき事態です」

フォーマルなスーツに身を包み、前髪を上げた外山がかすかに顔をしかめる。

普段とは違う外山の装いに、華はどぎまぎして目をそらしてしまった。

――うう、やっぱりイケメンすぎる……一緒に暮らしててもまだ見慣れない……

しかし、浮かれてばかりもいられない。これから武史に会わねばならないからだ。

そう思うと、明るい太陽の光が不意に陰ったような気さえする。

武史は今日、何をするつもりなのだろう。唇を噛み締めた時、外山が話し掛けた。

「どうしたんですか、怖い顔して」

はっと我に返り、華は慌てて笑みを浮かべた。

「ごめんなさい。久しぶりに会社の人に会うの、やっぱりちょっと気まずいなって」

「俺なんか毎日、部長に『伊東さんをかっさらっておいて、よく堂々と会社に来られるな』と言われてますけど」

「な、なっ、何言ってるんですかっ!?　というか、外山さんは会社でどんな話をしてるんですか……っ！」

外山が、やれやれと言うように首を振って見せる。

「自覚はないみたいですけど、貴方はかなり人気者でしたからねぇ……俺も坂田のアシストがなかったら、送別会の後、貴方を誘えていたかどうか」

そういえば、送別会の席で外山の隣に招いてくれたのは坂田だった。その後二人で抜けようとしていた時も、坂田は華を探す同僚たちを妨害してくれた……ような気がする。

「え、え、えっと、あの、坂田さんはなぜそんなことをしてくれたのでしょう……？」

「はっきりと話したことはないですけど、おそらく、俺の気持ちを知っていたからでしょうね。俺、貴方しか食事に誘ってませんでしたし、あまり自分の好意を隠すタイプでもありませんしね。鋭い人は皆、俺の気持ちには気づいていたんじゃないかな」

その答えに、気が遠くなる。今まで全く気づかなかったことに恥ずかしさを覚え、華はぎゅっと外山のスーツの袖をつかんだ。

——だから、武史も気づいていたんだろうなあ……

再び沈み込んだ華の顔を、外山が不思議そうに覗き込む。華は慌てて、本心をさとられまいと再び笑顔を作った。

「あ、あのっ、今日の会場はいつもと同じ場所ですよね？」

「ええ。社員以外は、受付から入って入館証をもらいます」

懇親会はセミナールームの一番広い部屋を使って行われる。その部屋はちょっとした小講堂のような作りになっており、総務部の懇親会実行委員の手で机や椅子が撤去されて、立食パーティの会場に整えられているはずだ。

これまでと同じ形式なんだなと思った時、背後から聞き覚えのある声に呼び止められる。

「あれっ、外山君……と、華ちゃん？」

華はその声にびくりとして振り返った。さらさらの黒髪を緩《ゆる》く巻いてネイビーのワンピースを着た美しい女性は、高野だった。

——まずい。外山さんと一緒にいるところを見られてしまった……

外山と会話するだけで不機嫌な顔になる高野の様子がフラッシュバックし、華の身体が凍りつく。

焦って言葉を失った華に、高野が意外にもにこっと微笑みかけた。

「久しぶりね」

機嫌がいい時の高野と変わらない明るい笑顔に、華は戸惑いながら答えた。

「え、えっと、あの、久しぶり……です……高野先輩……」

彼女の前でどんな顔をしていいのかわからない。真実はどうであれ、高野にとって華は、急に会社を辞めると言い出して迷惑をかけた挙句、好きな人を奪った後輩なのだ。

——うわ、私ってば……最低なやつだ……

申し訳ない気持ちを噛み締めた瞬間、高野が明るい声で言う。

「ふふっ、部長に聞いたの、外山君が華ちゃんと結婚するらしいって。華ちゃんを懇親会に連れてくるから、お前がいろいろと元後輩に気を使ってやれって頼まれちゃったわ」

その言葉を聞いた瞬間、華の心臓がぎゅっと縮み上がった。

部長は、高野の気持ちなど知らない。

だから、華の元上司で、部内でも面倒見のいいお姉さん的な立場の高野にそんな残酷なことを頼んだのだろう。

——ど、どうしよう……なんでこんなことに……

あまりのことに顔を引きつらせた華に、高野が小首を傾げて優しく話す。

「こうして見ると、やっぱり二人ともお似合いね。良かったじゃない、外山君」

不思議なくらい穏やかな高野の言葉に、外山がうなずく。

「ありがとうございます。いろいろありましたけど、彼女を皆に堂々と紹介できる身分になれて嬉しいです」

いろいろ、というところに微妙なニュアンスが込められているように感じたが、華はそのまま黙っていた。高野が外山の答えに透き通るような微笑みを返し、優雅なしぐさで髪を耳にかけた。

「本当におめでとう。あ、そうだ、私は総務の子のお手伝いをするから急いでるんだったわ。ごめんなさい。先に行くわね」

そう言って、早足で高野が華の傍《かたわ》らを通り過ぎていく。甘いフローラルの香りをふわりと漂《ただよ》わせ、高野は品のいい足取りでどんどん二人から遠ざかっていった。

――ええっ、全然不機嫌じゃないし、お祝いの言葉まで……。一体どうして？

その細い背中を見送りながら、外山が小さな声で呟いた。

「最近彼女に呼び出されて、言われました。『華ちゃんとの仲を、ずっと邪魔してごめんなさい』って」

華は驚いて、弾かれたように顔を上げる。

「高野さんが……そんなことを言ったんですか……？」

「ええ。……ですが、この話はもうやめましょう。俺たちも行きましょうか」

気を取り直して微笑み、外山が華の肩を抱く。

『ずっと邪魔してごめんなさい』。そんな台詞《せりふ》を、高野はどんな気持ちで外山に告げたのか。当然それを話すためだけに外山を呼び出したのではないだろう。きっと邪魔をしていた理由も伝えたはずだ。いくら鈍い華でもそのくらいはわかる。だから外山も多くは語らなかったのだ。高野はどれほどの葛藤の末に、華たちに『おめでとう』なんて言ってくれたのだろう。

とても胸が痛いけれど、それは華には聞く資格も、詮索する権利もないことだ。華は気分を切り替え、自分に言い聞かせた。

――もうあれこれ考えるのはやめて、あんなふうに言ってくれた先輩のことを素直に喜ぼう。

華は複雑な気持ちにそっと蓋《ふた》をして、傍《かたわ》らの外山に話しかけた。

「もう、今日は朝から怖くって。部長や女性陣に何言われるかなぁ」

でも、本当に怖いのはそのことではない。

会社のビルは目の前だ。武史の顔が浮かび、華は気持ちを引きしめた。


懇親会の会場には、多くの人が集まっていた。めったに見かけない社員の奥方や子供たちもいて、とても賑やかだ。そこにはすでにケータリングのパーティフードが並び、プロジェクターが広い壁面に会社のロゴを映し出している。

「外山くーーーーん！」

突然叫び声が聞こえ、痩身の男前が外山に抱きついた。

「うっわ、高そうなスーツ！　さっすが外山ぁ！　今度貸して！」

「……坂田には俺の服はブカブカでしょう」

ふざけたように抱きつく坂田を、冷静に外山が引き剥《は》がした。営業部のエース二人の変わらない仲の良さに、華はちょっと噴き出してしまう。

「あ、華ちゃん、久しぶり！　元気だった？」

突然坂田から名前で呼ばれ、華は目を丸くしてしまった。坂田はアイドルのような整った顔に明るい笑みを浮かべ、華に向けて親指を立てた。

「アッキーとうまくいったんだね、三パーセントくらいは俺のおかげかな？　良かった良かった」

軽い口調で話す坂田の肩を、外山がむんずとつかむ。

「誰がアッキーですか……余計なことを言わないでください。あと奇妙なアダ名をつけるのはやめてください。それから華を名前で呼ぶのは禁止！」

「だって友達の彼女じゃん。名字呼びじゃなんか他人行儀じゃない？」

「いいえ、名前で呼ぶのはやめてください。なんとなくイヤです」

じゃれ合う二人の様子を笑いをこらえて見守っていると、わざとらしく顔をしかめた部長が近づいてきて、大声で仲裁に入った。

「何してるんだ、お前たちは……ったく。ガキじゃないんだからさぁ」

そう言いながら、なぜか満面の笑みで、坂田と同じように華に向けて親指を立ててみせる。

「やば、部長が来た。俺逃げようっと。じゃあねアッキー！」

坂田がわざとらしく頭を掻いて見せ、賑わう懇親会場の奥へ消えていった。

大きくため息をついた部長が、華を見てにこっと笑う。

「久しぶり、伊東さん。急に抜けられた穴は大きかったけど、まぁ外山がかっさらっちまったんなら仕方ないな……そろそろ乾杯だからビールもらって来いよ。また後でな」

なんで留学してないんだとか、なぜ外山と付き合ってるんだとか、根掘り葉掘り聞かれるかと身構えたのに、部長が華に言ったのはそれだけだった。

慌てて頭を下げた華に笑いかけ、部長はよその家族に挨拶に行ってしまった。

ふと見れば、目が合う顔見知りの営業マン全員が、笑顔で華に向かって親指を立ててくる。

冗談めかしているけど、皆が自分たち二人のことを祝福してくれているのだ。そのことに気づいて、なんとも言えないありがたい気持ちになった。

大袈裟に騒ぎ立てたり、しつこく聞いてきたりする人はいなかった。

きっと、華が懇親会に来たらこういうふうに振る舞おうと、あらかじめ皆で決めておいてくれたに違いない。

——あんな嘘をついて辞めたのに……。やっぱり、良い職場だったなぁ。

照れくさいような嬉しいような気持ちでうつむいた華の腕を、外山がそっと引く。

「乾杯ですって。華は何をもらいますか？」

「あ、私は烏龍茶を……」

そう答えて周囲を見回すと、坂田が笑顔で高野に話しかけている様子が目に飛び込んできた。

美男と美女、一見お似合いの光景だが、高野はいつものようにそっけなく坂田をあしらっている。

坂田のほうは相変わらず、冷たくされてもにこにこと明るい表情のままだった。

「坂田は高野さんに全く相手にされていないらしいですが、もう少し粘るそうです。あのしつこさは営業マンの鑑《かがみ》ですよね」

華が誰を見ているのか気づいたのだろう。突然外山がいたずらっぽく耳元で囁《ささや》いた台詞《せりふ》に、華は驚愕して振り返った。

「え、ええっ？　そんなの知らなかったんですけど！」

「アイツは意外と自分の情報は漏らしませんからね。まあ、坂田が俺と貴方のことを積極的に後押ししてくれたのは、そういう事情もあったんでしょう」

そう話す外山の表情はとても柔らかい。

再び華の視界の端で、不機嫌な表情のまま頬を赤らめ、坂田の差し出したワイングラスを受け取る高野の姿が見えた。

――そっか、そうなんだ……坂田さんは頭が良くて優しい人だし、仕事もすごくできるし、高野先輩とはお似合いかもしれない……

自分勝手だとは思うけれど、少しだけ高野に対する胸の痛みが和らいだ気がした。

やがて司会を務める総務部の女性の声とともに、乾杯の音頭がとられて懇親会が始まった。

歓談の時間にも、外山はいろいろな人に声を掛けられ続けていた。

華は忙しそうな彼から少し離れ、壁に寄り掛かる。手にした烏龍茶をひと口飲んだ時、スーツ姿の背の高い男が音もなく近づいてきて、華の隣に立つ。すぐに誰だかわかった。

「やっぱり来たんだ。その服可愛いね」

「……ありがとうございます」

武史がつっけんどんな華の態度を鼻で笑い、一見優しげな笑みを浮かべる。

「ビンゴが始まったら俺たちは別室に行くからさ……」

思わせぶりな言葉に、どくどくと心臓が早鐘を打ち始める。華は努めて、武史のほうを向かないようにしてそっけなく言った。

「そうですか」

「じゃあね」

それだけ言って、武史はゆっくりとその場を離れていく。

付き合っていた頃よりさらに痩せた彼の背中を見つめながら、華は考えた。

二人きりで会った時に録った音声が役に立つのか、華なりに何度も聞き返したのだ。一つだけ、気になるところがあった。

華はそっとスマートフォンを取り出し、イヤホンを耳に差し込んで目をつぶる。僅かなノイズとともに、武史との会話が再生された。

『……いいかげん変なことを言うのはやめてください。外山さんが不正しているなんてありえません。そんな人じゃないですから』

『これから出てくるんだよ、その証拠は』

『今はないってことですか?』

『おっと、しゃべりすぎた。彼氏が待ってるんでしょ？　じゃあね』

この会話だ。華が録音を行った時点では、外山は証拠を持っていなかったことを、武史は遠回しに認めていることにならないだろうか。

『外山さんが不正しているなんてありえません』と言い切った華に対して、『これから出てくる』と答えているのだから。

念のための録音だが、これを聞くと武史の企《たくら》みがなんとなく想像できる。

華の不安が現実にならなければいいが、もしも外山が不利な状況になったら、皆にこの台詞《せりふ》を聞いてもらうのはどうだろうか。どれだけの効果があるかはわからないけれど……華にできることはこれしかない。

ホワイトボードに書かれた進行表を見ると、ビンゴがもうすぐ始まるようだ。

落ち着かない気持ちで、華は武史の背中を視線で追う。

彼がゆっくりと歩いて、部長に何かを話しかけるのが見えた。

いつもは飄々《ひょうひょう》としている部長が、一瞬眉を吊り上げて武史を見た後、小さくうなずいて彼から離れた。

武史は次に課長にも声を掛け、もったいぶったように外山のところへ歩いていく。

最後に人の輪に囲まれている外山に何かを囁《ささや》きかけ、武史は人混みに紛れてしまった。

我慢できず、華は外山のところに急いで行く。

「外山さん……」

私は、脅迫電話の相手が武史だと知っています。そう口にしようとしてまたためらってしまう。

やはり彼に嫌われたくない。知られたく……ない。

「どうしたんですか？」

「あ、ううん、なんでもない……です」

うつむいた時、司会者が楽しげにビンゴの始まりを告げた。入館証と一緒にもらったビンゴカードを使って商品を当てましょう、と言っている。

「華、俺は部長たちと話があるので、俺の分もビンゴをやっておいてもらえませんか」

何気ない言葉に、身体からすっと血の気が引く。とうとう、何かが始まるのだ。

「は、はい、わかりました……」

自然にしようと思うのに、声が震えてしまう。

もうすぐ武史が外山に対して何かをする。それがなんなのかわからないけれど……誰かが傷つくような気がしてならない。

外山が訝《いぶか》しげに身をかがめ、華の目をじっと見つめた。

「どうしたんですか、さっきからなんだか様子が……」

華は唇を噛み、外山から目をそらす。

「……えっと、皆に会うのが久しぶりだから緊張しているだけです。ビンゴは代わりにやっておきます」

外山の手からビンゴカードを受け取り、華は正面の舞台のほうを向く。外山と目を合わせているのがなんだか辛い。

「わかりました。俺はちょっと出てきます。懇親会が終わるまでには戻りますから」

優しい声でそう言うと、外山は華から離れた。

華は外山のたくましい背中を見送り、そのまま目だけで彼を追った。

部長と課長、そして外山と武史が懇親会の会場を出て行く。

周囲に不審に思われないようにそっと後を追い、ゆっくり廊下に顔を出すと、彼らが小さな応接室に入るのが見えた。

肩から掛けたバッグの取っ手をギュッと握りしめ、華は震える足でその応接室に向かう。

彼は、外山を傷つけようと手ぐすね引いて今日を待っていたはずだ。華にそれを見せつけるために、懇親会という舞台まで選んで。

外山を傷つけるためなら、武史はきっと華との過去だって平気で外山にバラすだろう。それを知った外山は華を受け入れてくれるだろうか。あんな男と付き合っていたなんて、と、軽蔑するだろうか。しばらくの葛藤の後、腹をくくって顔を上げる。

――私……最近自分がどう思われるかしか考えてないな。最低。自分が振られるかどうかなんて、後回しでいい。そんなことより、武史から外山さんを守らなきゃ！

歯を食いしばり、華は応接室に近づいた。

これからの二人の関係が今後どう変わるにせよ、外山が華を大事にしてくれた過去は変わらない。家も職も失った華が今も安心して生活できているのも、甘く幸せな夢を見られたのも外山のおかげだ。

それなのに華は外山に何も返せていない。だからこそ、せめて今日は、彼のことを守らなければ。

華は決意して、そっと壁で仕切られた応接室の近くに寄る。

耳を扉に寄せると、扉の向こうから武史の声が聞こえてきた。

「俺は最近、外山が社内に持ち込むことを禁止されている、私物のUSBメモリを机の上に置いているところを見ました。それを菓子箱に入れて、引き出しに隠しているところも見ました」

「まあ昨日念のため調べたら、たしかに宮崎の言うとおり、外山の引き出しに、妙なもんが隠してあったけどな……」

部長が、重々しい口調で武史に同意する。引きつった課長の声が、部長の言葉に続いた。

「外山君！　君の引き出しに隠してあったUSBの中身は、多賀嶋建設さんの海外コンビナート建設プロジェクトに関わる社外秘資料だったぞ！　あ、あんな重大資料を、わざわざチョコレートの空き箱に入れて隠しておくなんてどういうことだ！」

その言葉に華は思わず息を止める。

――ええっ、何が起きてるの！

息を呑んだ華の耳に、冷静そのものの外山の声が届いた。

「知りません。そんなUSBメモリは見たこともないですし、俺の私物でもない。俺はお菓子なんか仕事中に食べませんし、それ以前に甘いものは嫌いです」

外山の言葉を遮《さえぎ》るように、武史が自信のある口ぶりで話し出す。

「部長。俺、浜島《はまじま》さんとこの前飲んだんですけどね、彼、外山を多賀嶋建設の社内で見かけたって言うんです」

浜島というのは、半年ほど前に多賀嶋建設に転職した、元同僚の名前だ。

「浜島君が？」

課長の言葉に、武史が相槌《あいづち》を打つ。

「ええ、浜島さんに『うちの営業担当は、課長から外山君に代わったのか』と聞かれました。何度か外山君を多賀嶋建設の社内で見かけたらしいです」

華は聞き耳を立てながら、再びゴクリと息を呑む。それが本当ならば、なぜ外山は、自分が担当していない多賀嶋建設を何度も訪れたのだろう。

外山の相変わらず落ち着いている声が、また聞こえた。

「たしかに多賀嶋建設には何度も行きました。知り合いと待ち合わせをするためにですが」

「外山君、知り合いって誰なの？　もしかしてその人から『何か』を受け取ったんじゃないの？　たとえば、君が隠していたあのＵＳＢメモリとかさ」

武史のせせら笑うような声に、外山が冷静沈着な口調で応じた。

「ですから、そもそもＵＳＢメモリを持っていた覚えなどないので。それに、もし俺が情報系の犯罪を行うならば、わざわざターゲットの会社で待ち合わせなんかしませんよ」

だが、武史は外山の話を無視し、力強い声で言い切る。

「そうだ課長。この前、多賀嶋建設の主査の方に『うちが御社にお渡ししている資料の中に、社外秘資料は含まれていませんでしたよね？』って妙な念を押されたんです。もしかして、うちの会社は何か疑われているのかもしれませんよ。外山を問い詰めなくていいんですか？」

応接室の中がしんと静まる。武史は多賀嶋建設のサブ担当なので、その発言には重みがあった。

部長の苦り切った声が、話を整理するように割り込む。

「外山、あのＵＳＢは、本当にお前のものじゃないんだな。宮崎はお前が持っているのを見たと言っているが」

「知りません。部長、俺に疑いがかかっているようでしたら、自宅でも私物のパソコンでもなんでも調査してください。疑いが晴れるまで」

課長の低い声が、外山を叱咤《しった》するように響く。

「しかし、外山でないとすると、誰がどうやってあんな資料を手に入れたんだ。不正な手段ででもなければ、お客様の社外秘の情報なんか手に入らないのに。外山、もしお前が何かをしていたなら、問題がこれ以上大きくなる前に正直に言ってくれ」

なんだか、外山の旗色が悪い気がする。早く助けないと――

華は意を決して、応接室の扉を押した。

「失礼します！」

その場にいた全員が、ぎょっとしたように華を振り返る。外山のいつも落ち着いている切れ長の瞳にも、かすかに驚きの色がにじんでいた。

「なんだ、伊東さん。今は話し合いの最中だから外してくれるか」

「いいえ、そのことで部長にお話があるんです」

華は部長が座っている一番奥の席まで歩み寄る。

「話……？　今俺たちがしている話に関係あるのかね」

「そ、その、外山さんが持っていたと疑われているＵＳＢって……誰かが、外山さんの机の引き出しに置いたものなんじゃないですか？」

「伊東さん、話を聞いていたのか？　それは私たちが調査するから部外者の君は席を外しなさい」

――ダメだ、説明するより、この前の会話を聞いてもらったほうが早い。

課長の厳しい声を受けて、華はカバンの中からスマートフォンを取り出し、ちょうどいい場所で止めておいた録音を再生する。

『……いいかげん変なことを言うのはやめてください。外山さんが不正しているなんてありえません。そんな人じゃないですから』

流れ出した音声に、武史が目を見開く。

『これから出てくるんだよ、その証拠は』

ここまで音声が流れた瞬間、武史がカッとなったように、つかつかと歩いてきて華の手からスマートフォンを奪おうと手を伸ばしてくる。それを振り払った華の手の中で、さらに音声が流れる。

『今はないってことですか？』

手を払ったことでバランスを崩しかけた華を武史が突き飛ばし、華の手からスマートフォンをもぎ取った。

華は身体をかばう間もなく床に転び、打ちつけた肘の痛みに呻《うめ》く。

『おっと、しゃべりすぎた。彼氏が待ってるんでしょ？　じゃあね』

音声はそこで途切れた。武史が怒りの表情で、ようやく華の録音の再生を停止したからだ。

「返して！」

視界の端で外山が腰を浮かせかけたのが見えた。華はすぐに起き上がり、武史の手からスマートフォンを取り返した。

再び静かになった部屋内に部長の声が低く響く。

「これは……伊東さんと宮崎君の声だね？　伊東さん、一体どういうことなのか説明してもらえるかな」

華は手短に武史が外山に電話してきていたこと、二人で会って話したことを告げた。

部長をはじめ、その場にいる全員が武史を見つめる。

「クソ、なんなんだよこの録音……」

自分に注がれる視線を冷たいものに感じたのか、ついさっきまで冷静だった武史の声が、不自然に裏返る。

「外山の不正の証拠がやっと揃ったのに！　不正しているやつを会社から排除できるのに！」

常軌を逸《いっ》した口調に、驚いたように部長と課長が武史を見る。

「おい、どうした。落ち着いて事情を説明……」

「やっと不正を暴けるのに邪魔するなっ！」

もはや部長たちの声は届いていないのか、華の胸ぐらをつかみ、武史が拳《こぶし》を振り上げた瞬間だった。

少し離れた入り口のそばに座っていた外山が素早く近づき、武史の腕を思い切りねじり上げた。

だん、という大きな音とともに、武史の身体が壁に叩きつけられる。

華は咳き込みながら、のろのろと顔を上げた。

「ふざけるな、宮崎！」

武史の痩せた身体を壁に押しつけながら、外山が怒りの形相を浮かべる。

「は、離……せ……」

武史は必死にもがいているが、体格の差があるためか、まるで外山にはかなわないようだ。

冷ややかな目で武史を睨《にら》みつけ、外山が怒りをにじませた低い声で言った。

「俺が多賀嶋建設で会っていたのは、父親です」

「っ、じゃあその父親とやらが、お前に情報を漏洩《ろうえい》した、犯人、なんじゃないのか……っ」

腕と身体を壁に押し付けられたまま動けない武史が、薄笑いを浮かべる。

しかし外山は、動じた様子もなく、落ち着きを取り戻した声で答えた。

「それはぜったいにありません」

「どういう……意味だ……」

「多賀嶋建設は、俺の父親が経営している会社ですから」

苦しげにもがいていた武史が動きを止め、驚愕の表情で外山を見上げた。

「は？　何言ってんだよ、外山……だって多賀嶋建設は同族経営で、社長の名字も……多賀嶋……」

「それは通り名です。父の本名は外山恒一《こういち》。仕事の時だけ妻の実家の姓を借りて『多賀嶋恒一』と名乗っているんです。父はどうしても婿養子になりたくなかったので、これは母方の祖父と大ゲンカした末の折衷案《せっちゅうあん》なんだそうですが」

華の心臓も、驚きで止まりそうになった。

外山が、日本最大級のゼネコンの御曹司……そんなの嘘だ。知らなかった。華の脳裏に、お使いで行った多賀嶋建設の本社の様子が浮かぶ。

丸の内の一等地にある巨大な自社ビル、ロビーの来客に世界中の拠点をプレゼンテーションするプロジェクターの画像、世界最高峰と名高い卓越した建築技術……外山がそんな、別世界の王子様だったなんて。

「俺の母が、多賀嶋建設の創業家一族の一人娘なんです」

武史が、弱々しく首を振った。

「ホラ話も……大概にしろよ……」

その時、華から少し離れて立っていた部長が、ため息をついて言った。

「……いや、嘘じゃないんだ、宮崎。外山は本当に、多賀嶋社長のご子息なんだよ。うちの役員に連れて行かれたゴルフコンペで、俺は多賀嶋社長ご本人からその話をうかがった。自分の息子は親の七光りが届かない場所で鍛えたいから、この話は内々に、って言われて、今まで公《おおやけ》にはしなかったけどな」

外山は見たこともないような冷たい目で武史を睨《にら》みつけた。

「つまり多賀嶋建設は、将来俺が継ぐ予定の会社でもあるんです。その会社の重要情報をどこぞの企業に売り渡して、俺になんのメリットがあるんですか？」

武史の手が、だらりと力なく落ちた。薄い色の目で空《くう》を彷徨《さまよ》うように見つめていた武史は、何かを思い出したのかくっくっと笑い出した。

「……そっかぁ、社長令息ならどんな資料でも手に入りそうだもんね。やっぱりあの資料が入ったUSBメモリは君のだったんだね！」

あくまで武史は、書類の入ったUSBメモリは、外山のものだと言いはるつもりらしい。

「でもさぁ、調子に乗ってる外山君に一つ教えておいてあげる。君が、君が……」

しばらく押し黙ったのち、武史は華のほうを見て不自然なほど明るい声で続けた。

「君が昔から大好きだった可愛い伊東さんは、俺のお古なんだよ」

「なんの話ですか？」

訝《いぶか》しげに腕の力を緩《ゆる》めた外山を押しのけ、武史が胸ポケットから自分のスマートフォンを取り出した。その手はかすかに震えていた。

「外山君、見てよ。ほら、この楽しそうに笑ってる女、全部オマエの大事な『婚約者』だろ？」

武史が画面を指先でスライドさせながら、次から次へと外山に画像を見せていく。

その場に佇《たたず》んだまま、華は凍りついて動けない。

切れ長の目でスマートフォンの画像を追いながら外山が小さく息を呑む。吸いよせられるように画面を凝視する外山に、武史があざ笑うように告げた。

「これが遊園地に連れて行ってやった時で、これが一泊旅行に行ってやった時。伊東さんは口説き落とすの簡単だったよ、素直すぎて頭悪いよね。ま、どうぞ末永くお幸せに」

「宮崎君、あなたという人は……」

外山が大きく息を吸い、拳《こぶし》を握りしめた。だがすぐに力を抜いて、よそう、というように首を振る。

——ああ……バラされちゃった……しかも写真まで。二人で出かけた回数なんて数えるほどしかないのに。

華は、よろけて一歩後ずさり、うつむいてパンプスのつま先を見つめた。

怖くて、外山の顔を見られない。

その時、不意に外山が動いて、華の二の腕をぐいと引いた。

「……華、ケガは？」

「あ、あっ、だ、大丈夫……です……」

武史に写真を見せられた動揺が残っている外山の眼差しに、華の胸が冷えていく。外山はもう、華に愛想をつかしたのかもしれない。

「外山って多賀嶋建設のお坊ちゃまなんだ。じゃあなおさらそんな女に入れ込む必要ないよね。あ、そっか、もう良家のお嬢様は見飽きたのかな」

武史が毒の滴《したた》るような声で言う。華にその声が、まるで割れたガラスのように危なっかしくて、壊れているみたいに聞こえた。

「貴方には、大切なことはなんなのか理解できないんですね」

外山が、相手にしないと言わんばかりにそう言い返す。

「っ、ア、ふざ、けんな、よ……」

武史の声は完全にうわずり、目には涙がにじんでいた。

「何か言えよ、外山ぁアッ！　いつもいつもお高く止まりやがって！　わかってるんだぞ、俺を見下してたこと！　俺の失敗を陰で笑いやがって」

「別に貴方を見下したこともコソコソ貴方の悪口を言ったこともありませんし」

「お前みたいな営業成績……ッ、不正しなきゃ、達成できるわけないんだ！」

外山に弱々しくつかみかかろうとした武史を、部長と課長が押さえ込んだ。

「宮崎！　本当にどうしたんだ、落ち着けって」

武史の言動はやはりおかしい。部長も課長も、嫌な思いをさせられた外山ですらも、彼の様子に眉をひそめているのがわかる。

「俺を貶《おとし》めても、あなたは救われませんよ」

「はぁ？　俺は不正をしなければ、お前みたいな成績は取れないっていう話を……ッ」

武史が、不意に苦しげに顔を歪《ゆが》めた。脂汗《あぶらあせ》を拭《ぬぐ》う武史に向かって、外山が静かに言葉を重ねる。

「俺が、父に社外秘の機密データが出回っていることを正式に伝えれば、吉荻商事にも調査依頼が来るでしょう。宮崎君、貴方は顧客の重要機密を不正流用したことになるんですよ。厳重な処分が下されます。わかっていますか」

「……え？　俺が、処分？　なんで？」

武史の異様だった声音が、とたんに正気の響きを取り戻す。

「我が社に対しても、当然それ相応の対応が取られます。最悪、多賀嶋建設との取引は停止になるかもしれません。宮崎君、貴方がどうやって手に入れたのかは知りませんが、多賀嶋建設の資料を勝手に保存し、自分のために使用した。貴方の行為は私的流用にあたります。厳重な処分を受けねばならないんです」

「な、なんで……俺が……処分されるんだよ……これは、お前のＵＳＢに入っていた書類だろう」

怯《おび》えたような武史の言葉を、外山が冷ややかに切り捨てた。

「まだそんなことを言うんですか。俺には身に覚えがありませんし、いくら息子の俺でも、親の会社の書類なんて持ち出せません。そのくらい考えればわかるでしょう？」

武史が蒼白になってうつむく。涙ぐんで激高したり、急に我に返ったり、やはり彼の様子は尋常ではない。

「部長。こんな状況ですし、ちょっと二人で話したいこともありますから、いったん俺は華を連れて帰ります。大変申し訳ないのですが、お二方に宮崎君のことをお任せしてもよろしいですか。それに宮崎君も俺がいないほうが話しやすいでしょう。多賀嶋建設の機密情報の出どころを、彼の口から確認してください」

「了解。後は俺たちが宮崎と話をする。何かあったら外山にも電話するから、よろしく」

武史はといえば、部長たちに腕をつかまれたまま、蚊の鳴くような声で呟いている。

「違う……俺はただ……外山の不正を……そうじゃなきゃ、おかしい、こんな仕事、まともな人間に……できるわけない」

この状況になっても、まだ武史は何か意味不明なことを言い続けている。その目は霞《かす》みがかって、どこも見ていないように見えた。

部長にたしなめられている武史に背を向け、華は外山に腕を引かれて応接室を出た。

外山の横顔からは何を考えているのか読み取ることができない。口元は一文字に引き結ばれ、目には厳しい光が浮かんでいる。

華は意を決して、彼に声を掛けた。

「……あの、すみませんでした」

外山が何も言わず、傍《かたわ》らの華を振り返る。

「さっき、部長たちの前でも簡単に話しましたけど、私、少し前から、変な電話を掛けてくる人が宮崎さんだって気づいてたんです。だから、勝手に出掛けたあの日、本当は宮崎さんに会っていたの」

「どういうことですか？」

厳しい顔のままでいる外山の様子に一瞬怯《ひる》んだが、華は勇気を振り絞って続きを口にする。

「私、宮崎さんに、外山さんに電話しないでってクギを刺そうと思って、連絡とっちゃったんです。それで、彼に呼び出されました。その時、あの人との会話を録音していたんです。外山さんを困らせるのをやめて欲しかったし、もしかしたら何か変な電話をやめさせる手立てが見つかるかもしれないなって……」

「……なんてことを」

外山が眉をひそめ、大きくため息をつく。

――ああ、やっぱり、怒ってる……！

これから味わう痛みをなるべく想像しないようにしながら、華は深くうつむいて、小さな声で言った。

「でも会う前になって、本当に怖くなって。宮崎さんに会うことじゃなくて、昔あの人にころっと引っかかってしまったことを、外山さんにバラされてしまうことが怖かったの。そのことを知られたら嫌われてしまうかもと思って……」

外山は何も答えずに首を振り、華に背を向けてゆっくりと歩き出す。

「ごめんなさい。宮崎さんの電話を止められれば、あの人が私たちに近づいてこなければ、今までみたいに外山さんと一緒にいられると思って、あの……」

外山は何も言わず、華を振り返ることもなく、歩き続ける。

もう、自分を見てくれない。それが彼の答えなのか。

会社のビルを出て、外山の後ろをのろのろとついて行きながら華は思った。

長い幸せな夢は今日終わるのだ。最後に、彼に何を言えばいいのだろう。

――黙っていてごめんなさい、しかないかな……

ポロ、と涙がこぼれ落ちた。あふれだした涙が、外山にプレゼントしてもらったワンピースの胸に落ちて染みを作る。

「……なんで貴方は、あんな男に呼ばれてのこのこ出て行ったんですか。呆れた。危なっかしすぎて言葉もありません」

華に背中を向けたまま、厳しい声で外山が言った。

「ごめん、なさい……」

これで何もかも終わりなのかと思うと、涙が止まらない。

「ごめんなさいじゃありません。貴方が応接室に入ってきた時は何が起きたのかと……あれ？」

振り返った外山が、化粧が流れてしまうほど涙を流している華に気づいたのか、ぎょっとして腕を伸ばしてきた。

「華、そんなに泣かないでください。もう怒っていませんから。いや、さっきはちょっと貴方のあまりの無鉄砲さに怒っていましたけれど」

華の腰をそっと引き寄せ、外山がもう片方の手でなだめるようにぽんぽんと頭を撫でる。

「ほら、涙を拭《ふ》いて」

礼服用のハンカチを取り出した外山が、声もなく泣きじゃくる華の顔にハンカチを押しつけた。

「ごめん、なさい、外山、さ……」

「その謝罪は、宮崎君とこっそり会った件についてですか？」

冷ややかな声に、華はうなずく。それもそうだし、過去に彼と交際していたこともそうだし……

もう、どのことに対して弁明すればいいのかわからない。

「あんな行為を平気でやるような人間と二人きりで会うなんて危なすぎる。まあ、宮崎君を泳がせておこうと放置した俺も悪かったんですけど……すみません。そういう意味では、そもそも俺が華に心配をかけたのがいけませんでしたね」

華はしゃくりあげながら、あふれる涙を拭《ぬぐ》った。

外山はなかなか肝心の話に入ってくれない。武史との写真についてどう思ったのか、これから二人がどうなるのか、その結論を引き延ばされているみたいで、苦しくてたまらない。

「そうじゃなくて、宮崎さんと、私、昔……だから、私のこと、き、きらっ」

すると外山は泣きやまない華に苦笑し、ハンカチで華の涙を丹念に拭《ふ》き取ってくれた。

「やめてください……その件はもう、俺の中で折り合いがつきました。宮崎のことは許せないけれど、貴方は何も悪くないでしょう。それに俺は、他の男の話を貴方の口から聞きたくない。申し訳ありませんが、俺の前では俺のことだけ考えてくれませんか？」

華は大きく目を見張ったまま立ちつくした。

——今、なんて言ったの？　私のこと、嫌いになったんじゃないの？

「知ってのとおり、俺は嫉妬深いです。華を独占したいし、俺だけを見て欲しい。……あれ、どうしたんです、そんなびっくりした顔をして」

外山が大きな手で、力なく震える華の手をひょいと取った。ともに暮らす間に馴染《なじ》んだぬくもりが、冷えきった華の指を少しずつ温めてくれる。

「貴方に行動力があるのはわかりましたが、あんな真似は、もうしないでくださいね？」

繋いだ手に力を込めながら、外山が眉間にしわを寄せて言う。

「はい……」

「あんな真似されたら、心臓がいくつあっても足りません。まさか恋人が、嫌がらせをする男に一人で話を聞きに行くなんて思いませんでしたよ。はぁ……」

そうぼやいて、外山はぼそりとひと言付け加えた。

「ああ、そういえばさっきは危うく宮崎君を殴り倒すところでした。ぎりぎり思いとどまれましたけど」

渡されたハンカチを目に押し当てながら、華は鼻をすすった。武史のことなんか、殴らないでくれて良かった。そんなことをして、外山が暴行罪で訴えられたりしたらたまらない。

「……宮崎君にあんな写真を見せられて、俺がどんな気持ちだったかわかりますか?」

「ご、ごめんなさい」

じりじりと痛む胸を抱えて、華は謝罪の言葉を口にした。武史と写っている写真を見せられるなんて、気分が悪かったに決まっている。

「いえ、貴方が謝ることではないんです」

「え?」

華は首を傾げる。今さらだが、外山と話が噛み合っていないことに気づいた。

「俺は、あんなふうに幸せそうに笑っている華を、宮崎君が平然と裏切っていたことが許せなかったんです。貴方に一目惚れした時から、俺はずっと貴方を宝物のように思っている。あいつが貴方を傷つけたことが悔しくてたまらなくて……」

そう口にした彼の声の最後のほうはかすれていた。

外山が手を上げてタクシーを停車させた。華は言葉を失ったまま、外山に腕を引かれて、タクシーに乗り込む。

「続きは家でゆっくり話しましょう」

走り出した車の中で、華はうなずいた。

『あいつが貴方を傷つけたことが悔しくてたまらなくて……』

華の枯れかけた恋が、彼のその言葉でゆっくりと息を吹き返す。

再びにじみだした涙を必死でこらえながら、華は瞬《まばた》きをした。

タクシーが家に着くまでの三十分ほどの間、外山は何も言わなかった。華も何も言わず、窓の外を眺め続けていた。


家に帰り着くなり、外山が身をかがめ、華と視線の高さを合わせて言った。

「まず誤解を解きたいのですが、俺は華の恋人でいられて本当に幸せです。貴方への気持ちは変わらない。宮崎君のことは何も関係ありません」

靴も脱がずに玄関に立ちつくす華の目を見つめて、外山が噛んで含めるように言い聞かせる。

「俺は、宮崎君が貴方にしたことが許せないだけです」

外山の大きな手が、何度も髪を優しく撫でてくれた。

「何度でも言いますけど、俺は貴方を愛しています。伝えたつもりで、ちゃんと伝わっていなかったかもしれませんが……」

「ホントに……？」

「はい、とりあえずそれだけは忘れないでいてください。なんでしたら毎日確認し合いましょうか？」

にわかには信じがたくて唇をへの字に曲げた華の顎《あご》を引き寄せ、外山がキスをしてきた。

外山の舌が、触れるか触れないかの力で華の口腔《こうこう》を焦《じ》らすようになぶり、もう片方の手のひらは、シルクのワンピースに包まれた身体の柔らかさを味わうように撫で回す。食らいついてくるような激しいキスと愛撫に、華の呼吸が乱れ、胸が激しく上下する。

「ん……ふ……っ」

身体中を愛撫され、華は思わず甘ったるい声を漏らしてしまった。その反応に満足したように、外山がゆっくりと唇を離す。

「貴方は宮崎君のせいで、会社にいられなくなるくらい傷ついたんでしょう。思い返してみても貴方は研修にもあんなにまじめに参加していたし、仕事も頑張っていたのに、突然留学するだなんて何か変だなと思いましたよ。なぜ辞めるのだろうと」

——私のこと、そんなふうに思ってくれてたんだ。

目を見開いた華に、外山が端整な顔をほころばせて笑いかけた。

「もっと早く、貴方を俺のものにすれば良かったのかな。そうすれば、貴方を一人で追い詰めずにすんだのに。宮崎なんか貴方に近づかせなかったし、辛い思いなんか絶対させなかったのに」

外山は切なげな口調で言い、涙をこらえてきつく閉じた華の唇に、再び形の良い唇を押しつけた。唇の隙間に割り込んだ熱い舌に舌先を弄《もてあそ》ばれたかと思うと、すぐに歯列をなぞられて、華は思わず小さく喉を鳴らす。外山はゆっくりと唇を離し、華の頭を抱き込んでため息をついた。

「でもこれからは、俺と一緒です。俺と過ごす未来は、あいつといた過去よりずっと長く幸せなものにしてみせる」

「外山……さん……」

目の前に、だんだん涙の膜が張ってきた。目尻を伝って温《ぬる》い水が落ちてゆく。

「あ、ありがとう、ございま……す……」

手を上げて涙を拭《ぬぐ》い、華はしゃくりあげながらそう言った。普段は人に気を使われると申し訳ないと思ってしまうのに、今は、心から嬉しいと素直に思える。

「なんで泣くんですか？」

外山が笑い、そっと顔を隠す華の手を外した。

「華はいつも、俺のためになんでもしてくれる。毎日頭が上がらないくらいです。だから俺だって同じようにする。俺は全力で貴方を幸せにします。俺たちは幸せになるために一緒にいるんでしょう？」

ぼろぼろと涙を流している華を抱いたまま、外山が髪をまさぐる。

「コブはできていないですよね？　転んだ時に打ったのは肘だけですね？　病院は行かなくても大

丈夫そうかな」

「……っ、はい……っ」

「それなら安心です。じゃあ今から俺の想いを身体で理解してもらおうかな。愛してるとか、大事だとか、離す気なんて毛頭ないとか、言葉ではなかなか伝わらないから……ね」

力いっぱい抱きしめられ、華はたくましい身体を感じながら目をつぶった。

外山は素敵な人で、優しくて、本当に自分と釣り合っているのか心のどこかでいつも不安だった。だから、そんなふうに思ってくれているなら、何度でもしつこく教えて欲しい。もう不安なんか感じなくなるほど、この身体に外山の気持ちを刻み込んで欲しい。

「うん……」

外山の腕に痛いくらいに抱きしめられ、華は再び目に涙を溜めてうなずいた。

何度もキスを交わし合いながら、華は外山に引きずられるようにして寝室に連れ込まれる。

外山の大きな手が、器用に華の服を脱がせていく。

ショーツ一枚を残した姿で、華は顔を上げて自分から外山にキスをした。

少し高いところにある彼の唇に口づけるため背伸びして、形の良い唇を貪《むさぼ》る。華は彼の首に手を回したままそっと唇を離し、外山の耳に囁《ささや》きかけた。

「外山さんが大好き。外山さんは私の宝物です」

その言葉を聞くなり、外山の喉がごくりと鳴った。

「そんなことを言われたら、我慢できなくなるでしょう」

外山は華の身体を柔らかなベッドに押し倒し、もどかしげに上半身の服だけ脱ぎ捨てて、華の身体に覆いかぶさった。力強い胸の鼓動が、肌を通して華の身体に伝わってくる。

「貴方って人は、本当にいつも自覚なしに俺を誘って……本気で、手加減しませんよ」

外山がうわ言のように呟いて身体を起こし、華の穿いている、淡雪のようなレースのショーツを足から抜き取った。

少し手荒なしぐさで膝をつかまれ、思いきり足を広げられる。華は慌てて足を閉じようとしたけれど、膝をつかむ外山の力は緩《ゆる》まない。真顔で華の身体を見つめ、外山は呟いた。

「やっぱり、きれいだな」

「あ、や、ヤダぁ……ッ、見ないでっ」

ただ見られているだけなのに、その視線で花芯までもを舐めあげられているようだ。

足を閉じようとするたびに、視線を注がれている恥ずかしさで花襞がひくひくと蠢《うごめ》いてしまうのが自分でわかる。

「華の太もも、すべすべで真珠みたいできれいですね」

急に身をかがめた外山にぺろりと太ももを舐められ、華は思わず腰を浮かせた。

「ああ……ッ」

足の間に顔を突っ込まれているのは落ち着かない。華はむき出しの胸の前でぎゅっと手を握り合わせた。

「それに、ここも花びらみたいできれいです」

不意に外山が、大きく開いた華の足の間のさらに奥へと顔を埋《うず》めた。

「や、っ……やあーーーーッ」

埋もれた小さな芽の先が、外山の舌で刺激された。

羞恥心《しゅうちしん》で真っ赤に肌を染め、華は身を捩《よじ》る。外山はいったん舌での責めをやめて、敏感な部分を再び見つめた。見られている……そう思うだけで勝手に震えてしまう。

「きれいな色ですよ、赤とピンクの中間のような……それにピクピクしていて可愛いし」

外山の指が、濡れ始めた襞をつっとなぞる。

華は腰を引いて刺激から逃れようとした。けれど太ももをつかまれていて動けない。

「どんどん濡れてきた。身体は気持ちがいいと言ってるみたいだけど、どうでしょう?」

「み、見られるの、イヤなの……っ」

「じゃあ、こうされるのは……?」

蜜口の縁をなぞっていた指先が、浅く花芯の中に沈む。

ほんの僅かな刺激のはずなのに、華のお腹の中にゾクリと熱が走った。

「少ししか入れてないのに、咥《くわ》え込もうとしているのがわかりますね」

愉悦混じりの声で外山が言った。

華は羞恥でにじんだ涙を擦《こす》り、顔を起こして外山に訴える。

「も、もうやめて、私、本当に恥ずかし……」

「いえ、まだいろいろ確かめたいので」

「ヤダぁ……っ、もぉっ！」

——いつも、私ばっかり恥ずかしいことされる……そうだ！

華が身を起こすと、驚いたように外山の手の力が緩《ゆる》んだ。足をつかむ手をどかし、華は外山のズボンの中で反り返らんばかりに勃ち上がっているモノに手を伸ばした。

ボタンを外してジッパーを下ろし、下腹部に触れそうなほど屹立《きつりつ》したそれの先端を、ためらいなく口に含む。

「こら、華、何を……！」

華の動きが予想外だったのか、珍しく固まっていた外山が、そこでようやく動揺した声を上げた。

口淫はあまり得意ではないのだがかまわない。

たまには自分だって一方的に、外山に恥ずかしくて気持ちいい思いをさせてもいいはずだ。

「ちょっ、何してるんですか、やめ……っ……」

くびれたカリの部分に舌を這わせ、血管の浮いた表面を舌先でなぞる。

乱れて顔にかかる髪を耳にかけた時、外山がごくりと息を呑む音が聞こえた。

「ん、っ……」

愛撫を加えれば加えるほど、外山のモノは脈打ち、硬くなっていく。

それにつられて、華の足の間もじんじんと熱くなってきた。

——なんか、外山さんのコレ、欲しくなってきた……かも……

もう一度舌先で筋の部分を舐め上げて、華は膨らんでいる先端をそっと口に含んだ。

外山の身体がビクリと跳ねたのがなんだか可愛らしく思える。

「華、もういいです」

懇願するような外山の声を無視し、華はゆっくりと唇で圧をかけながら、太い茎を呑み込む。

だが、やはり大きいせいで、顎《あご》がだるくて痛い。

「ん、く……」

口の中で、大きな茎がどくんと脈動した。ほのかに広がった苦みのある塩味を、華は残らず舐め取る。だがかなり大きく怒張した切っ先と茎を、華の小さな口で愛撫するのはかなり息苦しい。

思わず息を吸い直した瞬間、肩で息をしている外山が華の頭を押さえた。

「ホントにもういいから……これ以上されたら、おかしくなりそうです」

「ぷ……は……」

顔を上げ、潤《うる》んだ目で華は外山を見上げた。

外山が近くに置いてあった箱から避妊具を取り出すと、怒張したモノにかぶせて華の腕を引く。

「またがってください、俺に」

淫《みだ》らで性急な誘いの言葉に突き動かされるように、華は外山の肩に手をかけて腰を浮かせる。

外山のモノを口で愛撫している間からずっと、足の間が熱を帯びていた。

早く欲しいと昂《たかぶ》る気持ちを抑え、華は欲望に震える花芯に、外山の先端をあてがった。

息を止めて自らゆっくり腰を沈めると、硬い肉杭が、濡れて疼《うず》く内壁を強く擦《こす》りながら沈んでゆく。

「あ、あ……なんか、今日、硬い……っ」

「貴方が妙なことをするからでしょう」

外山が荒い息を繰り返しながら、ぐいと腰を突き上げる。

ゆるゆると呑み込んでいたはずの肉杭が、不意に華の最奥をズンと押し上げた。

「ん、あ……ッ！」

「中、キツいですね。俺も痛いくらいだ」

向き合う姿勢でつながりながら、外山がかすれた声で呟く。

外山は華の腰にそっと手を回した。

「こうやって顔を見ながら抱くのが一番いいですね」

「な、っ、あ、あ……っ」

外山が腰を揺すると同時に、ぐちゅぐちゅという絡みつくような音が結合部から聞こえ、華は思わず外山に抱きつく。

「華の身体、柔らかくて……気持ちいい」

押しつけられた乳房を自分の胸板でゆるゆると擦《こす》りながら外山が言い、華の埋もれた小さな芽にそっと手を伸ばす。

貫《つらぬ》かれ、腰を抱かれて逃げ出せない姿勢で鋭敏な箇所を弄《いじ》られて、内ももに電流にも似た快感が走った。華の隘路《あいろ》がぎゅっと外山のモノを締め上げ、身体の芯がねっとりとした熱を帯びる。

「は、あ、外山さ、……ん……」

身体の内側が外山のモノで埋めつくされていて、彼を受け入れた場所からとどまることなく蜜があふれてくる。硬くて灼《や》けるような異物感に、華は震える吐息を漏らす。

全身で感じる外山の熱が心地良くて、肌が触れ合うだけで声が出てしまう。

「あ……っ、ああ」

ほんの少し彼のモノが中で動いただけで、はしたないほど粘膜がひくひくと蠢《うごめ》く。

華は快楽に蕩《とろ》けているであろう己《おのれ》の顔を恥じらい、外山の首筋に顔を埋《うず》めた。

――どうしよう、軽く身体を揺すられているだけなのに、もうイキそう……。

息を弾ませながら外山の身体にしがみつき、緩《ゆる》やかに快楽の絶頂へと昇りつめていく。

身体を貫くモノを意識すればするほど、どんどん身体の熱も高まる。

「あ……っ、外山さん、待って、っ」

華は僅かに腰の位置を変え、なんとか強すぎる刺激をごまかそうとした。喘《あえ》ぐ華の様子を見て、外山が薄い笑いを浮かべる。

「待つ、って、こういうこと？」

ずりゅっ、と音を立てて、花芽が外山の雄茎で擦り上げられる。

「っ、やあぁ、っ、あ……」

「あれ、ココにあたっているほうが気持ちいいんですよね……？」

「ひっ、だ、ダメ、あ、あ……」

下から思い切り突き上げられ、ぬるぬると敏感な部分を繰り返し責められて、華は仰《の》け反《ぞ》ってイヤイヤと首を振った。

その反応に征服欲を掻き立てられたのか、外山がわざと中でかき回すように華の腰を動かす。

ぬちゅ、という音とともに、華の開いた足の間から雫《しずく》が滴《したた》った。

「も、ヤダ、あ、いじわる……っ！」

「泣いてください、もっと、俺はその可愛い声が好きなんです」

華の腰を両手で持ち上げ、身体を上下に揺すぶりながら外山が言う。

上下に動かされる刺激で華の濡れた媚壁は切なく震え、これ以上の刺激に耐えられないとばかりに強くうねった。

「っ、あ、っ、やあーーっ」

仰《の》け反《ぞ》るごとに硬くなった乳嘴《にゅうし》が外山の胸板に触れ、その部分が固く尖《とが》って、触れるたびにますます反応が強まる。

「ひっ、あ、あ、っ」

「俺は、最高に気持ちいい」

外山がそう答え、さらに華の身体を揺さぶった。

「華も気持ちいいんでしょう？」

「あ、あ……ッ……気持ち……いい、けど……っ」

もはや力の入らない身体で外山にもたれかかり、華は広い背中に腕を回す。気持ち良いに決まっている。

汗と涙と愛液で濡れそぼり、うわ言のように外山の名を呼びながら、華はいつしか自分でも夢中で腰を振っていた。

「あ、あっ、気持ちいいっ、ああ……っ、外山、さぁ……ん……ッ」

「華……」

外山がため息混じりの声で華を呼び、身体をつなげたまま不意に華の身体をベッドの上に優しく押し倒す。

「もっと足を広げて」

結合部から蜜を滴《したた》らせながら、華は言われたとおりに足を開いてさらに奥へと外山を迎え入れた。

「そう、いい眺めだ……本当にきれいですよ、華」

叩きつけるような外山の抽送を受け止め、ぎしぎしとベッドが揺れる。

「華の中、熱くて、柔らかくて、最高……です」

「ふぁ……あ……そこ……ダメ……」

剛直した茎が、刺激されてふくらんだ花芽を幾度も擦る。そのたびに華の身体はびくんびくんと痙攣《けいれん》した。開いた足を力なく震わせ、涙と涎《よだれ》で顔を汚し、華は首を振る。

「つあ、もぉ……ダメ、ダメ、っ、あ、ああーーーっ」

不意に華の膣壁がぎゅうっと絞り上げられ、強く脈打った。華は枕を指先でギュッとつかんだまま腰を浮かせた。心臓が早鐘を打ち、視界がどんどん狭まって視界が真っ白になる。

「あ、あ……イッちゃ……あ、ああーーっ……」

グチュグチュという音を立てて外山のモノを咀嚼《そしゃく》しながら、華は下半身を捩《よじ》る。

もっとこの人を貪《むさぼ》りたい、もっともっと……お互いが溶けてなくなるまで。そんなことを思いつつ、華は濡れた唇を開いて彼の名を呼んだ。

「と、外山、さん……とや……」

呼吸するのも苦しくて、名前を呼ぶのがやっとだった。華はがくがくと震えながら外山の首筋にしがみつく。

「ああ、華がイく顔、きれいだ」

華の身体を穿《うが》つ動きを止めず、外山が言った。

形の良い唇には笑みが浮かび、切れ長の目はじっと華を見下ろしている。

「華」

「ふ、あ……」

「惚れた相手が腕の中でイッてくれるのって、めちゃくちゃ嬉しいんですよ……わかります？」

「あ、ん、んふっ……う……」

唇を塞《ふさ》がれて舌を絡められ、華は涙に濡れた瞼《まぶた》をそっと伏せる。ぽってりと火照《ほて》った乳嘴《にゅうし》をきゅっとつままれると、一度絶頂に達した華の身体に再びじりじりとした熱が灯った。

弛緩した華の体内でも、外山のモノはまだ硬く熱くて、蜜でしとどに濡れた粘膜を通して彼の昂《たかぶ》りを伝えてきた。

「あ、だ、だ、ダメ、もう無理……むりぃ……っ」

「その顔を見てると、声が嗄《か》れるまで泣かせたくなります。動きますよ」

無慈悲なくらいに激しく、外山が再び身体を動かし始めた。

幾度も激しい抽送を繰り返され、いったんは鎮められたはずの華の欲望が再び目覚める。

蜜をこぼし、生々しい音を立てながら、華の媚肉が猛々《たけだけ》しく反り返る外山のモノにむしゃぶりついているのがわかる。

「やあ、あ……っ、あんっ、ああ……」

華の胸に外山の汗が落ちる。

うまく力の入らない足を少し持ち上げて外山の腰に絡め、華は流れる涙もかまわず彼の身体にしがみつく。

「審良って呼んで」

不意にそう囁《ささや》かれ、華は、熱に浮かされたように彼の名を呼んだ。

「あ、あ、きら、さ……、ああ……ッ」

長い距離を走った人のごとく呼吸を乱した外山が、不意に華の身体を力いっぱい抱きしめた。

「華……」

一度達して敏感になった身体を再びえぐるほど突き上げられ、華は再び絶頂へ昇りつめていく。

外山の腰を足で締めつけ、中では下腹部の最奥を押し上げる剛杭を強く絞り上げる。

華は身体中を駆け巡る熱の甘さに、思わず叫び声を上げた。

「あああーーーっ……あ……ああ……」

身体を震わせる華を抱きしめ、外山が一番深い場所で己《おのれ》自身を震わせた。

かすかなうめき声とともに、華の中で熱い飛沫《ひまつ》が爆《は》ぜる。

「……っ……審良さ、ん……好き、大好き……っ」

外山の頭を抱き寄せ、華は彼のこめかみにキスをした。

濡れた身体で華を抱きしめ、外山が華の髪を撫でた。それから我に返ったように、そっと身体を離した。

思いを確かめ合った幸福感が華の胸に満ちてくる。

外山が……いや、審良が顔を上げ、華の唇に軽くキスをした。

指を絡め合ったまま、華はうっとりと目を閉じる。

——私たち、ずっとこうしていられるといいな……

審良の大きな身体が温かくて、華は目をつぶったまま彼に寄り添った。

幸せというのは、審良のくれるぬくもりのことを言うのかもしれない、と思いながら。

エピローグ

懇親会の日から、半月ほど経った。

日差しも春の柔らかさから夏の激しさへ変わり始めている。暑いな、と思うことも増えてきた。

審良が夏バテしないように、今日の夕飯はアジア風にちょっと香辛料を効かせてみた。

それに、衣装替えもしてしまいたい。背広は夏物に入れ替えておかないといけないし、アンダーシャツ類も、もっと通気性のいい新素材のものを探しておこう。

——うん、来週中に用意すればいいかな。よし、ごはんできたぞ。

華は、ダイニングテーブルで書類に目を通している審良に、笑顔で声を掛けた。

「ごはんできましたよ。今日はベトナム風の魚のお団子のスープと、タイ風生春巻きです！　あとはナシゴレンの素が売ってたので、それを作ってみました」

「お、いい匂いだ。ありがとう」

笑顔でテーブルの上を片付けると、審良が立ち上がる。

「俺も手伝います」

二人で夕食の皿を並べながら、ふと審良が言った。

「宮崎君は、会社を辞めて少しご実家のほうで療養されるそうです。いろいろと……心が壊れてしまったようなので」

華はうなずき、なんとも言えない思いで武史の虚《うつ》ろな表情を思い返す。

「なんで宮崎さんは、あんなことをしたんでしょう……？」

「俺には理解できませんでしたが、坂田に言わせると、あんなふうに壊れてしまったきっかけは、仕事の失敗だろうと……。何年か前、最終候補に残ったコンペで宮崎君の説明内容にミスがあって。それが先方の怒りを買ってしまい、失注したんです。お客様を怒らせるのは、営業なら誰でも一度は経験することだと思うんですけど、宮崎君はそれを異様に気に病んでいたようですね。まぁ、社をあげての大きな企画でもありましたから。そのフォローに回ったのが俺だったのですが、その問題が解決したあたりから、俺に対して妙にこう、風当たりが強くなったというか」

華は、一緒に勤めていた頃の審良の働きぶりを思い出した。

審良は、様々なプロジェクトを兼任するリーダーとして炎上している案件のフォローに回ることが多かった。時間をかけて、愚直なくらいに誠実な対応を続ける彼の姿勢は顧客の評価も高く、その働きぶりで結果的に別案件の再受注につながったこともある。おそらく武史も、そうやって審良にフォローしてもらったはずなのに。

――助けてもらったのに……逆に審良さんの能力に嫉妬してしまったの？

神経質な武史が、顧客の強い叱責を必要以上に気に病み、自分を責めてしまうようになった、というのはあり得る話だと思った。そんなどん底の時に、会社のエースがさっそうと自分の尻拭《しりぬぐ》いをしたことをどう思ったのだろう。素直に感謝できたのだろうか。悔しさのあまり、憎しみに近い感情を持ってしまったとも考えられる。

以降、失敗しないようにと必死で仕事をこなすうち、休まることのなかった武史の心はゆっくりと壊れていったのだ。そして、仕事ができる審良が妬《ねた》ましくて憎い、不正でもしなければあんな成績は取れない、不正をしている審良を『制裁』する……そんなふうに思い込んでしまったのかもしれない。

——武史にも、弱いところがあったんだな。だからといって、あんなひどい嫌がらせをしたのは許せないけど……

「ちなみに、宮崎君が課長に言っていた、多賀嶋建設の主査の方がうちの会社を疑っているという話は、彼のでまかせでした」

「えっ、そうなんですか⁉」

「はい。それから、彼が社外秘の機密データを所持していたのは、偶然、多賀嶋建設の担当者が誤って宮崎君にメールで送付してしまったからだそうです。偶然そんなものを受け取らなければ、それを利用して宮崎君は俺を陥《おとしい》れようなんて思いつかなかったかもしれませんね。ちなみに誤送信をした担当者は、宮崎君に電話で誤送信した文書の処分を依頼し、社では始末書を書かされたらしいです。その辺の状況は、実家の父に調べてもらったんですけどね……」

なんという皮肉な巡り合わせだろう。そんなものが送られてこなかったら、武史が完全に道を踏み外すことはなかったのかもしれないと思うと、少し胸が痛んだ。

「とにかく、多賀嶋建設は事を荒立てるつもりはないそうです。吉荻商事としても、宮崎君が辞めることで、話が収まりました。ところで、華」

不意に審良ががらりと口調を変えて明るく言った。

「明日は土曜ですよね。どうですか、俺の実家に顔を出しませんか？」

『俺の実家』という言葉に、華は緊張して姿勢を正す。

審良の実家といえば……多賀嶋建設の経営者一族の本家ではないか。

表情を強張《こわば》らせた華の様子がおかしかったのか、審良が小さく笑ってフォローしてくれた。

「大丈夫です。普通の家ですよ」

「で、で、でも、多賀嶋建設の社長様とお会いするなんて……」

「前にも言ったとおり、親父は高級外車を衝動買いしておふくろに思いっきり叱られて、慌てて息子の俺に押しつけるようなお茶目な人ですから大丈夫」

そういえば、そんな話も聞いた。思わず噴き出してしまった華に、審良が言う。

「両親は、俺がそのうち彼女を連れて行くと言ったら、張り切って障子を全部張り替えたそうです。大はしゃぎしていると思いますけど大目に見てあげてください」

そう言いながら、審良は両親のドタバタぶりを思い浮かべたのか笑った。

華もつられて、つい笑ってしまう。

「私、審良さんのご家族に仲良くしていただけるといいな」

「大丈夫ですよ。親父もおふくろも、弟たちもそう思っています」

華は赤い顔でうなずいて、照れ隠しにサラダを頬張った。

「明日は車で行きましょうか。帰りにどこかへドライブに行ってもいいですね」

「本当？　嬉しい！　ちょうど出かけたかったの！」

「なんならあのカフェに行きます？　海が見えるあの店」

他愛ない話を交わしながら、華はこれからも穏やかな日々が続くことを心の中で願った。

毎日、この人の笑顔が見たい。毎日、この人に『今日はいいことがあった』と思って欲しい。

そんな気持ちで、審良の整いすぎた顔をじっと見つめる。

「どうしました？」

「ううん、審良さんに見とれてただけ……」

思わず本音を漏らすと、審良がまんざらでもない様子で腕を組む。

「わりといい男でしょう？」

てらいなく言い切る審良の態度に、華は再び噴き出してしまった。

「もう……たしかにそうですけど、自分で言わないでください！」

「すみません、自信過剰で。あ、そうだ、あの写真」

審良が華の肩越しに、サイドボードに置かれた写真立てを指し示す。例の社内報用の写真だ。

「俺と華が一緒に写っている、唯一の写真だったんですよ。今後は二人っきりで写ってるものに変えましょうか」

「えぇ……？　写真飾るの恥ずかしいな」

華が口を尖《とが》らせると、審良が涼しげな表情で言い返してきた。

「俺はこれからたくさん飾りたいな。だって、ここは俺たちの家ですし」

——ま、またそんな台詞《せりふ》をさらっと言って……！

いつもの『殺し文句』のせいで真っ赤になった華の様子に、審良が不思議そうに首を傾げた。

「あれ、どうしたんですか、顔が赤いですけど」

「べ、別に……っ、なんでもないです」

——やっぱり無自覚なんだ、審良さんの天然イケメンめ……

照れくさい気分のまま食事を終え、後片付けもすませてソファで寛《くつろ》いでいた時、不意にインターフォンが鳴った。実家の母に送り返して欲しいと頼んでおいた荷物が、今届いたようだ。

「ありがとうございます。夜遅くにたくさん届けていただいてすみません！」

宅配便の人にお礼を言い、華は十個ほどの段ボール箱を受け取る。

「その荷物、納戸に運んでしまいましょうか」

審良にそう言われ、華は届いた箱を一つ手に取って納戸へ向かった。二つの箱を手にした審良が、背後から明るい声を掛けてくる。

「そういえば、東京で俺と暮らすってご両親には報告したんですか」

「はい、彼氏と住むって正直に言いました」

そう言って、華は続きを言いよどむ。電話の向こうで『同棲なんてダメ！　結婚しなさい！』とものすごい剣幕だった母のことを思い出したからだ。

「じゃあ、すぐにでもご挨拶に行かないといけませんね。来週と再来週の土曜日は仕事を入れないようにするので、ご両親にどちらかの日程でアポを入れていただけますか」

何気なく言われた言葉に、華の胸がとくん、と鳴る。

「あ、挨拶……？」

「ええ」

荷物を運び終えた審良が、華の手首をぐいと引き寄せる。そして、デニムのポケットから何かを取り出した。

「あと、一緒に俺の家に行く時と貴方のご実家に伺う時は、これをつけていって欲しい」

なんだろう、と首を傾げた華の左手の薬指に、大粒のダイヤモンドがきらめく指輪が、そっとはめられた。

華はそろそろと手を持ち上げ、虹色の光を吸い込まれるように見つめる。

「審良さん、これ……」

目を輝かせた華の頬が、審良の大きな手で引き寄せられた。端整な顔が傾き、温かく柔らかな唇が華の唇に重なる。

甘いキスにうっとりと身を任せた華を宝物のように抱きしめ、審良が耳元で囁《ささや》いた。

「……今日やっと、その指輪が仕上がったんです。なので、今からプロポーズします」

審良が身体を離し、姿勢を正して、真剣な表情で華の目を見つめてくる。

「俺と結婚してください。貴方を全力で幸せにすると誓います。華、俺のプロポーズを受けてもらえますか」

審良の切れ長の目にとらわれたまま、華は呆然と立ちつくす。

突然のことに驚きすぎて真っ白になった頭の中で、審良に告げられた言葉の意味が緩《ゆる》やかに意味をなした。

――プロポーズ……されたんだ……！

「返事は、貴方の口からちゃんと聞かせてください。できれば、受諾の方向で」

からかうように言った審良が、華の言葉を促《うなが》すように小首を傾げた。

――どうしよう、どうしよう、嬉しい。

雲を踏むかのようなふわふわした気持ちで、華は審良の顔を見上げる。

「はい。プロポーズ、お受けします！」

華は背伸びをして、審良のなめらかな頬を引き寄せ、彼にキスのお返しをした。

世界一愛しい人から、今、最高の言葉をもらった。今までの人生で、一番嬉しい言葉だ。審良の切れ長の目を見つめ、華は震える声で約束した。

「私、審良さんのことを、絶対世界一幸せな旦那様にしてみせます」

華は再び力いっぱい審良に抱きつき、彼のぬくもりを全身で味わう。

これから、審良と同じほうを向いて、二人で一緒に生きてゆくのだ。

もう一度きらめく大粒のダイヤを見つめ、華は心の中で誓った。

精いっぱい、審良の毎日を幸せで彩《いろど》ろう。彼が毎日笑顔でいられるように――と。

〜大人のための恋愛小説レーベル〜

ETERNITY エタニティブックス

ETERNITY Rouge

エタニティブックス・赤

極上王子の甘い執着に大困惑!?

honey (ハニー)

栢野《かやの》すばる

装丁イラスト／八美☆わん

親友に恋人を寝取られてしまった、地味系ＯＬの利都《りつ》。どん底な気分で毎日を過ごしていたのだけれど、ある日カフェで、誰もが振り返るほどイケメンな寛親《ひろちか》と出会う。以来、傷心の利都を気にかけてデートに誘ってくれる彼に、オクテな彼女は戸惑うばかり。そんな中、寛親が大企業の御曹司だと判明！　ますます及び腰になる利都に、彼は猛アプローチをしかけてきて——？

※エタニティブックスは大人の女性のための恋愛小説レーベルです。ロゴマークの色で性描写の有無を判断することができます（赤・一定以上の性描写あり、ロゼ・性描写あり、白・性描写なし）。

詳しくは公式サイトにてご確認ください。
http://www.eternity-books.com/

携帯サイトはこちらから！

マイペースで、ちょっと変人扱いされている王女のリーザ。そんな彼女は、国王の命でお嫁に行くことに!?　お相手は、氷の如く冷たい容貌でカタブツと名高い「氷将レオンハルト」。突然押し付けられた王女を前に少し戸惑っていた氷将だけど、初夜では、甘くとろける快感を教えてくれて——。辺境の北国で、雪をも溶かす蜜愛生活がはじまる！

定価：本体1200円+税　　Illustration：瀧順子

〜大人のための恋愛小説レーベル〜

ETERNITY エタニティブックス

彼を愛したことが人生最大の過ち

blue moonに恋をして

エタニティブックス・赤

桜《さくら》 朱理《しゅり》

装丁イラスト／幸村佳苗

日本経済界の若き帝王と言われる深見を秘書として支え続けてきた夏澄《かすみ》。容姿端麗でお金持ち、人が羨《うらや》むもの全てを手に入れた彼が夜ごと日ごとにデートの相手を変えても、傍にいられればそれだけでよかった。仕事のパートナーとしての自分を彼が認めてくれていたから。ところがある日、彼と一夜を過ごしてしまったことから二人の関係が動き出して――

※エタニティブックスは大人の女性のための恋愛小説レーベルです。ロゴマークの色で性描写の有無を判断することができます（赤・一定以上の性描写あり、ロゼ・性描写あり、白・性描写なし）。

詳しくは公式サイトにてご確認ください。
http://www.eternity-books.com/

携帯サイトはこちらから！

東野《ひがしの》朱莉《あかり》と三宮《さんのみや》征司《せいじ》は、大学の同級生で十年来の親友。今は同じ職場で働いており、仕事でもプライベートでも息がぴったり。朱莉はこれからもそんな関係が続くと思っていたのだけれど……。ある日突然、征司から告白されちゃった!?さらには野獣のように激しく迫られて――。

B6判　定価：640円+税　ISBN 978-4-434-22072-2

栢野すばる（かやの すばる）
2011年より小説の執筆を開始。2015年に「氷将レオンハルトと押し付けられた王女様」で出版デビューに至る。趣味はドライブと現代アートめぐり。

イラスト：黒田うらら

愛《あい》されるのもお仕事《しごと》ですかっ!?

栢野すばる（かやのすばる）

2016年 7月31日初版発行

編集－瀬川彰子・羽藤瞳
編集長－塙綾子
発行者－梶本雄介
発行所－株式会社アルファポリス
〒150-6005 東京都渋谷区恵比寿4-20-3 恵比寿ガーデンプレイスタワー5F
TEL 03-6277-1601（営業） 03-6277-1602（編集）
URL http://www.alphapolis.co.jp/
発売元－株式会社星雲社
〒112-0012東京都文京区大塚3-21-10
TEL 03-3947-1021
装丁イラスト－黒田うらら
装丁デザイン－ansyyqdesign
印刷－中央精版印刷株式会社

価格はカバーに表示されてあります。
落丁乱丁の場合はアルファポリスまでご連絡ください。
送料は小社負担でお取り替えします。

ISBN978-4-434-22221-4 C0093